Alle Rechte, einschließlich das des vollständigen oder
auszugsweisen Nachdrucks in jeglicher Form, sind vorbehalten.

Der Preis dieses Bandes versteht sich einschließlich
der gesetzlichen Mehrwertsteuer.

Umwelthinweis:
Dieses Buch wurde auf chlor- und säurefreiem Papier gedruckt.

Valerie Schönfeld

Der Traum vom Abenteuer
Roman

MIRA® TASCHENBUCH
Band 75025
1. Auflage: Mai 2006

MIRA® TASCHENBÜCHER
erscheinen in der Cora Verlag GmbH & Co. KG,
Axel-Springer-Platz 1, 20350 Hamburg

Copyright © 2005 by CORA Verlag GmbH & Co. KG
Originalausgabe: „Der Traum vom Abenteuer"
Alle Rechte vorbehalten.

Copyright © ARD/Degeto – Bavaria Film GmbH
Licensed by Bavaria Sonor, Bavariafilmplatz 8, D-82031 Geiselgasteig

ARD Degeto®   **BAVARIA FILM**

Das Buch wurde auf der Grundlage der Telenovela im Ersten
„Sturm der Liebe" verfasst. Mit freundlicher Genehmigung der ARD.
Die bei MIRA Taschenbuch erscheinenden Romane zur Serie „Sturm der
Liebe" basieren auf den Originaldrehbüchern von Peter Süss & Team.

Konzeption/Reihengestaltung: fredeboldpartner.network, Köln
Umschlaggestaltung: pecher und soiron, Köln
Titelabbildung: Jo Bischoff

Satz: Buch-Werkstatt GmbH, Bad Aibling
Druck und Bindearbeiten: Ebner & Spiegel, Ulm
Printed in Germany
ISBN 3-89941-302-4

www.mira-taschenbuch.de

1. KAPITEL

Die Vögel in den Wipfeln der hohen Tannen, die das riesige Grundstück des Hotels Fürstenhof begrenzten, zwitscherten nur noch schläfrig, als die Spätsommersonne als glutroter Ball hinter den dichten sattgrünen Bäumen unterging und Streifen goldenen Lichts auf das Anwesen warf. Der Duft von reifen Äpfeln und Heu lag in der lauen Abendluft. Vereinzelt drang ein fröhliches Lachen aus dem entspannten Gemurmel der Partygäste heraus, die sich zum Geburtstag des ältesten Sohnes von Hotelchef Werner Saalfeld eingefunden hatten.

Alexander hatte sich zur Feier des Tages in einen dunklen maßgeschneiderten Anzug geworfen, aber im Grunde brauchte er seine Klasse nicht durch seine Garderobe zu betonen: Frauen fanden ihn in jedem Outfit faszinierend, Männer schätzten seine Kenntnisse und seine Fairness ohnehin mehr als sein Talent, sich stilvoll zu kleiden.

Lässig lehnte er gegen die rustikal verputzte Wand an der Terrasse des Fürstenhofs. Ein kleines Lächeln umspielte seine Lippen, während er die illustre Gästeschar betrachtete, die sich im Garten und um das Gebäude herum vergnügte. Die Geburtstagstorte war angeschnitten, alle Gratulanten versorgt und der offizielle Teil der Feier mit Händeschütteln und guten Wünschen war damit vorüber.

Jetzt am frühen Abend hatten sich zu den Geschäftsfreunden seines Vaters, Stammgästen des Hotels und lieben Verwandten auch ein paar langjährige Mitglieder des Personals unter die Feiernden gemischt. So auch Alfons und Hildegard Sonnbichler, die der Familie Saalfeld über lange Jahre der Zusammenarbeit sehr nahe standen.

Später am Abend würden die Freunde eintreffen, man würde die Musikanlage aufdrehen, und die dezente Hintergrundmusik könnte durch rockigere Songs ersetzt werden. Dann würden zum Champagner auch Cocktails gereicht werden.

Alexander freute sich schon auf diesen Teil des Festes, den inoffiziellen, mit den Menschen die er von Herzen mochte. Vielleicht würde dann auch ein bisschen getanzt werden.

Sein einundzwanzigster Geburtstag. Alexander ließ sich die Zahl durch den Kopf gehen und versuchte nachzuspüren, ob es ihm irgendetwas bedeutete. Manchmal fühlte er sich wie ein erfahrener Mann, dem in der Hotelführung und in Bezug auf Frauen keiner mehr etwas vormachen konnte. Manchmal aber fühlte er sich auch ganz schrecklich unwissend und ungeschickt. Einundzwanzig behütete Jahre als Sohn einer bekannten Hoteliersfamilie lagen jetzt hinter ihm. Manchmal erschienen ihm all die vergangenen Jahre viel zu ereignislos, zu banal.

Verglich er sich mit seinen Freunden, war er eindeutig auf der Sonnenseite des Lebens geboren. Nie hatte er um irgendetwas kämpfen müssen, immer war ihm alles in den Schoß gefallen. Sein Vater bewunderte und seine Mutter vergötterte ihn, und die Zukunft als Juniorchef des Hotels lag klar und strahlend vor ihm.

Ein Schatten fiel über sein attraktives Gesicht, als ihm sein jüngerer Bruder Robert in den Sinn kam, der in diesen Minuten in der Küche hantierte, um die Hors d'œuvres für den Abend vorzubereiten. Es war kein Geheimnis, dass Robert darunter litt, dass Alexander mit leichter Hand beinahe alles gelang, wofür der Jüngere hart kämpfen musste. Doch war es Alexanders Schuld, dass alles, was er anpackte, so reibungslos lief?

Das rote Kleid der bildhübschen Angela Selig, mit der er zusammen zur Schule gegangen war, erregte seine Aufmerksamkeit. Er hatte gar nicht bemerkt, dass sie sich bereits unter die Gäste gemischt hatte, er stieß sich von der Mauer ab und schlenderte, eine Hand in der Anzughose, auf sie zu, um sie zu begrüßen.

In dem weit ausgeschnittenen kurzen Cocktailkleid flog sie wie ein exotisches Vögelchen zwischen gedeckt gekleideten Gästen umher, begrüßte jeden mit einem strahlenden Lächeln, ob sie ihn kannte oder nicht.

Angela gehörte zu dem Freundeskreis, den er sich in den letzten paar Jahren in der Schule aufgebaut hatte. Sie war immer ein Ass in Mathematik gewesen. Intelligente Frauen beeindruckten Alexander, und Angela war mehr als nur intelligent. Mit ihren langen schwarzen Haaren und ihrer direkten Art ließ sie ein rassiges Temperament vermuten. Die älteren der anwesenden Herren, dachte Alexander amüsiert, würden morgen einen Chiropraktiker brauchen, wenn sie nicht aufhörten, ihre Hälse nach ihr zu verdrehen.

„Meine Liebe, schön, dass du kommen konntest", sprach er sie mit seiner dunklen Stimme an.

Mit einem kleinen Schrei fuhr sie zu ihm herum und hing eine Sekunde später an seinem Hals. „Die allerherzlichsten Glückwünsche zum Geburtstag, Alex!", flötete sie, ein braunes makelloses Bein in hochhackigen Pumps anmutig nach hinten angewinkelt. Zu seiner Überraschung küsste sie ihn mitten auf den Mund, nicht wie sonst links und rechts auf die Wangen.

Zweifellos kein unangenehmes Gefühl, doch Alexander kannte sie zu gut und war vorsichtig. Aus irgendeinem Grund traute er ihr nicht über den Weg, obwohl sie so betörend war, dass es einem Mann durchaus passieren konnte, dass er das Denken vergaß. Ihm war zwar nicht klar, was genau Angela wollte, aber er schätzte sie berechnend ein, kühl und kalkuliert ihre Ziele verfolgend. Außerdem sollte sie wissen, dass Alexander nicht mehr zur Verfügung stand.

Sanft, aber bestimmt löste er sich aus ihrer Umarmung, sein Lächeln nahm der Geste jeden Anklang von Zurückweisung. „Amüsier dich gut, Angela. Ich hoffe, wir kommen später noch dazu, miteinander zu tanzen, okay?"

Sie legte den Kopf schief und strich die langen Haare

auf eine Seite, so dass sie wie ein Wasserfall über ihre linke Schulter bis zum Dekolletee fielen. „Nur deswegen bin ich heute hier", sagte sie neckend.

Er zwinkerte ihr zu und suchte dann die Gästeschar nach Katharina ab. Jetzt war es an der Zeit, sie an seine Seite zu holen, fand er.

Obwohl Alexander ein paar Jahre älter war als Katharina, hatte er seine zukünftige Ehefrau bereits im Sandkasten vor Förmchendieben und Eimerwerfern beschützt. Später hatte er sie auf dem Weg zur Schule sicher im Kindergarten abgeliefert, und stolz hatte er ihr erklärt, wie die Schule funktionierte, nachdem sie mit einer riesigen Zuckertüte eingeschult worden war. Katharina war ihm so vertraut wie eine liebe kleine Schwester, und doch waren es nicht nur geschwisterliche oder freundschaftliche Gefühle, die sie miteinander verbanden. In jedem Fall war es nur folgerichtig, dass sie irgendwann gemeinsam vor dem Traualtar stehen würden.

Er entdeckte sie im Gespräch mit dem bärbeißigen Architekten Breitmüller und dessen magerer Ehefrau, deren lindgrünes Kostüm unförmig an ihrem Körper herunterhing. Wie zauberhaft und erfrischend nahm sich Katharina neben den beiden aus. In ihrem über und über mit kleinen Blumen übersäten Sommerkleid, das ihre Rundungen attraktiv betonte, sah sie wie ein Engel aus, fand Alexander.

Katharina schenkte ihm ein liebes Lächeln, als er den Arm um sie legte. „Frau Breitmüller, haben Sie schon von der Geburtstagstorte gekostet?", fragte er in bester Smalltalk-Manier.

Dankbar nahm das Ehepaar den Gesprächsfaden auf, doch an Alexander rauschten die belanglosen Worte vorbei, während er Katharinas festen Körper neben sich spürte und seinen Gedanken nachhing. Er wusste, was von ihm als Juniorchef und Gastgeber erwartet wurde. Seine Manieren waren tadellos, aber dass sein Wesen viel mehr ausmachte als das oberflächliche Geplauder zur Kontaktpflege, das ahnten nur wenige.

Die Hotelfachschule hatte er mit Auszeichnung bestanden. Als Nächstes stand ein Auslandsaufenthalt auf dem Plan. Später würde er dann mehr und mehr in das Geschäftsleben hineinwachsen und irgendwann die Geschäfte seines Vaters übernehmen. Die Erfüllung seines Traumes war die Leitung des eigenen Hotels. Sein Leben lag in einzelnen, wohl organisierten Abschnitten vor ihm. Er brauchte sich um nichts Sorgen zu machen, um nichts zu kümmern, solange er zielstrebig blieb und nicht von diesem Weg abwich.

Sein Vater hatte sich das alles ausgedacht, und Alexander hatte nicht widersprochen. Es war in Ordnung so. Ihm lag das Hotelmanagement im Blut. Er war glücklich. Und wenn er erst mit der hübschen Katharina Klinker-Emden verheiratet wäre, würde er noch glücklicher sein. Und dann würde er entzückende, talentierte Erben zeugen und ihnen das weitergeben, was er von seinem Vater gelernt und geerbt hatte.

Wäre da nur nicht dieses unbestimmte Gefühl, dass irgendetwas fehlte. Irgendetwas, was sich nicht kontrollieren ließ, weder planen noch berechnen. Irgendetwas, das tiefer ging als Karriereplanung und vertraute Gefühle …

Aber er war noch jung und würde mit offenen Augen durch die Welt gehen, das hatte er sich fest vorgenommen.

Angelas betörendes Parfüm kitzelte seine Sinne, als sie an ihm vorbeirauschte. Nein, Angela war definitiv die falsche Spur, um nach dem zu suchen, was er auf eine merkwürdig unbestimmte Art vermisste. Sie hatte eine tolle Figur und in ihrem leichten Kleid aus roter Wildseide zeichnete sich ihr hübscher Körper besonders vorteilhaft ab, aber sie interessierte ihn nicht.

Alexander hatte nur Augen für die Frau an seiner Seite, für Katharina. Sie wünschten den Breitmüllers noch viel Vergnügen auf der Feier und schlenderten Arm in Arm zum Kuchenbuffet. Er hauchte einen Kuss auf Katharinas Scheitel. Sie wirkte so unschuldig mit ihren weizenblonden Haaren, den veilchenblauen Augen und ihrem herzlich mädchenhaften Lächeln. Wie ein zerbrechliches Püppchen aus Meissner Porzellan in einer Welt voller Elefanten. Seine Aufgabe war es, auf sie Acht zu geben und aufzupassen, dass niemand sie zertrat. Und doch war sie gleichzeitig auch ein sicherer Hafen für ihn. Die Frau, auf die er sich verlassen konnte bei allem, was in seinem Leben noch auf ihn zukam. Auf eine Art war sie schon heute genau das für ihn, was

13

seine Mutter seinem Vater bedeutete, solange Alexander sich erinnern konnte.

Doch wie ein Schatten schien Angela ihn zu verfolgen, sie umschlich ihn den ganzen Abend über – mal war sie in der Nähe, mal weiter weg, aber immer in Sichtweite. Schon während der Schulzeit hatte Angela immer wieder versucht, Alexander zu überreden, mit ihr auszugehen. Sie machte keinen Hehl daraus, wie sehr er ihr gefiel, und vielleicht lag es an seiner verbindlichen, immer freundlichen Art, dass sie einfach nicht aufgab. Andererseits hätte es im Widerspruch zu allem gestanden, was Alexanders Charakter ausmachte, wenn er ihr brüsk zu verstehen gegeben hätte, dass er kein Interesse an ihr hatte.

Andere Männer mochten sie verführerisch finden, doch Alexander stieß Angelas Art, sich ihm an den Hals zu werfen, ab. Wie konnte sie sich so locker darüber hinwegsetzen, dass er und Katharina ein Paar waren?

„Katharina, deine Kaffeetasse ist leer. Möchtest du, dass ich dir etwas Erfrischendes bringe?"

Er kannte sie wirklich schon lange sehr gut, und er wusste genau, dass sie gegen Abend keinen Kaffee mehr mochte und lieber eine Cola trinken würde. Erwartungsgemäß nickte sie.

„Das ist lieb von dir, Alexander. Ja, bring mir bitte eine Cola mit, falls du sowieso Getränke holen gehst."

Alles, fast alles würde ich tun, nur um eine Weile der verwirrenden Nähe zu Angela zu entkommen, dachte er.

„Aber sicher doch. Wird gemacht, bin gleich zurück."

Die Getränke standen auf großen weiß gedeckten Tischen am Rand der Terrasse. Aus dem Augenwinkel sah er, wie Angela den Weg zur Küche einschlug. Gut so. Sollte sie Robert unterhalten. Möglicherweise freute der Bruder sich sogar darüber. Der vier Jahre Jüngere hatte nach Alexanders Wissen noch nie eine Freundin gehabt. Es wurde Zeit, dass Roberts Interesse an Frauen geweckt wurde. Leise in sich hinein lachend holte Alexander seiner Freundin eine Cola und für sich selbst ein Glas Champagner.

Wie sollte Alexander ahnen, dass Roberts Gefühle für Angela weit über bloßes Interesse hinausgingen? Der Siebzehnjährige betete diese Frau geradezu an, wusste aber, dass er sich als Jüngerer nur der Lächerlichkeit preisgeben würde, wenn er es wagte, sich ihr zu nähern. Und nun stand sie vor ihm.

Robert starrte sie an, wie sie ihre schwarze Mähne nach hinten warf und ihm dabei ein Lächeln schenkte, das die Mayonnaise auf den Hors d'œuvres, die er gerade zubereitete, zum Schmelzen zu bringen drohte.

Früher, als sie noch gemeinsam mit Alexander zur Schule ging, hatte sie ihm gelegentlich bei den Mathematik-Hausaufgaben geholfen. Robert war damals vierzehn gewesen, und Angelas Nähe hatte nicht dazu beigetragen, seine Konzentration auf Algebra oder Geometrie zu stärken. Damals war sie häufig im Hotel zu Besuch gewesen, wie er sich erinnerte, aber bis auf die wenigen

Male, bei denen sie ihm Nachhilfe gab, hatte sie ihn nie beachtet. Warum auch? Was interessierte eine Siebzehnjährige an einem pubertierenden Schulversager?

Er hatte sie heimlich beobachtet, hatte sich hinter den Säulen im Empfangsbereich des Hotels herumgedrückt, wenn sie auf ihre anmutige Art über die Fliesen stolzierte. Ärgerlich hatte er zugesehen, wie sie Alexander zur Begrüßung küsste, und an den Fingernägeln geknabbert, wenn Alexander sie irgendwie abwimmelte, als wäre sie nicht die begehrenswerteste Frau, die jemals im Fürstenhof gesehen worden war. Zum Glück hatte niemand seine Gefühle bemerkt.

Und nun stand sie hier und lächelte ihn an. Lächelte ihn an auf eine Art und Weise, die sein Blut zum Kochen brachte. Ganz klar: Inzwischen sah sie mehr in ihm als den begriffsstutzigen Schüler mit den schlechten Noten. Mehr als den kleinen Bruder eines Jungen, den sie haben wollte.

Robert richtete sich auf und streckte die Brust vor. Wurde heute ausnahmsweise mal sein Wunsch von dem da oben erhört werden?

„Hallo, Angela", stammelte er.

„Was zauberst du da nur wieder für Köstlichkeiten?" Ihr Blick schweifte über die fertigen Platten mit den Häppchen, die für den Abend gedacht waren. „Darf ich?" Ohne seine Antwort abzuwarten, griff sie nach einem mit Lachs und Basilikum gefüllten Pastetchen und ließ es ganz langsam zwischen ihre kirschroten

Lippen gleiten, bis es in den Tiefen ihres Mundes verschwand.

Genießerisch leckte sie sich die Fingerspitzen und schloss für einen Moment die Augen. „Das ist soo köstlich", murmelte sie lächelnd. Sie bemerkte genau, dass Roberts Blick währenddessen wie gebannt an ihrem Mund hing.

Seine Erregung wuchs, während er das Schauspiel purer Lust beobachtete, und er wusste beim besten Willen nicht, wie er sich verhalten sollte, was sie von ihm erwartete… Er spürte den Impuls, sie in seine Arme zu reißen und zu küssen, bis sie die Sinne verlor, aber eine Stimme in ihm sagte ihm, dass es nicht das war, was Angela bezweckte. Nur – was wollte sie dann? Er widerstand dem Drang, erneut an den Fingernägeln zu knabbern, wie er es als Junge getan hatte, und schluckte schwer.

„Du bist also jetzt hier der Kochlehrling? Man erzählt sich ja die tollsten Dinge über dein Talent …"

Endlich fand Robert seine Fassung wieder. Wenn sie mit ihm übers Kochen plaudern wollte, bewegte er sich auf vertrautem Terrain – wenn es auch längst nicht so prickelnd war wie das, was ihr Blick unter langen dunklen Wimpern und ihr leicht geöffneter Mund ihm zu signalisieren schienen.

„Ach, weißt du, ich habe einfach Freude daran, neue Rezepturen zu erfinden. Das macht jedenfalls mehr Spaß als die Kartoffelschälerei, die ja auch zur Ausbildung dazu gehört." Er lief rot an. Was erzählte er denn da?

Kartoffelschälerei? Er sollte sich lieber anstrengen, sie zu beeindrucken, und ihr hier nicht den nörgeligen Lehrling geben. „Probier mal diese Parmesan-Röllchen." Eilfertig reichte er ihr ein Tablett, auf dem sich zart gedrehte Ringe aus geschmolzenem und wieder gehärtetem Käse befanden, gefüllt mit einer Mousse aus Auberginen – Häppchen für das Abendbuffet.

Mit spitzen Fingern wählte Angela eine der Köstlichkeiten aus und biss hinein. Robert wollte schier auf die Knie fallen, als er danach zum zweiten Mal Gelegenheit hatte, den lustvollen Ausdruck auf ihrem hübschen Gesicht zu studieren.

„Kann ich dir vielleicht etwas helfen?", fragte sie und sah sich um.

Robert räusperte sich und hoffte, dass seine Stimme nicht kippte, wenn er mit ihr sprach. Den Stimmbruch hatte er zwar längst hinter sich, aber in Ausnahmesituationen wie dieser wusste man ja nie, ob man sich darauf verlassen konnte.

„Du könntest ein paar Garnierungen auf die Hors d'œuvres legen. Hier, ich zeige dir, wie es geht." Nun benahm er sich ganz wie der Chef de Cuisine. Geschickt hantierte er mit Petersiliensträußchen, Basilikumblättern, exakt in gleiche Länge geschnittenen Möhrenstiften und kunstvoll zu Röschen geschnitzten Miniradieschen.

Angela hatte keine Chance gegen seine geschickten Künstlerhände. Ihre roten Fingernägel waren viel zu lang für präzises Zufassen. Ein Radieschen entglitt ihr und fiel auf den Boden. Als sie sich beide danach bückten, stießen sie fast mit den Köpfen zusammen. Sie brachen in Gelächter aus, ein beschämtes Lachen von Angela, ein befreites von Robert. Er lauschte dem Klang ihrer hellen Stimme nach, und es war für ihn wie eine bezaubernde Melodie.

„Das war knapp", sagte sie leise.

Robert versuchte dem Blick ihrer dunklen Augen Stand zu halten, aber sie wandte sich wieder dem Tablett zu, als hätte sie gar nicht bemerkt, welche Gefühle ihre Art in ihm auslöste. Er schaute von den Augen auf ihren Mund, ihren schlanken Hals hinab, und als sein Blick ihr Dekolletee erreichte, wurde es ihm zu heiß, obwohl der Herd in der Küche längst ausgeschaltet war.

Er hätte ihre Taille mit seinen Händen umfassen können, so schmal war sie. Der rote Stoff schmiegte sich um den perfekt gerundeten Körper, so dass Roberts Fantasie einen Kinofilm in seinem Kopf produzierte. Er stellte sich vor, wie weich sie sich unter diesem dünnen Stoff anfühlen musste, wie er jeden Zentimeter ihres Körpers küssen, ihren Duft in sich aufnehmen würde …

Angela hatte aufgehört zu lachen. Ein Blick in ihr Gesicht verriet ihm, dass sie abwartete. Sie wartete geduldig und wissend, bis er wieder aus seinen Fantasien aufgetaucht war. Sein Herzschlag beschleunigte sich. Klar, diese Frau war fast vier Jahre älter als er und hatte eindeutig mehr Erfahrung auf diesem Gebiet als er.

Ob sie ahnte, wie sehr Robert sich in diesen Minuten danach sehnte, von ihr lernen zu dürfen?

Das wirklich Erschreckende für Robert war, dass er Angela nicht nur körperlich anziehend fand. Sie war schlagfertig, intelligent, humorvoll, und alle mochten sie. Eine Traumfrau eben, und eine besonders attraktive dazu. Er selbst hatte es weder in der Schule noch im weiteren Bekanntenkreis besonders hoch auf der Popularitätsskala gebracht. Was ihn zu der Frage brachte, was sie eigentlich von ihm wollte.

Die Antwort gab sie ihm in der nächsten Sekunde, als sie sich zu ihm umdrehte, sich so dicht vor ihn stellte, dass sich ihre Körper von den Beinen bis zu den Schultern berührten und einen Arm um ihn schlang, um ihn zu sich heranzuziehen. Dann spürte er ihre Lippen weich auf seinem Mund, und um Robert war es geschehen. Er erwiderte ihren überraschenden Kuss mit der ganzen Hingabe eines bis über beide Ohren verliebten Siebzehnjährigen am Ziel seiner Wünsche. Er ließ seine Hände über ihren Rücken, abwärts über die Taille und die Hüften gleiten, dann wieder hinauf zu ihrem Ausschnitt.

Ihre zarte Haut duftete nach etwas Teurem, und voller Verlangen saugte er diesen Duft ein. Von jetzt an würde er dieses Parfüm überall wieder erkennen und es immer mit ihr in Verbindung bringen.

Mit mühsamer Beherrschung drosselte er die Leidenschaft, die ihn zu überwältigen drohte, und sah ihr in die ausdrucksvollen dunkelbraunen Augen. Wie zart und schmal sie sich anfühlte. Wie wahnsinnig weiblich. Sie drehte sich geschickt und elegant seitlich aus seiner Umarmung und fragte beiläufig, als hätte sie nicht soeben die Erde zum Beben gebracht, nach einer weiteren Zutat für die Häppchen.

In Roberts Ohren rauschte das Blut, und es kostete ihn große Anstrengung, sich an seinen eigenen Namen zu erinnern. Statt einer Antwort nahm er ihre Hand und führte sie an seine Lippen.

Angela lächelte ihn an. Jetzt oder nie, dachte er und näherte sich erneut ihrem roten, weichen, warmen Mund, der ihm den Himmel auf Erden versprach. Fast war er am Ziel, da drehte sie sich erneut zur Seite. Sie spielte mit ihm wie eine Katze mit der Maus.

„Oh, sieh mal, es gibt auch frittierte Gambas."

„Ich weiß." Er grinste. „Wir machen hier das Buffet, erinnerst du dich?"

Angela lachte auf. „Ach ja richtig, wie dumm von mir."

Er antwortete nicht. Seine Lippen waren damit beschäftigt, den Hals hinter ihrem Ohr zu verwöhnen. Es waren nicht die ersten Zärtlichkeiten, die er mit einer Frau tauschte, aber die Haut dieser Traumfrau war etwas ganz besonderes. Und weiter als bis zum Hals war er bei einer Frau noch nie gekommen. Alles in ihm drängte danach, ihr all das zu geben, was ihn vor Lust schier zu versengen drohte. Der Gedanke, wie er ihr Kleid anheben würde, jagte ihm das Blut mit Höchstgeschwindigkeit durch seine Adern. Warum, zum Teufel, mussten sie sich ausgerechnet in der Küche befinden?

Angela stöhnte.

Im ersten Moment glaubte er, es sich eingebildet zu haben. Aber nein, dieser ungemein erregende Laut stammte von ihr, und er hatte das bewirkt. Er umfasste sie von hinten, kaum noch in der Lage, seine Leidenschaft zu kontrollieren.

„Robert, das ist nicht der richtige Ort …"

Er öffnete die Augen. Sie hatte sich in seinen Armen gedreht, ihre Hände flach gegen seinen Brustkorb gepresst, um ihn auf Abstand zu halten. Suchend blickte Robert in ihre Rehaugen. Warum machte sie ihn verrückt, um ihn dann abzuweisen? War das alles nur ein Spiel? Erwartete sie von ihm, dass er ihren Widerstand brach? Robert fand es ungemein schwer, Frauen zu verstehen, und ganz besonders schwer war das offenbar bei Angela.

Ein Geräusch an der Tür ließ sie in seinen Armen zusammenzucken. Robert reagierte nicht, ihm war alles egal, solange er sie nur noch ein wenig länger so halten durfte. Und dann hörten sie beide ein Räuspern und die dunkle Stimme, die den Zauber brach.

„Robert, ich wollte mich erkundigen, wie es um die Hors d'œuvres steht?"

Sein Vater! Ausgerechnet der! Und ausgerechnet jetzt! Wie lange hatte er sie schon beobachtet? Hatte er gesehen, wie sie sich geküsst hatten? Hatte er beobachtet, wie Robert ihren Körper gestreichelt und mit heißen Zärtlichkeiten überschüttet hatte? Wie sie ihn auf Abstand gehalten hatte?

Angela zupfte sich das Kleid zurecht, lächelte bedauernd und verließ mit wippendem Rock und schwingenden Haaren die Küche. Werner sah ihr freundlich hinterher, wurde aber wieder ernst, als er sich seinem Jüngsten zuwandte.

„So etwas gehört doch nicht an den Arbeitsplatz, Robert!"

Wieder spürte Robert sein Blut pulsieren. Doch diesmal aus Wut. Wann würde sein Vater jemals aufhören, ihn abzukanzeln wie ein ungezogenes Kind? Er war erwachsen, verdammt noch mal! Wie lange musste er sich diese demütigende Behandlung noch gefallen lassen? Er hob das Kinn und sah seinen Vater entschlossen an.

„Ich bereite Hors d'œuvres für eine Geburtstagsparty vor. Es geht hier schließlich nicht um ein Gala-Dinner für den Bundeskanzler."

„Spar dir deinen Zynismus", erwiderte sein Vater. „Sieh lieber zu, dass du deine Angelegenheiten auf die Reihe kriegst. In deinem Alter war ich schon … ach, lassen wir das." Er winkte ab und ging, dabei warf er die Küchentür hinter sich mit einem lauten Knall ins Schloss.

Rot glühend pochte die Hitze in Roberts Wangen. Das war der Gipfel. Noch niemals hatte er für irgendetwas die Anerkennung seines Vaters bekommen. Und statt irgendetwas zu seinen neuesten Kreationen zu sagen, musste er sich wieder einmal die Kritik seines Vaters anhören. Würde das immer so weiter gehen?

Mit fahrigen Händen band Robert sich die Schürze ab und warf sie auf die Ablage. Dann stützte er sich einen Moment mit beiden Händen ab.

Tief durchatmend versuchte er seine aufgewühlten Gefühle in den Griff zu bekommen. Am liebsten hätte er jetzt eins der schweren Tabletts mit den albernen Schnittchen für den perfekten Nachkommen Werner Saalfelds an die Wand geklatscht.

Aber nein. Er würde es ihnen anders zeigen. Allen. Er würde es ihnen auf seine Weise zeigen.

Während Robert in der Küche immer noch mit seinen Gefühlen rang, verflog Werners Wut auf seinen jüngeren Sohn so schnell, wie sie gekommen war. Er kannte es ja nicht anders. Nie verhielt sich Robert so, wie man es vom Sohn eines Hotelchefs erwarten sollte. Ein mürrischer, junger Mann war er, mit dem er immer wieder aneinander geriet. Er, Werner, sollte sich inzwischen daran gewöhnt haben, dass das Schicksal die Talente sehr ungleich auf seine beiden Söhne verteilt hatte – und dankbar sein, dass zumindest Alexander seinen Vorstellungen von einem adäquaten Nachfolger entsprach. Nun ja, fast zumindest …

„Ich weiß nicht, was mit unseren Söhnen los ist", sagte Werner zu seiner Frau Charlotte, als er sich wieder zu ihr gesellt hatte. Er hob die Champagnerflöte und prostete

Justus Wiemschneider zu, dem Fleischgroßhändler, der das Hotel seit vielen Jahren zuverlässig und preisgünstig belieferte.

„Wie meinst du das?", antwortete Charlotte, sah zu ihm auf und zog die fein geschwungenen Augenbrauen leicht zusammen.

In ihrem lavendelfarbigen engen Kostüm war sie kaum von den jüngeren Partygästen zu unterscheiden. Sie hatte sich wunderbar gehalten, bemerkte Werner. Und dass sie ihrem dunklen Haar ein wenig nachhalf, wusste außer ihm nur noch ihr Frisör.

„Der eine behandelt seine Verlobte eher wie einen guten Freund, und der andere vernachlässigt seine Pflichten, wenn es ihn überkommt."

Charlotte hob eine Augenbraue, wohl wissend, dass ihr Ehemann die ungestellte Frage nach mehr als zwanzig Ehejahren auch in einer Geste verstand.

„Ich wollte nachsehen, ob Robert mit dem Buffet im Zeitplan ist, und habe ihn mit Angela überrascht. Die beiden küssten sich gerade leidenschaftlich, als ich in die Küche kam. Das muss doch wirklich nicht sein – bei der Arbeit!" Er seufzte theatralisch. „Er kommt immer auf Ideen, der Junge."

Charlotte lachte verhalten. Sie mochte es nicht, wenn Werner so negativ über Robert sprach, aber ändern konnte sie an seiner Einstellung auch nichts, wie sie längst wusste.

„Ach Werner, lass ihn doch seine eigenen Erfahrungen machen und sei nicht so streng mit ihm. Junge Männer müssen so etwas lernen, sonst entwickeln sie sich zu rastlosen Ehemännern", erwiderte sie mit feinem Lächeln.

Sie blinzelte ihm zu und spürte, dass es ihn irritierte. Wie rastlos Werner selbst war, wusste niemand besser als Charlotte, auch wenn sie lieber schwieg als große Worte zu machen.

„Da magst du Recht haben", gab er vorsichtig zu und lenkte die Unterhaltung rasch in eine andere Richtung. „Aber findest du es nicht auch seltsam, dass Alexander und Katharina so leidenschaftslos wirken, wenn man sie zusammen sieht?"

Charlotte dachte eine Weile darüber nach, und über ihrer Nase erschien die für sie so typische kleine Falte. Doch dann schüttelte sie den Kopf.

„Ich glaube, das wirkt nur so, weil sie sich schon seit ihrer Kindheit kennen. Sie sind so vertraut miteinander, dass dieses verliebte Rumschäkern gar nicht mehr nötig ist. Daraus ist längst etwas Beständiges geworden."

„Na, dann wollen wir mal hoffen, dass du Recht hast. Immerhin sind die beiden noch beneidenswert jung, da gehört doch eigentlich ein bisschen Leidenschaft dazu. Und es wäre doch schade, wenn sich Katharina letzten Endes gegen unseren Sohnemann entscheiden würde, bloß weil er ihr nicht genügend Aufmerksamkeit geschenkt hat."

Charlotte musterte ihren attraktiven Mann nach-

26

denklich. Er selbst war ein Spezialist darin, die Frau, die er für sich gewinnen wollte, mit Aufmerksamkeiten zu überschütten, wenn es notwendig war. Charlotte selbst hatte sich diesbezüglich selten über ihn beklagen können. Es war sein Stil und es machte seinen besonderen Charme aus. Da war es nur verständlich, dass es ihm auffiel, wenn andere Männer in dieser Hinsicht zurückhaltender waren, wie zum Beispiel Alexander. Dass nicht alle Männer so dachten wie er, schien Werner nicht in den Sinn zu kommen. Genauso wenig, wie ihm die Tatsache bewusst war, dass es unterschiedliche Gründe geben konnte, warum sich ein Mann und eine Frau zueinander hingezogen fühlten.

„Ich glaube nicht, dass sie ihn ablehnen wird. Sie liebt ihn, das sieht man. Sie himmelt ihn doch geradezu an. Mach dir nur keine Sorgen. Aber er könnte ruhig ein bisschen herzlicher sein und ihr deutlicher zeigen, was sie ihm bedeutet, da hast du ganz Recht. Vielleicht solltest du mal ein Gespräch mit ihm führen?"

Werner nickte. „Das halte ich für eine wunderbare Idee." Er blickte sie liebevoll an. „Ich bewundere deinen scharfen Verstand und dein Einfühlungsvermögen, aber das weißt du ja." Auch wenn er der körperlichen Faszination anderer Frauen nicht widerstehen konnte, keine andere als Charlotte würde je den Weg in sein Herz finden.

Er würde dieses Gespräch mit Alexander demnächst führen, vielleicht ergab sich bald eine günstige Gelegenheit. Oft waren sie beide so eingespannt, dass die Zeit für ein vertrautes Gespräch einfach zu kurz kam.

Nachdem Alexander, wie nicht anders erwartet, die Hotelfachschule mit Auszeichnung hinter sich gebracht hatte, sollte er demnächst in einem Schweizer Hotel internationale Erfahrungen sammeln und diese dann zum Nutzen der anvisierten Hotelkette einsetzen. Alles lief wie geplant in Werners Leben. Er hob das Glas und prostete seiner schönen Frau zu.

Nur noch halbherzig hantierte Robert in der Küche, weil seine Gedanken immer wieder abschweiften und seine Gefühle immer noch Achterbahn fuhren.

Während seine Eltern sich über die unterschiedlichen Charaktere ihrer beiden Söhne unterhielten, stieg die Stimmung auf der Geburtstagsparty. Die Geschäftsleute und älteren Herrschaften hatten sich inzwischen verabschiedet, ein paar junge Frauen tanzten auf der mit Lampions abgegrenzten Tanzfläche unter freiem Himmel, ein Barkeeper hatte einen improvisierten Tresen errichtet. Die aus diversen Getränken, Früchten und gestoßenem Eis gezauberten farbenfrohen Cocktails fanden bei den jungen Leuten reißenden Absatz.

Alexander nippte an einem Daiquiri und lauschte den Ausführungen seines Freundes Klaus über die Wahrscheinlichkeitstheorie. Wie wahrscheinlich war es, dass Angela am Samstag mit Klaus ausgehen würde? Alle schüttelten sich vor Lachen. Alexander lächelte voller

Mitgefühl für den Freund, den sie früher immer Brillenschlange genannt hatten und der sein Äußeres nicht wesentlich verändert hatte. Aber er hatte sich einen besonderen Sinn für Humor zu eigen gemacht, was ihn reifer und auf eine sehr individuelle Art besonders attraktiv wirken ließ. Nur würde Klaus wohl niemals zu den Männern gehören, denen eine Frau wie Angela auch nur einen Blick gönnte. Er studierte Mathematik und Informatik und arbeitete bereits seit geraumer Zeit neben dem Studium als Programmierer in einer großen Computerfirma. Eine glänzende Karriere wartete auf Klaus, und vielleicht beging die selbstbewusste Angela einen taktischen Fehler, Männer wie ihn einfach zu übersehen. Aber das sollte ganz ihre Sorge sein, entschied Alexander. Er war froh, sie im Moment nicht um sich zu haben.

„Dann gehst du also bald in die Schweiz?", fragte Klaus, nachdem er sich beim Barkeeper einen alkoholfreien Drink geholt hatte.

Alexander nickte.

„Ins Parkhotel bei Luzern. Ein renommiertes Luxushotel mit gediegener Tradition."

Anerkennendes Kopfnicken um ihn herum. Seine Freunde aus der Schulzeit waren tief beeindruckt, und möglicherweise beneidete manch einer ihn um die Kreise, in denen er verkehrte. Generaldirektoren und Großgrundbesitzer, Schauspieler und Politiker gingen auch im Fürstenhof ein und aus. Und nun sollte er sich auch noch auf internationalem Parkett bewähren.

Keiner, der Alexander kannte, zweifelte daran, dass es ihm gelingen würde.

„Das Hotel liegt direkt am Ufer des Vierwaldstättersees. Absolut traumhafte Lage, exquisiter Fünf-Sterne-Service, natürlich mit angemessenen Preisen", warf Katharina aufgeregt ein. Sie war so stolz auf Alexander, obwohl nicht er selbst dieses Arrangement getroffen hatte, sondern sein Vater, der in der gesamten Branche Freunde hatte, die ihm Gefallen schuldeten. Nur brauchte das ja niemand zu wissen. „Das Hotel ist eine fantastische Villa, fast schon ein Schloss." Alexander bestätigte Katharinas Erklärungen mit einem Nicken.

„Dort wird es sicher anders zugehen als hier im gemütlichen Familienbetrieb, wo alles vor dem Herrn Sohn kuscht", hauchte Angela ihm über die Schulter. Wo zum Teufel war sie so schnell hergekommen? „Dort wirst du vermutlich keine Zeit haben, dich mit den schönen Dingen des Lebens zu beschäftigen." Ihr Blick mit dem erotischen Augenaufschlag verriet, dass sie an etwas anderes dachte als an die Führung eines Hotels, wenn es um etwas wie „die schönen Dinge des Lebens" ging.

Alexander lächelte gezwungen und verstärkte den Griff um die Schultern seiner Freundin, die Angelas Flirtattacken nicht wahrzunehmen schien. Sie lächelte freundlich und wirkte eher desinteressiert an der Frau, die von allen anwesenden Männern immer wieder aufs Neue mit den Blicken entkleidet wurde.

Er war Katharina dankbar für ihre demonstrative Gelassenheit. Eine eifersüchtige Freundin wäre das Letzte, was er sich auf seiner Geburtstagsparty an seiner Seite wünschte. Doch fand er ihr unterkühltes Verhalten auch sonderbar. Warum war Katharina nie eifersüchtig? Nicht einmal ein kleines bisschen? Angela stellte nun wirklich eine Bedrohung für jede sehende Frau dar. Beherrschte Katharina ihre Reaktionen so perfekt, oder gab es gar nichts zu beherrschen: Interessierte es sie etwa überhaupt nicht, wenn eine andere Frau auf Teufel komm raus versuchte, Alexanders Aufmerksamkeit zu erregen?

„Ich würde nicht sagen, dass Alexanders Arbeit hier als gemütlich zu bezeichnen ist", eilte Klaus als Einziger zur Verteidigung des Gastgebers.

Angela ignorierte Klaus, wie stets. Ihre Augen fixierten Alexander und sonst niemanden auf der großen, festlich geschmückten Terrasse. Jeder konnte sehen, dass diese Aufsehen erregende Frau ihre Reize nur für ihn zur Schau stellte, nur seine unschuldige, arglose Freundin nicht, die direkt daneben stand. Es war unfassbar.

„Die Arbeit wird sicher … anders werden als das, was ich hier zu tun habe, das glaube ich auch", räumte Alexander schließlich ein. „Aber ich freue mich darauf. Man muss auch mal etwas Neues zu sehen bekommen", beschloss er unverbindlich das Thema.

Angelas Gesicht verzog sich zu einem schamlosen Grinsen. Egal was er sagen würde, heute würde sie es sehr zweideutig auszulegen wissen.

31

Erst weit nach Mitternacht verabschiedeten sich die letzten Gäste von Alexander. Angela gehörte zu ihnen, nicht mehr ganz sicher auf den hübschen langen Beinen, aber immer noch die Verführung in Person. Wie bei der Begrüßung wollte sie ihn erneut auf den Mund küssen, doch jetzt war Alexander darauf vorbereitet. Er drehte den Kopf so, dass ihr Kuss in der Luft neben seiner Wange landete. Sie ließ sich nicht anmerken, dass die unauffällige Zurückweisung sie kränkte, und stolzierte mit einem eingefrorenen Lächeln zu einem der vor dem Hotel wartenden Taxis.

„Ich könnte dich fahren!", rief Klaus ihr hinterher und eilte ihr mit über den Arm geworfenem Mantel nach. Alexander hörte ihre Antwort nicht mehr, und sie war ihm auch egal. Wichtig war jetzt nur Katharina, die ebenfalls Anstalten machte, sich zu verabschieden.

Er schlang die Arme um sie. „Willst du nicht über Nacht hier bleiben?", fragte er zärtlich. „Immerhin ist heute mein Geburtstag", fügte er verschmitzt hinzu.

Katharina drückte ihm einen zarten Kuss auf den Mund und hängte die Jacke, die sie soeben von der Garderobe genommen hatte, wieder zurück. „Natürlich. Wenn du es möchtest …"

An ihre erste gemeinsame Nacht erinnerte sich Alexander noch genau. Damals waren sie auch in bester Laune von einer Party nach Hause gekommen, und sie waren beide ein bisschen betrunken gewesen. Sie hatten noch zusammen einen kleinen Absacker trinken wollen, waren aber vor lauter Durst bei Leitungswasser in der Küche gelandet. Auf einmal hatte Katharina begonnen ihn damit zu bespritzen, was er natürlich nicht auf sich sitzen lassen konnte. In ihrem Übermut hatten sie nach allen möglichen Gefäßen in der Küche gegriffen und sich und die gesamte Küche in kürzester Zeit unter Wasser gesetzt. Lachend waren sie sich irgendwann in die Arme gefallen. Alexander wollte Katharina Handtücher aus dem Bad holen, aber sie war ihm gefolgt, und statt sich abzutrocknen hatten sie auf einmal begonnen, sich ganz langsam gegenseitig zu entkleiden. Immer noch leise kichernd waren sie in sein Zimmer gegangen, und plötzlich wollten sie beide nichts anderes mehr, als sich ganz aus den nassen Kleidern zu befreien und den Körper des anderen zu spüren. Es wurde eine aufregende und wunderschöne Nacht, voller Zärtlichkeiten.

Inzwischen war dieser Reiz zwar nicht mehr neu, aber immer noch drängend für einen jungen Mann wie Alexander. Dieselbe verheißungsvolle Weiblichkeit, die Katharina in ihrem leichten Sommerkleid ausstrahlte, erwartete ihn auch darunter. Zarte, sanfte Kurven, blasse und makellose Haut. Kleine glückliche Seufzer stieß sie aus, wenn seine Finger sie zärtlich verwöhnten.

„Mach das Licht aus", bat sie, als sie sich ins Bett gekuschelt hatten. „Ich bin müde und meine Augen brennen."

Alexander gehorchte, ließ jedoch die kleine Nachttischlampe angeschaltet.

„Ich will dich so gern sehen", raunte er in ihr Ohr, während er an ihrem kurzen Nachthemd nestelte.

Er verschloss ihren Mund mit einem Kuss, als sie kichernd protestieren wollte. Es verlangte ihn nach ihrem Körper wie schon lange nicht mehr, nach dem Einswerden mit ihr … Er hatte seine geliebte Katharina in den Armen. Er flüsterte leise Koseworte, die sie erwiderte. Dann wurden ihre Küsse leidenschaftlicher und sie nahmen nichts mehr um sich herum wahr.

„Ich liebe dich", flüsterte er.

„Ich dich auch."

Dicht aneinander blieben sie liegen, und nur ihr Atmen störte die Stille in dem kleinen Zimmer. Durch das geöffnete Fenster drang von draußen der würzige Geruch nach Nadelbäumen und frischem Laub herein, mischte sich mit dem dezenten Parfümduft auf Katharinas warmer Haut und dem frischen Lavendelgeruch der Bettlaken. Vom Dorf herüber bellte ein Hund, das Fauchen zweier Katzen aus dem Garten des Hotels durchbrach misstönend die schwerelose Stimmung von Einklang und Harmonie.

„Katharina?"

„Hm?"

„Ist dir heute eigentlich nicht aufgefallen, dass Angela mich angemacht hat?"

Einen Moment herrschte Schweigen. Dann drehte sie sich um und sah ihm im Halbdunkel ins Gesicht. „Es ist mir aufgefallen."

„Und es hat dir gar nichts ausgemacht?"

„Doch, das hat es. Aber ich vertraue dir."

Sie küsste seine Nasenspitze und kuschelte sich an seine Brust.

So einfach war das für sie.

Und vielleicht war es wirklich so einfach.

Vielleicht machte er sich wieder einmal unnötig Gedanken über Dinge, die sich ganz von selbst regeln würden. Er drückte Katharina noch einmal fest an sich, bevor er sich auf die Seite rollte und mit einem zufriedenen Lächeln auf den Lippen einschlief. Sein letzter Gedanke aber galt Angela und ihrer verwirrenden Art, mit den Männern umzugehen. Was dachte sie sich nur dabei?

2. KAPITEL

Ein Ausritt an solch einem herrlichen Spätsommertag gehörte zum Schönsten, was sich Alexander in seiner knapp bemessenen Freizeit vorstellen konnte. Die Sonne brannte nicht mehr, sondern wärmte nur noch, goss nur mehr dunkelgelbes Licht über die Landschaft.

Ganz alleine ritt er durch den nahe gelegenen Wald, genoss das Farbspiel des nahenden Herbstes und hing unbeschwert seinen Gedanken nach. Es gab keinen Grund, an irgendetwas zu zweifeln, was die Zukunft für ihn bereithielt.

Als er an diesem Abend heimkehrte und seinen Hengst Rex auf klappernden Hufen zum Stall traben ließ, stellte er fest, dass er der Letzte war. Alle anderen Pferde waren bereits vom Stallmeister versorgt.

Die Sonne stand schon tief am Himmel und würde bald untergehen. Er nahm Rex den Sattel ab und führte ihn an seinen Platz im Stall, um ihn abzubürsten und ihm noch ein paar Hand voll frischen Heus in die Futterbox zu legen.

Plötzlich fiel ein Schatten in den Gang und Alexander blickte auf. Mit Erstaunen sah er Angela dort stehen. Ihr rotes Cocktailkleid vom Abend zuvor hatte sie gegen schwarze Jeans und eine weiße Bluse mit weit geöffnetem Ausschnitt getauscht. Ihre schwarzen Haare umrahmten das hübsche Gesicht wie ein geheimnisvoller Schleier.

Es war wirklich bemerkenswert, wie sie es schaffte, dass er sich wie ein ganz besonderer Mann fühlte, wenn sie ihn ansah. Die Erkenntnis, dass sie ihn über alle Maßen bewunderte, hatte einen Reiz, dem er sich nicht ganz entziehen konnte, obwohl ihm ein wenig Gelassenheit von ihrer Seite viel lieber gewesen wäre.

„Hallo, Angela. Was machst du denn hier? Noch nicht genug von der Party?", versuchte er zu scherzen.

Sie trat näher. Er konnte ihr Parfüm riechen. Eine verführerische Mischung aus Rosen und Kirschblüten. Es war kein unangenehmer Geruch, aber dennoch zu aufdringlich, zumindest für diesen Ort. Er mochte es lieber, wenn eine Frau ihren Duft nicht großzügig verströmte, sondern nur demjenigen offenbarte, den sie nahe genug heran ließ.

„Ich bin mit deinem Vater ausgeritten. Es war himmlisch. Wir sind noch nicht lange wieder hier, dein Vater ist gerade erst reingegangen."

Alexander runzelte die Stirn. „Was wolltest du denn von meinem Vater?"

Sie lachte auf. „Was soll das heißen, was ich von ihm wollte? Ich bin nur mit ihm ausgeritten, ganz harmlos."

Das Wort „harmlos" klang so unpassend aus ihrem Mund. Sie war so sinnlich, sie hätte damit einen Toten aufwecken können. Und sein Vater war ein alter Charmeur, noch weit entfernt von tot.

„Trotzdem wüsste ich jetzt gerade zu gern, was in deinem Kopf vorgeht."

Sie lehnte an der Stalltür und begann auf einmal, langsam die Knöpfe ihrer weißen Bluse zu öffnen. Hypnotisiert von ihren schlanken langen Fingern, folgte Alexanders Blick jeder ihrer Bewegungen.

„Ich glaube, du weißt, was in meinem Kopf vorgeht", flüsterte sie.

Alexander erwachte wie aus einer Trance und räusperte sich. „Ich habe echt keine Ahnung, und nun sei so gut und lass das."

Er deutete auf ihre Bluse, die nun weit genug offen stand, um zu entblößen, dass sie keinen BH darunter trug. Hatte eine Frau je ihre Bluse auf eine so verführerische Art für ihn aufgeknöpft? Hatte eine Frau ihn je so voller Erwartung angeblickt? Angela kämpfte mit unfairen Waffen, eindeutig, aber er spürte, wie schwer es ihm auf einmal fiel, dagegen anzugehen.

Dann stand sie vor ihm, ganz dicht, nahm wie selbstverständlich seine Hand und führte sie langsam in den weit geöffneten Ausschnitt. Als sie in einer geschmeidigen Bewegung ein Bein hob und um Alexanders Körper schlang, zuckte er zurück.

„Das reicht, Angela. Ich habe das Angebot verstanden, lehne aber dankend ab."

War das diplomatisch genug? Als gute Freundin wollte er sie nicht verlieren, aber sie sollte endlich verstehen, dass sie mit diesem Spielchen aufhören musste.

Sie zog die Augen zu schmalen Schlitzen zusammen. „Was ist los? Bist du auf einmal ein Heiliger?"

Alexander lachte und schüttelte den Kopf. „Kein Heiliger, aber auch kein freier Mann. Ich bin mit Katharina zusammen, falls dir das entgangen sein sollte."

Angelas Mundwinkel formten ein Lächeln. Sie war nicht wirklich böse, sie spielte nur mit ihm. Verdammt, wie er das hasste. Katharina gab nie falsche Signale, er konnte sie beinahe lesen wie ein Buch, und das war beruhigend. Keine seltsamen Psychospielchen, deren Regeln er nie begreifen würde. Simple Aufrichtigkeit. Eine der Eigenschaften, die er an Katharina liebte.

„Ich verstehe. Es ist zu schade, aber ich sehe, du meinst es ernst", sagte Angela und begann, die Bluse wieder zuzuknöpfen.

Alexander atmete tief durch. Noch immer spürte er die Hitze ihrer Haut auf seinen Händen, aber die Gefahr war gebannt. Seine Selbstkontrolle funktionierte, und das erfüllte ihn mit Stolz.

Nicht Stolz, sondern grenzenlose Eifersucht erfüllten zur gleichen Zeit Alexanders jüngeren Bruder, der die Szene vom anderen Ende des Stalls genau beobachtet hatte und jetzt seine eigenen Schlüsse zog.

Er machte auf dem Absatz kehrt und hastete zum Haus zurück, die Hände zu Fäusten geballt, das Gesicht verzerrt vor Wut. Ein heiß glühender Schmerz drohte seine Brust zerreißen.

Alexander, dieser Mistkerl! Hatte er nicht genug mit seiner Katharina? Warum musste er sich ausgerechnet über seine Angela hermachen? Es war einfach nicht fair! Alexander bekam sowieso immer alles, was er wollte. Nicht auch noch die Frau, die Robert liebte! Er stampfte so wütend in die Küche, dass die Mitarbeiter des Hotels ihn erstaunt beobachteten.

„Is' was passiert?", wollte Hildegard, die Küchenchefin, wissen.

Er rannte an ihr vorbei, ohne ein Wort zu sagen. Seine Gedanken überschlugen sich. Fast hätte er es nicht einmal bemerkt! Alexander und Angela – ein Liebespaar! Im Pferdestall! Er war gerade dazugekommen, als sie ihre Bluse wieder schloss, die verräterischen Hände seines Bruders noch immer auf ihrer Taille. Was mochten sie vorher alles getrieben haben! Bei den Bildern, die sich ihm aufdrängten, glaubte der Siebzehnjährige, in der Lage zu sein, sich mit dem eigenen Bruder zu prügeln.

„Robert, machst du bitte die Vinaigrette fertig?"

Er sah hoch und starrte in Hildegards Gesicht. Geduldig wartete sie darauf, dass er aus seinen Gedanken zurück in die Küche kam. Mürrisch brummte er sein Okay und suchte die Zutaten zusammen, während er grübelte.

Das würde er Alexander heimzahlen. Das würde er ihm nicht durchgehen lassen! Das ging endgültig zu weit.

„Robert, im Restaurant sitzen dreißig Gäste, die auf den Vorspeisensalat warten", mahnte Hildegard mit Bestimmtheit in der Stimme.

Er nickte und beschleunigte seine Bewegungen,

40

klemmte sich eine große Schüssel in die Armbeuge und rührte mit der anderen Hand Balsamico und Olivenöl zusammen, während sich seine düsteren Gedanken überschlugen. Was würde wohl sein Vater zu Alexanders Ausrutscher sagen?

Etwas Senf hinzufügen … Eine Prise Salz …

Das würde Alexanders makellosem Ruf erheblichen Schaden zufügen. Mister Saubermann – ha, von wegen! Ob Katharina ihm wohl den Laufpass geben würde? Ein böses Lächeln legte sich um Roberts Lippen, während er die Kräuter hackte, sie in das Dressing gab und weiter rührte.

Aber nein, sein Gewissen meldete sich. Katharina da mit hineinzuziehen wäre unfair. Sie konnte ja nichts dafür, dass sein Bruder sich auf seine rücksichtslose Art nahm, was ihm gerade gefiel. Sie war so unschuldig.

Er kostete die Mischung in der Schüssel und gab einen Schuss Essig dazu und eine Prise gestoßenen Pfeffers.

Als Erstes würde er zum Vater gehen. Der würde die Dinge schon ans Laufen bringen … Diesmal würde Alexander nicht ungeschoren davonkommen.

Verdammt, zu viel Essig und viel zu scharf! Da half nur Honig. Mehr Honig. Und noch etwas Senf. Dadurch wurde das Dressing wohl zu süß, aber anders war es nicht zu retten.

„Hier hast du deine Vinaigrette", sagte er zu Hildegard und drückte ihr die Schüssel in die Hand. Dann rannte er aus der Küche, um seinen Vater zu suchen.

Im Flur auf dem Weg zum Büro lief er mit der Schulter gegen Alexander.

„Hoppla, nicht so hastig, kleiner Bruder."

Alexanders harmloses Lächeln verriet nichts von dem, was soeben im Pferdestall passiert war. Robert schmeckte die Galle auf seiner Zunge. Mit den Zähnen knirschend drängte er ohne ein Wort an Alexander vorbei. Was hätte er schon sagen sollen? Danke, dass du auf meinen Gefühlen herumtrampelst? So oder so, er würde immer wie der Verlierer aussehen.

Er stürmte ins väterliche Büro, wo Werner Saalfeld gerade einen Brief las. Er sah erstaunt auf.

„Wer oder was ist denn hinter dir her?"

Robert schloss die Tür und baute sich vor dem breiten Schreibtisch auf, vor dem er sich schon als kleiner Junge wie vor einem Richterpult gefühlt hatte. Er war sich sicher, dass dieses Monster das erste Möbelstück war, das er verkaufen würde, sobald der Vater einmal das Zeitliche segnen würde. Der Tisch jagte ihm Angst ein.

„Ich habe eben deinen Lieblingssohn im Stall mit einer Frau erwischt. Und es war nicht Katharina!"

Werner gab einen verblüfften Laut von sich. Dann lehnte er sich in seinem Sessel zurück und betrachtete Robert nachdenklich.

„Und was soll ich mit dieser Information anfangen?"

Robert schnaubte verständnislos. „Was soll das heißen? Es ist doch wohl klar, wenn ich an seiner Stelle gewesen wäre ..."

42

„Wenn du an seiner Stelle gewesen wärst, dann hätte das gar nichts geändert. Wovon sprichst du, Robert?"

Die Begriffsstutzigkeit seines Vaters verwirrte ihn. Er hatte mit einer anderen Reaktion gerechnet, nachdem er diese Bombe hatte platzen lassen. Also probierte er eine neue Taktik.

„Alexander ist mit Katharina so gut wie verlobt und trifft im Pferdestall andere Frauen! Und du duldest so etwas?"

Werner lachte auf, wurde aber sogleich wieder ernst.

„Beruhige dich, Robert, ich bitte dich. Und nun zu Alexander. Er ist ein junger Mann, der sich die Hörner abstoßen sollte, bevor er heiratet. Das ist doch ganz normal und gesund. Ich habe jedenfalls nichts dagegen, solange er diskret bleibt. Hat ihn sonst noch jemand beobachtet?"

Noch bevor Robert antworten konnte, fuhr Werner fort. „Egal, lass das mal meine Sorge sein. Ich werde mit ihm reden, sicher ist sicher."

Mit einem Kopfnicken signalisierte der Vater, dass das Gespräch für ihn beendet war.

Ein Wirbelsturm braute sich in Robert zusammen. Das musste ein Albtraum sein, es konnte nicht wirklich wahr sein. Er stürmte hinaus und knallte die Tür hinter sich zu.

3. KAPITEL

Mit einer wütenden Bewegung riss Robert die braune Lederjacke von der Garderobe in seinem Zimmer, stieß die Füße in die Reitstiefel und machte sich mit energischen Schritten auf den Weg zu den Ställen. Beim Reiten konnte er, genau wie sein Bruder, am besten denken.

Er sattelte sein Pferd und schlug kurz darauf den Weg in die Wälder ein, auf dem er um diese Zeit allein sein sollte.

Es war schon beinahe dunkel, doch Pferd und Reiter kannten den Pfad auch im bläulichen Licht des späten Abends, in dem sämtliche Farben wie weggewaschen waren und nur noch schwarze Schatten die Wegränder anzeigten.

Der Wind hatte zugelegt und brachte die Bäume um ihn herum zum Rauschen. Robert liebte die Einsamkeit hier draußen, er mochte das Gefühl, allein in der Natur zu sein. Deshalb beabsichtigte er auch nicht, das Hotel irgendwann zu verlassen und in einer Großstadt sein Glück zu versuchen. Zu sehr liebte er die blauweiß gezackten Berge am Horizont, das Wiegen der Nadelhölzer und das Farbenspiel der Laubbäume im Wechsel der Jahreszeiten. Zu sehr liebte er die Arbeit als Koch, auch wenn er als Lehrling noch weit davon entfernt war, selbstständig und unabhängig Entscheidungen zu treffen und sich zu verwirklichen; selbst wenn er ab und zu mit dem Vater aneinander rasselte. Woanders könnte es schwerwiegendere Probleme mit Vorgesetzten geben. Auch wenn er genau spürte, dass sein Vater mit seiner Berufswahl nicht einverstanden war, immerhin ließ er ihn doch seinen Weg gehen.

Ganz tief in seinem Inneren träumte Robert davon, irgendwann einmal die Anerkennung für all das zu bekommen, was er mit Phantasie und Geschick in der Küche zu leisten imstande war.

Immer wieder gab es Diskussionen darüber, warum Robert nicht genau wie sein Bruder ins Management strebte. Doch ihm lag es nicht, Menschen zu dirigieren – er verwöhnte sie lieber mit seinen kulinarischen Genüssen. Wenn sie ihm dafür dankten und die Küche des Hotels immer beliebter wurde, gab es keinen schöneren Lohn für ihn. Irgendwann würde auch sein Vater einsehen, dass er mit seinem Talent ein Gewinn für den Fürstenhof war – und nicht der etwas merkwürdige Sohn, als den Werner Saalfeld ihn gern hinstellte.

Sein Vater ahnte nicht einmal, welche besondere Begabung Robert besaß, dass er schon in seinem Alter in der Lage war, exquisite Menüs zuzubereiten. Er wusste nicht, welch inneren Frieden Robert die Auswahl der Zutaten und die sorgfältige Zubereitung schenkte. Ganz in sich versunken in der Küche zu werkeln und zu schaffen war das Einzige, das seine innere Unrast stoppen konnte. Und das würde er sich auch von seinem dominanten Vater nicht nehmen lassen. Dafür würde er kämpfen.

Während der Hengst in einen gemütlichen Trab fiel, wanderten Roberts Gedanken zurück. Er merkte nicht, wie weich seine Gesichtszüge wurden, als er sich mit einem warmen Gefühl im Herzen daran erinnerte, wie er seine Leidenschaft für das Kochen entdeckt hatte …

Er hatte wieder den Duft nach schmelzender Schokolade in der Nase, wie damals, als er als Junge zum ersten Mal mit neugierigen Augen die Hotelküche betreten hatte. Er hatte gewusst, dass es zum Nachtisch an diesem Tag ein Schokoladendessert geben sollte, und wollte endlich einmal zuschauen, mit welchen Zaubertricks diese Köstlichkeit hergestellt wurde.

Möglichst unauffällig stellte er sich neben den Koch, der mit seiner hohen Mütze und dem Kittel auf ihn wirkte wie ein weißer Magier. Dann beobachtete er mit vorgerecktem Kinn, wie sich die verschiedenen Zutaten, die einzeln so langweilig aussahen, zu einer köstlichen Geschmackskomposition verbanden.

Ein paar Freunde wollten ihn später am Nachmittag zum Fußballspielen abholen, aber noch blieb ihm Zeit. Seine Nase führte ihn direkt zu einem runden silbernen Topf in einem Wasserbad, während der Koch weitere Zutaten aus dem Kühlschrank holte.

In dem Moment schoss Hildegard aus einer Ecke hervor und erschreckte ihn beinahe zu Tode.

„Finger weg, Burschi", sagte sie, lächelte ihn aber dabei an und wuschelte ihm durch die dunklen Haare.

46

Er wusste, dass sie ihm nichts abschlagen konnte. Hildegard war ihm gegenüber die Güte in Person.

„Ich will nur mal gucken", verkündete er.

Hildegard nickte mütterlich. „Ist schon recht. Aber warum willst du immer nur zuschauen?" Sie hatte ihn bereits mehrfach aufgefordert, einmal selbst etwas Einfaches anzurühren, doch bislang hatte er sich nicht getraut.

Sein Vater behauptete, alles, was in der Küche geschah, sei Weiberkram. Auch diesmal schüttelte Robert den Kopf, denn mit seinen acht Jahren wagte er es noch nicht, die Ansichten seines Vaters in Frage zu stellen. Aber Hildegard ließ nicht locker.

„Ich sehe dir doch an, dass du es gern einmal selbst versuchen würdest. Hier, nimm den Schneebesen und rühr die Schokolade, ja? Dann kann ich mich schnell um etwas anderes kümmern."

Sie ließ ihm keine Zeit zum Widerspruch. Er griff das Küchenutensil und rührte. Fasziniert schaute er zu, wie die flüssige braune Masse spiralförmige Kreise zog. Es sah fast so aus wie eine Galaxie im All beim Raumschiff Enterprise.

Einen Moment zögerte er, dann griff er in eine Schale gehackter Mandeln und ließ ein paar davon hinein fallen. Nun hatte die Galaxie auch fette Sterne. Hey, das machte Spaß. Hier konnte er etwas bauen, etwas zusammenstellen und sein blöder großer Bruder hatte mit Sicherheit kein Interesse, es wieder einmal besser machen zu wollen.

47

Robert tauchte einen Finger in die Schokolade und probierte sie. Uh, viel zu unsüß! Er sah sich um und fand den Puderzucker. Vorsichtig ließ er den feinen weißen Staub in die bittere Schokolade rieseln. Der große Schneebesen verteilte den feinen Griesel in der Galaxie.

Ein Schatten fiel auf die Schüssel, und Robert zuckte zusammen. Hildegard stand vor ihm und verursachte eine Sonnenfinsternis. Er hatte sie nicht kommen hören, zu sehr war er in sein Werk vertieft gewesen.

„Mach nur weiter, ich will dich nicht stören, während du ein neues Dessert kreierst." Sie lachte und drehte sich um.

Er hob das Kinn und rief ihr hinterher: „Ich kann gar nichts Neues machen. Das ist doch nur Schokolade!"

Hildegard kam zu ihm zurück, legte ihm eine Hand auf die Schulter und beugte sich auf Augenhöhe zu ihm.

„Irrtum, Robert. Das sind alles Zutaten, und die sind wie die Farben eines Malers. Das Bild, das sie ergeben, kannst du selbst bestimmen, und es ist immer wieder einzigartig."

Die Küchenhilfe Tessa, die nur ein Jahr im Fürstenhof beschäftigt gewesen war, bevor sie wegen permanenter Faulheit gefeuert wurde, schlenderte an ihnen vorbei und bedachte Hildegard mit einem schiefen Blick.

„Was Sie da dem Jungen erzählen, wird Herr Saalfeld sicher nicht gern hören."

Hildegard zuckte mit den Schultern. „Sieh du lieber zu, dass du die Kartoffeln geschält bekommst." Sie ließ sich von niemandem darüber belehren, was sie sagen durfte und was nicht.

Robert überlegte. Sicher war Alexander, wenn er es nur einmal versuchen würde, auch der bessere Nachspeisenmacher. Der Ältere brachte die besseren Noten mit nach Hause, baute originellere Nussknacker, schoss beim Fußballspielen die meisten Tore und hatte viel mehr Freunde. Wenn sie beide der Mutter etwas zum Muttertag bastelten, lobten alle Alexanders Werk – über Roberts Geschenk dagegen wurde meist nur gelacht. Hach, wie niedlich! Netter Versuch, bedeutete das für ihn, aber total misslungen. Alexander bekam die bewundernden Worte von den Eltern. Immer nur Alexander. Bloß weil der älter und größer war, oder was?

Manchmal überlegte Robert, was mit ihm wohl nicht stimmte. Er verstand nicht, warum er so hart um alles kämpfen musste und es dann doch nicht gut hinbekam, während Alexander alles in den Schoß fiel. Vielleicht hatte Alexander kein Interesse daran, Schokolade zu rühren? Dann wäre das zum ersten Mal etwas, das Robert allein und besser machen könnte. Was für ein aufregender Gedanke! Aber Alexander durfte nichts davon erfahren, sonst würde er sicher gleich wieder versuchen, ihn zu übertreffen. Und Vater durfte es auch nicht wissen, damit er es ihm gar nicht erst verbieten konnte.

Ihm wurde immer alles verboten, nur Alexander durfte tun und lassen, was immer ihm in den Sinn kam. Einmal hatte Robert gesehen, wie Alexander sich die Portiermütze von Alfons ausleihen durfte, um draußen die Gäste zu begrüßen. Als wäre er bereits der Hotelchef! Das hätte sich Robert mal herausnehmen sollen … Bei seinem Bruder aber hatte der Vater strahlend daneben gestanden. „Ja, klar, früh übt sich, wer ein Meister werden will." Eifersüchtig hatte Robert die Szene in der Empfangshalle beobachtet und war dann weinend in sein Zimmer gelaufen.

Er nahm wieder den Schneebesen in die Hand und überlegte, was er seinem Werk noch hinzufügen könnte. Vanille vielleicht, und Sahne. Ja, das würde gut passen.

Hildegard lachte. „Eigentlich sollte das ein Kuchenguss werden, aber mach ruhig eine Mousse daraus."

Robert versank ganz in der Perfektionierung seiner Schokocreme. Er vergaß die Verabredung mit den Freunden und die Anfangszeit für die Trickfilmserie „Paulchen Panther", die er sich immer so gern ansah. Noch nie war er so von etwas erfüllt gewesen. Noch nie hatte ihm etwas so viel Spaß bereitet. Und das sollte Weiberkram sein? Es war viel schöner als Autoreifen wechseln und Rasenmäher reparieren. Alles Dinge, zu denen der Vater sie immer hinzu rief und die Alexander mit Begeisterung erledigte. Robert dagegen ödeten sie an, und schmutzig wurde er davon auch noch.

Als Hildegard das süße Endergebnis lobte und das Küchenpersonal des Hotels zusammenrief, um alle probieren zu lassen, empfand Robert ein Triumphgefühl, das er nie mehr vergaß. Es war ihm, als sei er nie zuvor für etwas gelobt worden. Jedenfalls hatte ihn noch nie zuvor etwas so mit Stolz erfüllt.

Von diesem Tag an verbrachte er jede freie Minute in der Küche. Endlich hatte er etwas gefunden, das er besser beherrschte als alle anderen, und nun packte ihn der Ehrgeiz, der Beste überhaupt zu werden. Nur Alexander auszustechen genügte ihm nicht mehr.

Wenn er ein neues Rezept anrührte, dann war er eine Zeitlang nicht ansprechbar. Zu den süßen Nachspeisen kamen im Laufe der nächsten Monate und Jahre fantasievolle Soßen, Suppen und Salate. Als er sein erstes komplettes Menü zusammenstellte, war er zwölf Jahre alt, und der Vater konnte ihn in seinem eigenwilligen Treiben nicht mehr ignorieren. Er war gut, er war sogar sehr gut, das wusste er, und er strebte nach dem Realschulabschluss eine Lehre als Koch an. Als er seine Eltern davon in Kenntnis setzte, hing für mehrere Wochen der Haussegen schief.

Doch Robert blieb eisern in seinem Entschluss – und einzig Hildegard ermutigte ihn, von diesem Weg nicht abzugehen. Sie verteidigte seinen Wunsch und bestätigte sein Talent, wo sie nur konnte.

„Hör zu, Robert, du bist fünfzehn Jahre und kannst überhaupt noch nicht abschätzen, was die Zukunft für dich bringt", versuchte Werner ihn noch kurz vor dem Schulabgang davon zu überzeugen, dass er die falsche Berufswahl traf.

„Du scheinst das aber sehr genau zu wissen, oder?"

Es war die Zeit, als sich ein zynischer Unterton in seine Worte schlich, wann immer er mit seinem Vater sprach.

„Selbstverständlich weiß ich das genau." Es war schwer, Werner Saalfeld aus der Ruhe zu bringen. Er lächelte leicht spöttisch. „Ich baue hier ein Imperium für dich und deinen Bruder auf. Wenn ich nicht mehr da bin, wird ein einziger Nachfolger vielleicht nicht genügen, um die Geschäfte fortzusetzen. Und ich habe schließlich zwei Söhne …"

Robert lachte freudlos. „Du willst mich wirklich von einer Zukunft im Schatten meines Ach-so-großartigen Bruders überzeugen? Das kann nicht dein Ernst sein, Vater." Er hob den Kopf. „Ich habe ein Talent in mir entdeckt, das mir keiner nehmen kann. Und ich bin stolz darauf. Ich eigne mich nicht zum Hotelmanager. Niemand sollte das besser wissen als du", fügte er verbittert hinzu.

Mit dem Einbruch der Dunkelheit kam auch die Kälte. Ein Frösteln lief Robert über den Rücken, als er mit seinen Gedanken in die Gegenwart zurückkehrte. Schon oft hatte er überlegt, ob sein Vater irgendein privates Problem hatte, das er auf ihn übertrug. Es war einfach so ungerechtfertigt, dass er ihn immer nur kritisierte, während Alexander als Superman auf die Welt gekommen zu sein schien. Aus irgendeinem Grund traute er Robert wirklich nichts zu, maßregelte ihn bei jeder sich bietenden Gelegenheit, während er Alexander sogar zugestand, seine eigenen Fehler zu machen.

Doch was nützte es, wenn er die Ursache für das ungerechte Verhalten seines Vaters herausfand? Es würde auch nichts ändern.

Ein Leuchten trat in Roberts Augen, als er sich vorstellte, dass ihm in der Zukunft die Küche allein unterstehen würde. Sein eigenes kleines Reich, in dem er Esskultur pflegen konnte. Nach Abschluss der Lehre würde er sich schnell zum Küchenchef hocharbeiten – zumindest diesen Vorteil konnte er aus der Tatsache ziehen, dass er Sohn des Chefs war – und Hildegard musste von ihm Befehle entgegen nehmen. Nicht, dass er es darauf anlegte. Er verstand sich prima mit der liebenswerten Frau. Sie würde keine Probleme machen und sich anpassen. Und er würde ein bewunderter Küchenchef sein. Unbewusst richtete er sich im Sattel auf.

Das Pferd schaukelte seitlich, als es sich über einen unebenen Teil der Wegstrecke bewegte. Von hier aus ritt Robert gern querfeldein über die wilden Wiesen, doch im Dunkeln wagte er es nicht. Er konnte nun schon kaum mehr weiter als zwanzig Meter sehen. Mit einer routinierten Bewegung am Zügel brachte er den Hengst zur Umkehr.

Das gute Gefühl der Vorfreude auf das, was ihm sein beruflicher Weg bieten würde, wurde plötzlich überschattet von der Erinnerung daran, wie Alexander und Angela …

Wie eine Flamme schoss die Wut wieder in ihm hoch, und er drückte dem Pferd die Schenkel in die Flanken, beugte sich vor und ließ das Tier in einen leichten Galopp fallen.

Nur Robert schien es aufzufallen, dass der Ältere immer alles erreichte, was er sich in den Kopf setzte. Die anderen bemerkten das anscheinend gar nicht. Sie fanden Alexander freundlich und charmant. Wenn Robert ehrlich zu sich war, dann war Alexander auch ein netter Bruder, der ihm immer zur Seite stand, wenn er Hilfe brauchte. Das hatte er schon oft erlebt. Doch die Geschichte mit Angela ging einfach zu weit. Robert konnte seinen Bruder nicht verstehen, er war doch glücklich mit Katharina. Wieso konnte er Angela nicht in Ruhe lassen. Nach dem so aufregenden Kuss in der Küche hatte er sich so auf ein nächstes Wiedersehen mit Angela gefreut. Sie dann aber in den Armen Alexanders sehen zu müssen, war unerträglich gewesen.

Als er den Fürstenhof erreicht und sein Pferd versorgt hatte, lief er um das Gebäude herum, um durch den Lieferanteneingang in die Küche zu gelangen. Im hinteren Teil des herrschaftlichen Gebäudes brannte nur eine Außenlampe und beleuchtete die Efeu bewachsene Wand und die gestapelten leeren Obstkisten. Hier, neben den Mülleimern und der Bierzeltgarnitur, rauchten die Mädchen aus der Küche gern oder tranken eine Tasse Kaffee mit den Lieferanten.

Als er die quietschende Holztür geöffnet hatte, kam ihm Hildegard entgegen, völlig aufgelöst. Ihre Wangen waren rosig, ein paar Strähnen hatten sich aus ihrer Steckfrisur gelöst.

„Wo warst du nur so lange, wir haben dich überall gesucht."

„Wozu die Hektik? Was ist denn los?"

Hildegard schlug verzückt die Hände vors Gesicht, woraus Robert erleichtert schloss, dass es sich wohl um eine gute Nachricht handeln musste.

„Die dreißig Gäste vorhin, weißt du, wer die waren?"

Er schüttelte den Kopf. Die Gäste interessierten ihn nicht, es sei denn, sie wollten über sein Essen meckern.

„Die waren vom Verlag eines berühmten Reiseführers."

„Ja, und? Was wollten sie denn? Wir hatten doch neulich erst solch besondere Gäste."

Hildegard widersprach mit einem vehementen Kopfschütteln. „Man kann nie genug Aufmerksamkeit dieser Art für seine Küche haben. Außerdem können die auch so überraschend auftauchen wie diese heute, deshalb darf man nie nachlässig sein." Sie zwinkerte dem jungen Mann zu. „Aber die waren gar nicht offiziell hier, sondern weil sie einen Ausflug gemacht haben. Dennoch werden sie sich den ganzen Betrieb jetzt mal genauer anschauen, nachdem sie von deiner Vinaigrette hellauf begeistert waren."

Ihre Augen strahlten und Robert wurde ganz heiß. Das Dressing, das er vor lauter Zorn auf Alexander vermasselt hatte?

„Aber, aber …"

Hildegard tätschelte seine Schulter.

„Du sollst nicht immer so bescheiden sein, sei doch auch mal stolz auf dich."

Jeder anderen Person auf Erden hätte er gern etwas vorgespielt, aber nicht Hildegard. Sie hätte es ihm sowieso angesehen, früher oder später.

„Aber das war ein Unfall. Ich hab's versaut. Dann habe ich es notdürftig wieder ausgeglichen, aber es war viel zu viel von allem drin. Total verwürzt."

Schlagartig fiel ihm auf, dass er die Soße nach dem letzten Versuch nicht noch einmal probiert hatte. Er wusste überhaupt nicht, wie sie geschmeckt hatte. Das Ganze war somit nicht einmal reproduzierbar. Er würde die verdammte Soße noch einmal vermasseln müssen.

Hildegards Augen weiteten sich. Er sah ihr an, wie es hinter ihrer Stirn arbeitete.

„Ich hab's doch immer gesagt!", schlussfolgerte sie dann mit weiblicher Logik. „Du bist ein Genie! Aus deinem Reparaturversuch ist eine Spezialität geworden! Sie haben die ungewöhnliche Soße gelobt und geliebt und wollten dich kennen lernen, aber du warst ja nicht da." Ihr vorwurfsvoller Blick hielt nicht lange an. Schon lächelte sie wieder, so stolz, als wäre sie seine Mutter.

„Der eine Herr meinte, Ingwer aus dem Dressing herauszuschmecken. Sie wollten von uns wissen, ob du tatsächlich Ingwer verwendet hast, und du warst nicht da!" Inzwischen konnte sie über das verzückte Schmatzen

56

und die aufgeregten Nachfragen der Gourmets lachen, während ihr beim Dinner die Schweißperlen auf der Stirn gestanden hatten, als sie feststellte, dass Robert wie vom Erdboden verschwunden war. Vor Freude überwältigt nahm sie ihn in die Arme. „Deine Eltern werden furchtbar stolz auf dich sein", sagte sie voller Wärme.

Robert zuckte mit den Achseln. Ja, vielleicht für dreißig Sekunden. Dann würden sie etwas finden, was ihnen heute nicht an ihm gepasst hatte, und keiner würde mehr von seinem Erfolg sprechen. Aber er konnte ein warmes Gefühl in der Brust nicht verleugnen. Ohne geistig bei der Sache zu sein, hatte er mit reiner Intuition etwas Gutes geschaffen. Es musste ihm wohl tatsächlich im Blut liegen. Vor der glänzenden Arbeitsfläche in der Küche sah er sich kurz nach dem Ingwer um. Hatte das Gewürz in seiner Nähe gestanden?

Die nächsten beiden Stunden des Abends verbrachte Robert hingebungsvoll mit Salatsoßenexperimenten.

„Unmöglich!", zeterte Gerlinde von Eschenbach vor dem Zigarettenautomat im verborgenen Teil des Flurs, der vom Eingangsbereich abzweigte.

Alfons wollte sich von der Rezeption gleich auf den Weg zu ihr begeben, um sie zu besänftigen, aber Alexander hielt ihn zurück. Als angehender Juniorchef war es seine Aufgabe, schwierige Gäste friedlich zu stimmen.

Mit festen Schritten ging er auf die Frau zu und deutete eine Verbeugung an. „Kann ich Ihnen vielleicht helfen, gnädige Frau?", fragte er formvollendet, und dass er ihr dazu noch ein strahlendes Lächeln schenkte, glättete die Wogen sofort.

Gerlinde von Eschenbach musterte den attraktiven jungen Mann von oben bis unten, bevor sie spitz bemerkte: „Ein Luxushotel der Extra-Klasse, und im Zigarettenautomat gibt es meine Marke nicht. Was soll ich davon halten, Herr Saalfeld?"

„Selbstverständlich werde ich sofort veranlassen, dass Ihnen das Gewünschte geholt wird, gnädige Frau. Bis dahin darf ich Ihnen vielleicht an unserer Bar einen italienischen Kaffee anbieten?"

Sie erwiderte sein Lächeln, neigte würdevoll zustimmend den Kopf und ließ sich an seinem Arm zur Terrassenbar führen, an der er ihr einen Hocker zurechtschob, bevor er sich mit einer weiteren Verbeugung von ihr verabschiedete. Nachdem er Alfons instruiert hatte, hörte er seinen Vater nach ihm rufen, und Alexander beeilte sich, ihm in sein Büro zu folgen. Heute war mal wieder die Hölle los, und an allen Ecken verlangte man nach ihm. Aber gerade für diesen Trubel fernab jeder Routine und Langeweile liebte Alexander das Hotelgeschäft.

Als sein Vater ihm allerdings schilderte, weswegen er ihn zu sich gerufen hatte, verdüsterte sich seine Laune und seine Augen weiteten sich entsetzt. „Robert hat Angela und mich beobachtet?"

Werner nickte knapp und fuhr sich seufzend durch das kurze dunkle Haar.

„Ich will gar nicht en detail wissen, was passiert ist, aber ich möchte auch nicht, dass Robert Katharina etwas davon erzählt. Das bringt nur unnötigen Ärger."

„Das kannst du laut sagen", sagte Alexander und stieß eine Faust in die offene Handfläche. „Und ganz ohne Grund! Es ist nämlich nichts passiert. Glaubst du mir das?"

Werner hob beide Hände. „Das geht mich nichts an, Junge, und ich will es auch gar nicht wissen. Ich werde den Teufel tun und dir in dein Liebesleben reinreden."

Für einen Moment presste Alexander die Lippen fest aufeinander. „Das ist rücksichtsvoll von dir, aber ich möchte, dass du weißt, dass ich Katharina nicht hintergangen habe. So etwas ist nicht mein Stil."

Werner seufzte. „Mit Stil hat das nichts zu tun, mein Sohn. Darüber reden wir ein anderes Mal. Jetzt solltest du erst mal deinen Bruder finden und ihn beruhigen. Der Junge gefällt mir in letzter Zeit überhaupt nicht. Und wenn er nun auch noch anfängt, Gerüchte über dich in die Welt zu setzen …"

Alexander fand Robert in der Küche, wo um diese Uhrzeit hektische Betriebsamkeit herrschte. Während es überall köchelte und dampfte, während Salate geputzt und Möhren geraspelt, Teller gefüllt und dekoriert wurden, unterhielten sich die Mitarbeiter trotz all ihrer Arbeit auch über den tollen Erfolg, den Robert heute bei den Gourmetfreunden gehabt hatte.

Mit festen Schritten, ein freundliches Lächeln im Gesicht, ging Alexander auf seinen Bruder zu.

„Gratuliere, Brüderchen. Wann dürfen wir dieses tolle Dressing denn mal probieren?"

Robert sah auf, wischte sich mit dem Ärmel des Kochkittels über die Stirn. „Sobald ich mich an die Zutaten erinnern kann."

Die Umstehenden winkten ab, erklärten, dass Robert wie immer übertreibe.

Alexander wurde ernst. „Ich muss dich sprechen, Robert. Hast du einen Moment Zeit?"

„Das ist ganz schlecht. Siehst du nicht, dass hier Hochbetrieb herrscht?"

„Es dauert nicht lange", versprach Alexander sanft, aber bestimmt. „Komm bitte. Ich warte draußen."

Ein paar Minuten später erschien Robert und gesellte sich zu ihm vor das Hotel, wo sie ein paar Schritte gingen. Ein ungleiches Brüderpaar auch äußerlich: Der eine im dunkelblauen Anzug, weißen Hemd und dezent gemusterter Seidenkrawatte, der andere in karierter Stoffhose, weißer Jacke und mit einem roten Tuch um dem Hals, in der klassischen Uniform der Fürstenhof-Gastronomie.

Die Nachtluft war warm und klar. Einige Gäste nahmen ihren Digestif an der Terrassenbar ein und warfen den beiden Söhnen des Hotelchefs unauffällige Blicke zu, ohne allerdings mitzubekommen, worüber sie sprachen.

„Robert", begann Alexander, „du warst bei Vater und

hast ihm erzählt, dass du mich mit Angela zusammen gesehen hast."

Er wartete die Reaktion des Jüngeren ab. Er konnte sich noch immer keinen Reim darauf machen, warum Robert ihn beim Vater angeschwärzt hatte. Bisher hatte sich der Senior noch nie in sein Liebesleben eingemischt, hatte Freundinnen kommen und gehen sehen und mit unverhohlener Befürwortung mitbekommen, dass Katharina Klinker-Emden für Alexander immer wichtiger geworden war.

Roberts Gesicht war düster. Er hatte die Hände tief in die Hosentaschen gesteckt.

Da er nicht antwortete, fuhr Alexander fort: „Ich weiß zwar nicht, was es dich angeht, aber wenn es dich beruhigt, dann kann ich dir versichern, dass überhaupt nichts war zwischen Angela und mir."

Robert schaute hoch und Alexander wich ein Stück zurück, als Blitze aus Roberts Augen zu schießen schienen.

„Hey, was ist los mit dir, Mann? So habe ich dich ja noch nie ..."

Robert stieß Alexander heftig gegen die Schulter, so dass dieser ins Taumeln geriet. „Du verdammtes Arschloch! Wieso musst du immer alles haben? Wieso lässt du nie etwas für mich übrig?"

Alexander begriff. Als hätte jemand einen Schalter umgelegt und die Sache mit einem Scheinwerfer erhellt. „Du bist verknallt in Angela?"

Robert starrte ihn nur an. Aber es war keine Antwort

nötig, der verletzte Ausdruck in seinen Augen sprach für sich.

„Oh, Mist, Robert, es tut mir Leid. Ehrlich! Ich hatte doch keine Ahnung!" Er fragte sich, ob er unter diesen Umständen überhaupt erzählen sollte, dass Angela ihn angemacht hatte, und nicht umgekehrt. Die Chancen, dass Robert ihm auch nur ein Wort glauben würde, standen schlecht.

„Natürlich nicht! Du hast nie eine Ahnung! Du bist der rücksichtsloseste Mensch, den ich kenne."

Alexander schluckte. Das tat weh, und außerdem stimmte es nicht. Schon immer hatte er auf Robert geachtet, ihn verteidigt, wenn Werner zu hart mit ihm ins Gericht ging. Aber Robert war nicht in der Verfassung, ihm zuzuhören. Er war völlig außer sich.

„Beruhige dich, Robert. Es war nichts zwischen uns, glaub mir doch!"

„Aha, deshalb hatte sie auch die Bluse offen bis zum Knie und du deine Flossen überall auf ihr." Robert war ganz dicht herangekommen und machte Grabbelgesten mit den Fingern. „So macht man das also heute bei harmloser Konversation. Man öffnet die Bluse und der Herr langt ordentlich zu. Dabei geht es immer nur um das Wetter, versteht sich."

Alexander schloss den Mund, schüttelte überwältigt den Kopf. Wie sollte er seinem Bruder bloß erklären, dass Angela sich selbst halb ausgezogen und sich ihm schamlos angeboten hatte? Wie konnte er von Angelas

Zudringlichkeit berichten, ohne damit seinen Bruder, der diese Frau offenbar verehrte, noch mehr zu demütigen?

Sein Schweigen dauerte Robert zu lange.

„Jetzt bist du sprachlos, du Weiberheld, was?"

„Nein, Robert. Ich denke nur, egal, was ich jetzt sage, es wird dich noch wütender machen. Es tut mir so Leid … Ich wusste nicht, dass dir etwas an Angela liegt, sonst hätte ich dieses intime Aufeinandertreffen niemals in dieser Form zugelassen. Auf keinen Fall will ich dir die Frau ausspannen! Mein Gott, ich hab doch schon Katharina. Für was hältst du mich eigentlich? Für einen Casanova?"

Roberts Augen verengten sich. „Für einen erbärmlichen Lügner. Du bist genau wie Vater, das weiß ich schon lange!"

Er machte kehrt und stapfte mit wütenden Schritten in die Küche zurück.

Alexander seufzte tief. Das war nicht gut gelaufen, gar nicht gut.

Sein kleiner Bruder liebte Angela Selig. Wer hätte das gedacht. Ausgerechnet an dieses Biest musste er sein Herz verlieren. Und der Seitenhieb auf seinen Vater gefiel ihm auch nicht. Soweit er wusste, war Werner Charlotte treu. Zumindest gab es keine öffentlichen Skandale.

Dass Robert darunter litt, dass der Vater generell Alexander vorzog, war ihm durchaus klar, obwohl er selbst es nie so deutlich erlebt hatte. Sicher, Werner Saalfeld verlor mit Robert schneller die Geduld und er maßregelte ihn auch öfter. Aber lag das nicht vor allem am Altersunterschied? War es nicht in den meisten Familien so, dass der Jüngere sich mit dem Älteren vergleichen lassen musste?

Alexander seufzte schwer, grüßte aber lächelnd in Richtung der Gäste an der Bar, als er über den von Zypressen in Terracotta-Töpfen gesäumten Kieselweg zum Hoteleingang zurückging.

4. KAPITEL

Es gab in dieser Zeit nicht viel, was Robert und Alexander miteinander verband. Ihre Lebenseinstellungen unterschieden sich grundsätzlich, und in diesen Wochen zeichnete sich ab, dass sie einen ganz unterschiedlichen Geschmack in Bezug auf Frauen hatten.

Gemeinsam war ihnen die Leidenschaft für Pferde, aber gemeinschaftliche Ausritte gab es schon lange nicht mehr. Beide bevorzugten die Einsamkeit, wenn sie hoch zu Ross in der Umgebung des Fürstenhofs unterwegs waren.

Ein Hobby allerdings hatten sie beide aus Kindertagen beibehalten, und es ließ sich kaum vermeiden, dass sie es gemeinsam ausübten: Fußballspielen. Vor zehn Jahren war Robert in den örtlichen Sportverein eingetreten, in dem Alexander, ein paar Altersklassen höher, als Verteidiger schon lange ein geschätzter Spieler war. Robert wurde als Stürmer eingesetzt, und auch wenn sein Temperament in jungen Jahren manchmal mit ihm durchging, so verfeinerte er doch im Lauf der Zeit seine Technik. Er lernte, sich zu kontrollieren und mannschaftsdienlich zu spielen.

Mit dem Wechsel auf die höhere Schule und Alexanders Eintritt in die Hotelfachschule verlor der Verein für beide an Bedeutung, aber als Holger, der junge Barmann des Fürstenhofs, eines Tages bei einem späten Pils an der Theke vorschlug, eine Hobbymannschaft zum gelegentlichen Kicken zu gründen, waren die Saalfeld-Brüder

65

beide dafür. Einmal im Monat, wenn es sich ergab, dass mindestens zehn sportlich interessierte Mitarbeiter Freizeit hatten, trafen sie sich auf dem Sportplatz, um gemeinsam zu trainieren und zu spielen.

An diesem Nachmittag war das Wetter ideal. Die Sonne schien zwischen träge dahin ziehenden Schäfchenwolken hindurch und wärmte den Aschenplatz, dessen weiße Linien kaum zu erkennen waren und der mit zwei Toren ausgestattet war, deren Netze eine Ausbesserung dringend nötig gehabt hätten. Mit lockeren Schritten und schwingenden Armen liefen sich die jungen Männer warm: Holger, Alexander, Robert, die Küchenjungen Max und Sebastian sowie eine Handvoll jugendlicher Hotelgäste, die mit ihren Eltern angereist und froh über die sportliche Abwechslung waren.

Niemand von ihnen bemerkte, dass Robert die Lockerheit und Entspanntheit der anderen vermissen ließ. Seine Bewegungen wirkten heute verkrampft, sein Gesichtsausdruck verbissen. Die Auseinandersetzung mit Alexander nagte an ihm, und er war mit seinen siebzehn Jahren keiner, der sich mit Worten Luft zu machen verstand. Er spürte immer noch seine Wut und war froh, sich während des Fußballspiels abreagieren zu können. Das war jetzt genau das Richtige.

Jemand warf den Ball aufs Spielfeld, und die Mannschaften waren schnell eingeteilt. Dass die Saalfeld-Jungen nicht in einer Gruppe spielten, war schon Tradition. Das Leder flog und rollte von einem Fuß zum

66

nächsten. Doch jedes Mal, wenn Alexander dem Bruder den Ball abnahm, verstärkte sich Roberts Anspannung und Wut. Als Alexander dann auch noch einen Angriff startete und diesen nach einem Doppelpass mit einem Tor abschloss, das jubelnd von seinen Mannschaftskameraden gefeiert wurde, wusste Robert, dass es Zeit für einen Gegenangriff war. Nach kurzer Zeit war er tatsächlich im Ballbesitz nach einer gelungenen Flanke von einem seiner Mitspieler.

Aber ausgerechnet jetzt gelang es Alexander ein zweites Mal, Robert den Ball abzunehmen, was der nicht auf sich sitzen lassen konnte. Diesen Ball würde er sich zurückholen, jetzt war er an der Reihe. Und wenn er sich etwas in den Kopf gesetzt hatte, war Robert nicht mehr zu bremsen.

Wie ein Rausch kam die Angriffslust über ihn. Er verwandelte sich in einen wütenden Stier und rammte seinen Bruder, der völlig überrascht war und ins Taumeln geriet. Seinen Vorteil im Blick, schob Robert noch einmal nach und rempelte Alexander mit voller Wucht an. Alexander hielt dagegen und die beiden Brüder steckten in einem heftigen Zweikampf. Gerade schien Robert den Ball wieder zurückgewonnen zu haben, als er ein hässliches Knacken hörte.

Alexander schrie gellend auf, stürzte mit schmerzverzerrtem Gesicht, sein Bruder landete bäuchlings auf ihm. Erschrocken und wie aus einer Trance erwachend rappelte sich Robert hoch und starrte auf Alexander

nieder, der sich wälzte, schrie und sein merkwürdig abge-
winkeltes Knie umklammerte.

„Was ist denn in dich gefahren, Mann? Wieso hast du
Alexander über den Haufen gerannt?", schrie Holger
entgeistert und starrte ihn genauso fassungslos an wie die
anderen.

Roberts Wut wich panischer Angst. Was hatte er
getan? Niemals hatte er seinen Bruder ernsthaft verletzen wollen! Ein paar blaue Flecke vielleicht, ein zerbeultes Ego, aber mehr nicht. Als sein Schuh auf Alexanders Knie getroffen war, hatte es sich so angehört, als sei
irgendetwas gebrochen.

„Max, lauf rein und ruf den Notarzt, sofort!" befahl
Robert völlig aufgeregt, und Max sprintete los.

Alexander wälzte sich noch immer und Robert sah,
dass ihm Tränen aus den zusammengekniffenen Augen
rannen. Er musste große Schmerzen haben.

„Um Himmels willen, was ist denn hier los?", rief
plötzlich Alfons Sonnbichler, der gute Geist des Hotels,
der schon in Kindertagen gemeinsam mit seiner Frau Hildegard ein Auge auf die Jungs gehabt hatte. Schreie auf
dem Sportplatz bedeuteten nichts Gutes.

Er kniete sich neben den Verletzten und wollte ihn berühren. Robert ging dazwischen.

„Halt! Niemand fasst ihn an, bevor nicht ein Arzt hier
war! Irgendwas ist kaputtgegangen in dem Knie, ich hab's
genau gehört."

Zögernd zog Alfons die Hand zurück.

Alexander nickte heftig. „Und ich hab's gespürt! Verdammt, tut das weh!"

Robert schluckte schwer und hoffte, dass keiner merkte, dass auch er mit den Tränen rang. Das überraschte ihn mehr als alles andere. Die Schmerzen seines Bruders waren auf einmal wie seine eigenen, obwohl er es war, der sie ihm zugefügt hatte. Keinesfalls aber wollte er vor den anderen losheulen.

„Es tut mir so Leid", brachte er hervor. „Ich wollte dich nicht so hart treffen."

Doch zum Verzeihen war Alexander noch längst nicht in der Lage. Stöhnend warf er sich erneut auf die andere Seite.

Alfons musterte Robert nachdenklich. „Du hast ihn getreten?"

Robert nickte. „Eigentlich war es nur ein Schubs. Ich weiß auch nicht, wie ich sein Knie erwischt habe." Das Blut stieg ihm in die Wangen. Schubsen hatte ihm nicht gereicht, er hatte mit seinem Fuß nachgetreten. Sein Temperament war mit ihm durchgegangen. Wo blieb bloß der verdammte Arzt?

Als der Mann mit dem schwarzen Koffer endlich angerannt kam, lief Robert ihm stürmisch und etwas ungehalten entgegen. „Das hat ja ewig gedauert! Muss man eigentlich erst sterben, bevor hier einer kommt?", pflaumte der Siebzehnjährige den Notarzt an.

Der Arzt stoppte nicht, während er auf den immer noch gekrümmt daliegenden Patienten zusteuerte. Ohne auf die ungehaltene Begrüßung zu reagieren, hockte er sich neben den Verletzten und untersuchte das Knie.

Zwei Sanitäter folgten dem Doktor mit einer Trage, auf die Alexander Sekunden später vorsichtig gelegt wurde, nachdem die Männer sein Knie stabilisiert hatten. Bedrückt standen die anderen Hobbykicker im Halbkreis um die Sanitäter herum. Mitgefühl zeichnete sich in den jungen Gesichtern ab.

„Das sieht nach mehr als einer Prellung aus. Wir bringen ihn nach München in die Klinik", verkündete der Arzt.

„Mehr als eine Prellung? Was soll das heißen?", rief Robert mit sich überschlagender Stimme und lief neben der Trage her. „Wir haben doch nur Fußball gespielt, was kann da schon passieren?"

„Das frag mal all die Fußballstars, die wegen Verletzungen ihren Job an den Nagel hängen mussten", gab einer der Sanitäter trocken zurück.

Robert verstummte. Verdammter Mist! Er hatte Alexander ernsthaften Schaden zugefügt. Das hatte er nie und nimmer beabsichtigt. Wie hatte es nur soweit kommen müssen.

Alfons strich seine Portieruniform glatt. „Ich werde der Familie Bescheid geben. Robert, fährst du mit dem Krankenwagen?"

„Natürlich." Sein Mund war trocken und er bekam einen Schweißausbruch, der nichts mit der sportlichen Anstrengung zu tun hatte.

Was hatte er da bloß angestellt?

5. KAPITEL

Kurz nachdem Alexander in die Münchner Klinik eingeliefert wurde, trafen wenige Minuten später nicht nur Werner und Charlotte Saalfeld ein, sondern auch noch Katharina. Sie war voller Sorge um ihren Freund, weil ihr in der Hektik keiner genau gesagt hatte, was eigentlich vorgefallen war. Alle drängelten sich um den Verletzten in seinem Einzelzimmer, während Robert, immer noch in T-Shirt und kurzen Sporthosen, wie das personifizierte schlechte Gewissen ein wenig abseits stand und immer wieder murmelte: „Ich hab das nicht gewollt …"

Als das Schmerzmittel, das der Arzt ihm injiziert hatte, endlich Wirkung zeigte, wollte Alexander nur noch seine Ruhe haben. Er stieß einen erleichterten Seufzer aus, als sich die besorgte Familie zurückzog.

Müde schloss er die Augen, fühlte das weiche Kissen unter dem Kopf und die kribbelnd durch seinen Körper ziehende Betäubung.

Mit Robert hatte er kein Wort gesprochen. Es war besser so. Erst mal. Nachdem der behandelnde Arzt ihm mitgeteilt hatte, dass man bereits sehen könne, dass es sich um eine langwierige Sache handelte, war seine Wut auf den jüngeren Bruder grenzenlos geworden.

Warum hatte er ihn so überaus hart angegriffen? Wie hatte er sich derart vergessen können? Was hatte er ihm denn getan? War das eine Art Rache für das, was Robert zwischen ihm und Angela vermutete? Warum glaubte er ihm nicht, dass er nichts von Angela wollte?

Sein eigener Bruder hielt ihn für einen Lügner, völlig ohne Grund. Mehr als die Sachlage erklären konnte er schließlich nicht, aber Robert schien von Eifersucht durchdrungen, und der grundlose Zorn auf ihn umnebelte sein Gehirn.

Nun war Alexander kaltgestellt. Inständig hoffte er, dass die Sache schnell verheilen würde. Verdammt, er hatte so viel vor in den nächsten Tagen. Die Abreise in die Schweiz war schon geplant – dort sollten schließlich die Weichen für seine Zukunft gestellt werden.

Sobald der Oberarzt zur Visite käme, konnte er Fragen stellen. Doch heute würde das nicht mehr geschehen. Man hatte ihn geröntgt, in der Notaufnahme war er fürs Erste versorgt worden. Alles andere würde bis zum nächsten Tag warten müssen.

Seine Mutter hatte versprochen, später jemanden mit ein paar Büchern und Zeitschriften zu schicken, und Katharina wollte gleich morgen früh wieder nach ihm schauen. Er fand es rührend, wie besorgt sie um ihn war. Er freute sich auf ihren Besuch, aber er würde nicht von ihr verlangen, Tag und Nacht anwesend zu sein. So sehr er die Ruhe in dem Einzelzimmer auch genoss, bedeutete es doch auch, dass er keine Gesellschaft hatte, wenn ihm danach war. Das waren eben die Vor- und Nachteile eines Einbettzimmers.

Missgelaunt angelte Alexander nach der Fernbedienung auf dem Nachttisch. Außer Fernsehen blieb ihm nur noch zu schlafen, aber dafür war er noch nicht müde genug. Es fühlte sich seltsam an, so plötzlich mitten aus dem prallen Leben gerissen und in ein Bett verfrachtet zu werden. Zur Untätigkeit verdammt. Er würde den Arzt fragen, ob er nicht auch zu Hause genesen konnte.

„Das dürfen Sie sich nicht so einfach vorstellen, Herr Saalfeld", sagte Dr. Bauer und unterstrich seine Worte mit lebendiger Gestik. Er war um die Fünfzig, und sein Haar verabschiedete sich bereits und gab den Blick auf eine enorm hohe Stirn frei. „Schauen Sie, am Kniegelenk gibt es zwei wichtige Seitenbänder, die reißen können. Das innere und das äußere. Sie stabilisieren das Kniegelenk bei seitlich einwirkenden Kräften."

„So wie mein Bruder, der als Kraft auf mein Knie eingewirkt hat", murmelte Alexander bitter.

„Exakt", bestätigte Dr. Bauer, korrigierte den Sitz seiner Brille und hob erneut die Hände, um beim Sprechen in der Luft herum zu fuchteln. *Der Mann wäre besser Dirigent geworden,* dachte Alexander. „Sie wurden getreten und sind unbewusst seitlich ausgewichen, wobei sie ihr Bein verdreht haben. Dadurch ist das innere Seitenband gerissen."

„Muss ich jetzt unters Messer?", wollte Alexander wissen.

Der Doktor schüttelte den Kopf. „Ein Riss der Seitenbänder muss nicht operiert werden. Aber Sie müssen sechs Wochen lang eine Bewegungsschiene mit einstellbarer Beugung tragen. Krankengymnastische Übungen werden Ihnen etwas von der Langeweile nehmen, die sich zweifelsohne einstellen wird."

Ein scheues Lächeln huschte über das Gesicht des viel beschäftigten Oberarztes, der sich doch genug Zeit nahm, seinen Patienten die genaue Ursache ihrer Gebrechen geduldig zu erklären.

„Und wie lange muss ich hier bleiben?"

Der Arzt überlegte, während er das Krankenblatt vom Bett aufnahm, das er dort abgelegt hatte, um die Hände zum Gestikulieren frei zu haben.

„Gedulden Sie sich eine Woche, dann haben wir alle Untersuchungen abgeschlossen und können Ihnen sagen, welche Maßnahmen nötig sein werden. Danach können Sie das Krankenhaus voraussichtlich verlassen, falls Sie zusichern, regelmäßig zur Krankengymnastik zu erscheinen."

„Das könnte ich einrichten. Jemand kann mich fahren."

„Dann ist ja alles geklärt. Bis morgen dann, zur Visite."

Alexander nickte dem Arzt zu, der die Klinke der Krankenzimmertür einer jungen Schwester mit einem blonden Haarknoten in die Hand gab. Sie schob einen scheppernden Metallwagen herein, der nachts auf stillen Fluren Komapatienten aufwecken musste. Allerlei Medikamente standen darauf bereit, sowie vakuumverpackte

Spritzen. Voller Unbehagen beobachtete er, wie sie eine Spritze aufzog.

„Ist die etwa für mich?"

Die junge Frau grinste. „Hat da jemand Angst vor einem kleinen Pieks?"

Alexander zog die Luft ein. „Natürlich nicht. Ich kann mir nur nicht vorstellen, was eine Injektion an einem Bänderriss ändern könnte."

Sie kam näher und unbewusst wich Alexander zurück, soweit sein ruhig gelegtes Bein es ihm ermöglichte. Sie führte das Ding in der Hand wie eine Waffe.

„Da haben Sie Recht. Aber sie wird auch nicht versuchen, etwas daran zu ändern. Da Sie ab heute in diesem Bett liegen werden und nirgendwo hingehen, nicht einmal auf die Toilette, bis alle Untersuchungen abgeschlossen sind", sie deutete einladend auf eine Bettpfanne, „sind wir dazu verpflichtet, Ihnen ein Thrombosemittel zu spritzen. Nur zur Vorsicht. Wir wollen schließlich nicht sagen müssen: Operation geglückt, Patient tot." Sie kicherte unterdrückt.

„Ich werde aber gar nicht operiert", wandte Alexander ein, nur um zu widersprechen. Es ging ihm auf die Nerven, von ihr wie ein Kleinkind behandelt zu werden.

Sie ging nicht darauf ein, sondern zog beherzt die Bettdecke weg. Er trug Boxers und seine Beine lagen frei verfügbar für ihre Nadelattacke. Schneller als er fragen konnte, wohin die Nadel gehen würde, rammte sie sie schon tief in seinen Oberschenkel. Während er entsetzt zusah, wie das fünf Zentimeter lange Metall bis zum Anschlag in seinem Fleisch verschwand, und wie sie die Flüssigkeit unendlich langsam einspritzte, bildete er sich ein, sie lächeln zu sehen. Ob es ihr Vergnügen bereitete, Menschen Schmerzen zuzufügen?

„Warum ins Bein?", wollte er wissen, um sich von dem stechenden Schmerz in seinem Schenkel abzulenken, bevor sie merkte, dass er am liebsten ein wenig gejammert hätte.

Sie nahm den Blick nicht von ihren Händen. Das war wiederum beruhigend. Anscheinend wusste sie, was sie tat.

„Ich könnte sie Ihnen auch in den Bauch geben, aber sie hinterlassen blaue Flecken, das lässt sich leider nicht vermeiden, und die sehen am Bein nicht ganz so schrecklich aus."

Er starrte sie sprachlos an. Er würde das Krankenhaus also mit Verletzungen verlassen, die er vorher gar nicht hatte. Er war noch nie in einer Klinik gewesen und hatte keine Ahnung, was ihn erwartete. Die Sache sah nicht gut aus.

Die Schwester – auf ihrem Schildchen stand „Beate" – entfernte die Nadel mit einer schnellen Handbewegung und drückte einen Tupfer auf den herausquellenden Blutstropfen.

„Fest drücken", befahl sie knapp und überließ ihm ohne Umschweife alles Weitere, während sie ihren Metallwagen klar zum Abrücken machte.

76

„Erwarten mich noch andere Rituale, von denen ich wissen sollte?"

Beate erwiderte sein Grinsen. „Fieberthermometer um vier Uhr morgens von der Nachtschwester. Und mit der ist nicht zu spaßen. Aber das war's dann auch schon. Wenn man großzügig übersieht, dass die Menschenrechtskommission sich letzte Woche für die Speisekarte unserer Küche interessiert hat."

Er lachte auf, Schwester Beate gefiel ihm. Vielleicht würde er doch ein bisschen Spaß haben, trotz allem. Die Sache mit dem Fieberthermometer würde er später noch einmal zur Sprache bringen.

Am nächsten Tag erschien Katharina gleich nach dem Frühstück. Der koffeinfreie Kaffee, der ihm zu dem Brötchen gereicht wurde, trug nicht dazu bei, Alexanders Stimmung aufzuhellen.

Doch seine Freundin bot einen hinreißenden Anblick: Zur cremefarbenen Seidenhose trug sie einen passenden Blazer in einem dunkleren Beige, kombiniert mit einer verspielten hoch geschlossenen Bluse, die ihre Gestalt noch sanfter wirken ließ, noch ätherischer, wie eine weich gezeichnete Figur aus einem Hamilton-Film. Alexanders mürrisches Gesicht verzog sich automatisch zu einem Lächeln bei ihrem Anblick. Sie setzte sich auf einen Stuhl neben seinem Bett, nachdem sie ihm zur Begrüßung einen Kuss auf den Mund gegeben hatte. Alexander wollte sie an sich ziehen und ganz in ihrem blumigen Duft verschwinden, der für einen Moment den Krankenhausgeruch zu verdrängen vermochte. Doch sie hatte sich bereits zurückgezogen und Platz genommen.

„Wie geht es dir?", erkundigte sie sich liebevoll.

„Es ist so langweilig hier", klagte er. „Aber, danke, es geht mir soweit gut. Auch wenn sie mich hier foltern."

Sie erwiderte sein Lächeln. „Foltern?"

„Mit Thrombosespritzen und aufdringlichen Nachtschwestern."

Katharina verzichtete darauf, Einzelheiten zu erfragen. Sie lächelte nur milde. „Robert ist außer sich vor Scham, dass er dir das angetan hat", berichtete sie.

Alexander schnaubte. „Das will ich auch hoffen. Ich habe keine Ahnung, was in ihn gefahren ist. Das Schlimmste ist, dass ich nun meine Abreise in die Schweiz verschieben muss. Humpelnd mit dieser Schiene hier kann ich doch meinen Dienst nicht antreten. Außerdem bekomme ich jeden Tag Krankengymnastik. Für Wochen! Ich bin ein Krüppel", fügte er bitter hinzu und starrte aus dem Fenster.

Katharina beugte sich zu ihm und legte eine Hand auf seine Finger. „Sag so etwas nicht! Du wirst doch wieder ganz gesund werden. Nichts wird zurückbleiben, meint der Oberarzt."

„Ich weiß, mein Schatz, aber trotzdem kann ich den Job in der Schweiz vergessen. Die werden dankend ablehnen. Und ich möchte nicht auf permanente Rücksicht angewiesen sein."

Sie dachte einen Moment nach. „Dein Vater wird das schon richten. Vielleicht kannst du den Arbeitsbeginn verschieben. Was für einen Unterschied bedeuten schon ein paar Wochen?"

Er zuckte die Schulter. Vielleicht würde das Schweizer Hotelmanagement zustimmen, vielleicht auch nicht. Das Geschäft war knallhart. Keiner würde für ihn den roten Teppich ausrollen. Wenn er ausfiel, standen genug andere ehrgeizige junge Männer und Frauen bereit.

Alexander ahnte nicht, dass sein Vater bereits Himmel und Hölle in Bewegung setzte, um ihm trotz des Handicaps den Job in der Schweiz zu sichern. Internationale Erfahrung gehörte zu den wichtigsten Grundlagen im Hotelgewerbe. Niemand hatte eine Chance, ins Management aufzusteigen, wenn er nicht eine mehrjährige Tätigkeit außerhalb Deutschlands nachweisen konnte.

Doch bei seinem Schweizer Kollegen biss Werner Saalfeld auf Granit. Er umklammerte den Hörer und blickte immer wieder fassungslos zu Charlotte, die in ihren privaten Räumen im Hotel auf der schwarzen Ledercouch saß, die Hände im Schoß gefaltet hatte und der wütenden Tirade ihres Mannes lauschte.

„Was soll das heißen, Gustav?" Werners Stimme wurde immer ungehaltener, während er ins Telefon sprach und dabei im Zimmer auf und ab ging. „Du hast meinem Sohn diese Stelle vertraglich zugesichert."

Er hörte Gustav Gründner zu, wurde dabei aber immer

wütender. „Hör zu, er hatte einen Unfall. Das heißt aber nicht, dass er nicht sechs Wochen später voll einsatzbereit wäre. Es ist nicht unüblich, dass der Arbeitsbeginn im Vertrag geändert wird. Wo liegt das Problem?"

Er holte tief Luft. „Was soll das heißen, jemanden mit besseren Zeugnissen?"

Charlotte hob eine Augenbraue und schaute ihn besorgt an.

Er nickte. „Ich verstehe. Die Konsequenzen aus deinem Vertragsbruch teile ich dir schriftlich mit. Auf Wiederhören." Mit einer ruckartigen Bewegung warf er den Hörer auf die Gabel.

„Dieser Idiot sagt, er könne nicht länger warten. Ihm rennen die Anwärter die Bude ein und der Nächste habe nur darauf gewartet, dass einer absagen würde." Er presste die Lippen aufeinander. Charlotte schwieg und wartete ab.

„Ich werde die Geschäftsverbindung zu Gründner beenden", erklärte Werner dann mit fester Stimme.

Charlotte hob erschrocken den Kopf und sah ihn an. Ein folgenschwerer Entschluss. Seit zwei Jahren bestellten Gründner und Werner Saalfeld das Inventar für ihre Räumlichkeiten gemeinsam beim Münchner Großhändler Findig. Durch die Menge an Handtüchern, Bettwäsche und Hygieneartikeln hatten sie besonders günstige Konditionen herausschlagen können.

„Damit schneidest du dir doch ins eigene Fleisch", widersprach Charlotte. „Oder meinst du, Findig wird dir

80

die Rabatte lassen, wenn sich unsere Abnahme um die Hälfte verringert?"

„Natürlich wird er das nicht", gab Werner zurück. „Aber ich bin nicht auf Gründner angewiesen. Ich lasse mich nicht von ihm wie einen dummen Schuljungen behandeln. Er hält sich nicht an unsere Vereinbarung, also wird er mit den Folgen leben müssen."

„Du bist zu hart, Werner", murmelte Charlotte. „Es ist doch sein gutes Recht, jemand anderen einzustellen, wenn Alexander ausfällt. Du hättest an seiner Stelle nicht anders gehandelt."

Werner erwiderte darauf nichts. Sein Entschluss stand fest. Nachsichtig hatte ihn im internationalen Hotelgewerbe noch niemand genannt. Und am Ende bekam er stets, was er wollte. Wenn es sein musste, auch ohne Rücksichtnahme.

Am Nachmittag erstattete Werner Saalfeld seinem Sohn Bericht darüber, wie unerfreulich sich die Dinge durch seine Verletzung entwickelt hatten.

Alexander starrte seinen Vater fassungslos an. „Du hast die Geschäftsverbindung zu Gründner gekappt? Ist das nicht eine überzogene Reaktion, Vater?"

Werner zog sich einen Stuhl heran und setzte sich neben das Bett. Sein Gesichtsausdruck war unergründlich. „Lass mich dir etwas erklären", begann er. „Du darfst bei deinen Geschäftspartnern niemals den Eindruck erwecken, sie seien dir überlegen. Damit stellst du die Weichen für eine Zukunft, in der du im internationalen Business geachtet, respektiert und, ja, manchmal auch gefürchtet sein wirst. Und niemals solltest du dich in eine echte Abhängigkeit zu jemandem begeben. Das macht dich angreifbar, erpressbar und am Ende auch verletzlich. Ich weiß, Ellenbogenmentalität hat einen schlechten Ruf unter euch jungen Idealisten, aber du kannst davon ausgehen, dass du keinen Schritt vorankommst, wenn du auf Freundschaft, Rücksichtnahme und Verständnis setzt. Am Ende zählt nichts anderes als Macht. Gustav wird sein Verhalten noch bereuen. Irgendwann wird er mich brauchen. Und dann …" Er ließ das Ende des Satzes offen und grinste Alexander an. „Mach dir keine Sorgen, ich werde etwas anderes für dich finden. In der Zwischenzeit werde gesund, heile das Knie aus, damit nichts zurückbleibt, das dich ein Leben lang behindert. Deine Gesundheit ist wichtiger als alles andere, auch als deine Karriere. Und mit der wird es eh nichts, wenn du nur noch herumhumpeln kannst."

Auch das echte Mitgefühl in den Augen des Vaters konnte nicht überdecken, wie knallhart die Worte seines Vaters waren. Alexander nickte und ließ die Ansprache seines Vaters auf sich wirken.

Eine Weile schwiegen beide, dann fuhr Werner fort: „Und noch etwas liegt mir am Herzen, Alexander, bevor dein Krankenzimmer wieder von den Frauen der Familie gestürmt wird." Er räusperte sich, während Alexander darauf wartete, dass er weitersprach. „Du weißt, dass so-

82

wohl die Klinker-Emdens als auch deine Mutter und ich darauf vertrauen, dass Katharina und du … also, dass ihr eines Tages heiraten werdet."

Alexander wusste das und nickte.

„Ihr seid noch jung und vieles kann passieren. Aber ich möchte dir einen Rat mit auf den Weg geben. Katharina hat das Zeug zur guten Ehefrau. Weißt du, was das bedeutet?" Er rutschte auf dem Stuhl hin und her, um eine bequemere Position zu finden. Ohne eine Antwort seines nachdenkenden Sohnes abzuwarten, fuhr er fort. „Jeder Mann braucht eine verlässliche Partnerin. Möglichst eine intelligente Frau wie deine Mutter, die weiß, wann sie die Dinge ihrem Mann überlassen sollte und wann ihre Hilfe gefragt ist. Eine, die zu ihm steht in schlechten Zeiten, die ihm zuhört und ihm prächtige Nachkommen schenkt. Der ruhende Pol zu Hause, sozusagen, das wärmende Nest, in das ein Mann des Abends einkehren kann."

„Genau so habe ich mir eine gute Ehe vorgestellt", sagte Alexander.

Werner nickte. „Es ist leicht, eine solche Frau zu lieben, Tiefes für sie zu empfinden. Aber das heißt nicht, dass man sich nebenbei nicht mal etwas Abwechslung mit leichterer Kost gönnen dürfte."

Alexanders Augen weiteten sich.

„Versteh mich nicht falsch." Lächelnd hob Werner beide Hände. „Ich spreche auf keinen Fall davon, ständig eine andere Geliebte zu haben und der Ehefrau unnötig weh zu tun. Aber ab und zu das Naschen von einem fremden Teller … das stört niemanden und keiner braucht es zu erfahren. Das hält die Liebe und Wertschätzung für die eigene Frau aufrecht, mein Sohn. Man weiß genau, was man hat, und würde es jederzeit verteidigen. Aber das weiß man nur, wenn man sich nicht andauernd fragen muss, was es sonst noch da draußen zu entdecken gibt. Verstehst du, was ich meine?"

Alexander nahm die Flasche Mineralwasser vom Nachttisch, schenkte sich ein Glas ein und nahm einen Schluck. „Ich denke schon. Wenn man ein Glas Milch trinken will, wozu gleich die ganze Kuh kaufen?", erwiderte er ungewohnt zynisch.

Werner lachte auf. „Du klingst vorwurfsvoll. Du bist noch jung und hast Ideale, aber das vergeht mit den Jahren. Du siehst doch, dass mein System funktioniert und wir noch immer eine glückliche Familie sind. Schau dir all die Scheidungen bei den Eltern der jungen Leute aus deinem Freundeskreis an. Ich liebe und ehre deine Mutter und würde mich nie von ihr trennen."

Alexander verspürte kein Verlangen danach, mit seinem Vater über dessen Grundprinzipien zu diskutieren. Offenbar war er heute in der Laune, seinen Sohn für das Leben vorzubereiten. Dass Alexander zwar seine Professionalität teilte, aber mit größerem Idealismus durchs Leben ging, würde er ihm nicht entgegenhalten. Es brachte ja nichts. Vaters Theorie über eine funktionierende Ehe war interessant, wenn auch völlig inakzeptabel für Alexander. Er würde Katharina nicht mehr in die Augen schauen können, wenn er fremdgegangen wäre. Die Kälte seines Vaters in dieser Hinsicht verwunderte ihn.

„Noch eine Kleinigkeit. Äh …" Werner suchte offenbar nach den passenden Worten. „Ich beobachte dich häufiger, wie du mit Katharina umgehst. Also … Ich finde, du solltest sie mehr wie eine Frau behandeln. Hast du ihr schon mal Blumen geschenkt?"

Alexander stöhnte auf. Allmählich ermüdete ihn die Predigt seines Vaters. „Du hast doch gesagt, du willst dich nicht in mein Liebesleben einmischen."

Werner nickte. „Das will ich auch nicht. Mir ist nur aufgefallen, dass euch beide … nichts Romantisches zu verbinden scheint. Frauen brauchen das aber, glaub mir. Du könntest dir schon ein bisschen mehr Mühe geben, um ihr zu zeigen, wie viel sie dir wert ist, wenn du verstehst, was ich meine. Nicht dass irgendwann ein anderer aufkreuzt und ihr das Blaue vom Himmel verspricht, und dann …"

Alexander schüttelte grinsend den Kopf. „Nun lass mal gut sein, Vater. Deine eigenen Erfahrungen in allen Ehren. Aber ich möchte doch bitte meine eigenen machen dürfen. Du kannst davon ausgehen, dass mir nicht daran liegt, dich zu enttäuschen."

„Dann ist es ja gut." Werner erhob sich, knöpfte sein Jackett zu und strich seinem Sohn dann unbeholfen durch die Haare. „Ich will doch nur dein Bestes."

Als er das Krankenzimmer seines Sohnes verließ, war er so tief in Gedanken versunken, dass er den Gruß des Oberarztes, der zur Visite kam, gar nicht bemerkte.

Von Anfang an hatte er immer nur das Beste gewollt und sein Ziel, ein Hotelimperium aufzubauen, mit aller Kraft, aber auch mit Härte verfolgt. Härte gegen andere, aber auch gegen sich selbst. Nicht immer waren es die feinsten Mittel gewesen, derer er sich auf diesem Weg bedienen musste – aber die wirkungsvollsten …

Doch von dem dunkelsten Geheimnis seiner Karriere würde niemand jemals erfahren. Damals, 1970, war er Direktor des ostdeutschen Interhotels „Stadt Halle" in der gleichnamigen Kleinstadt an der Saale gewesen.

Während er nun auf seinen silbernen Mercedes der Extraklasse, der auf dem Parkplatz des Krankenhauses stand, zuging, erinnerte er sich an die dramatischen Ereignisse vor so vielen Jahren, als Alexander noch gar nicht auf der Welt war. Damals hatte er auch eine andere Frau als Charlotte für die Liebe seines Lebens gehalten …

6. KAPITEL

Werner sah nervös auf die Uhr. Eine Viertelstunde konnte verdammt knapp sein, um den Thälmannplatz zu überqueren, den größten Kreisverkehr der DDR.

Dicht an dicht schoben sich die Trabants, Wartburgs und Ladas durch den vielspurigen Kreisverkehr. Morgens und nachmittags trafen sich hier die Fahrzeuge der Büroarbeiter aus der Innenstadt mit denen der Arbeiter aus den Industriebezirken am Stadtrand.

Werner sprang in eine Lücke und sprintete über die Fahrbahn zur Mitte des Platzes. Das war zwar nicht erlaubt, aber die Volkspolizisten, die rund um den Platz Streife gingen, kannten ihn und grüßten grinsend zu ihm hinüber. Als Direktor des Interhotels „Stadt Halle" war Werner eine angesehene Persönlichkeit in der Stadt.

Der Fahrer eines Lieferwagens mit dem Schriftzug eines Reinigungskombinats trat auf die Bremse und bedeutete ihm mit einer freundlichen Geste, dass er ihn vorbeiließ. Werner lief los und schaffte es gerade noch vor einem knatternden tschechischen MZ-Motorrad, den Bürgersteig zu erreichen. Der Lastwagenfahrer hupte und Werner winkte ihm zu. Karschek brachte schon seit Jahren jeden Morgen frische Wäsche ins Hotel.

Mit einer routinierten Bewegung zog sich Werner die Krawatte zurecht, bevor er zum letzten Mal das schmucklose, aber saubere Hotel durch den Haupteingang betrat.

„Guten Morgen, Herr Direktor." Ernst Begusch, der alte Wachmann, und Rita, die in dieser Woche den Frühdienst in der Portiersloge übernommen hatte, grüßten im Chor.

„Hallo, Ernst, guten Morgen, Rita. Irgendetwas Wichtiges?"

Rita winkte ab und reichte ihm das Meldebuch. „Keine Vorkommnisse, alles ruhig."

Werner nickte und sprang in den Aufzug, der ihn in sein Büro im dritten Stock bringen würde. Nachdem er die Bürotür hinter sich geschlossen hatte, ließ er sich auf den Schreibtischstuhl fallen und ging wie jeden Morgen die Belegungsliste durch.

Eine russische Delegation, die vermutlich gerade in der örtlichen Schokoladenfabrik Verträge abschloss, zwei Monteure aus Hamburg, einige Außenhändler aus dem Westen. Ein ganz normaler Wochentag im Interhotel „Stadt Halle". Sorgfältig füllte er den Berichtsbogen aus, den er regelmäßig an seine vorgesetzte Dienststelle und die Volkspolizei zu senden hatte.

Kaum hatte er die Papiere im Umschlag versiegelt, trat seine Mitarbeiterin Astrid Fröhlich nach kurzem Klopfen ein. „Guten Morgen, Genosse Direktor."

Werner sah sie stirnrunzelnd an, und sie errötete leicht. „Entschuldigung, Herr Direktor, wollte ich natürlich sagen."

Erst vor wenigen Wochen war ihm Astrid als Sekretärin zugeteilt worden, nachdem Susanne Mahler zuerst

88

den Küchenchef des Hauses geheiratet und dann gekündigt hatte. Im ersten Moment war Werner erleichtert gewesen. Wie hätte er weiterhin mit Susanne arbeiten können, nach all dem, was zwischen ihnen gewesen war? Aber schon kurz darauf hatte er gemerkt, wie sehr die junge Frau ihm fehlte und wie sehr es ihn verletzte, dass sie sich für einen anderen entschieden hatte.

Ihre Unbekümmertheit, ihre Schönheit, ihre zärtliche Art, die ihn immer hatte vergessen lassen, wie grau die Welt um ihn herum war ... Werner glaubte inzwischen, dass es wirklich wahre Liebe war, was ihn mit Susanne verband, auch wenn ihre Beziehung niemals bekannt geworden war und sie sich am Ende doch für ihren langjährigen Freund Peter Mahler entschieden hatte. Als hätte es die leidenschaftliche Affäre zwischen ihr und Werner nie gegeben.

Kompliziert wurde die Dreiecksbeziehung auch dadurch, dass Peter Mahler ebenfalls ein guter Freund von Werner war und in seinem Hotel nach wie vor als Küchenchef arbeitete.

Was er wohl sagen würde, wenn herauskäme, dass Werner und Susanne ihn gemeinsam hintergangen hatten?

Seit Susanne das Hotel verlassen hatte, vermied Werner es so weit wie möglich, Peter zu treffen. Zu sehr bohrte der Schmerz in ihm, die Geliebte endgültig an den Freund verloren zu haben.

Er sah Astrid Fröhlich an, die darauf wartete, dass er

ihr die Papiere aushändigte. „Du solltest dich wirklich langsam an den Ton hier gewöhnt haben. Bei unseren Gästen aus dem Ausland kommt so etwas nicht gut an."

Astrid straffte die Schultern. Wie blass und farblos sie wirkte … Wenn Susanne sein Büro betreten hatte, war es immer wie ein Lichtstrahl gewesen, der den Raum erhellte. „Natürlich, Herr Direktor, Entschuldigung. Kann ich Ihnen einen Kaffee bringen?"

Werner nickte und entließ sie mit einer Handbewegung. Nachdem sie die Tür hinter sich zugezogen hatte, öffnete er den Aktenschrank mit den Personalunterlagen. Er zog den Dienstplan heraus, den sein Stellvertreter Max Schröder am Abend zuvor noch bearbeitet hatte. Sorgfältig studierte er das Dokument, bis er die Einteilung des Küchenpersonals fand. Peter Mahler war als Küchenchef in der obersten Spalte eingetragen. Werner schlug den Ordner zu und stellte ihn zurück an seinen Platz.

Kurz darauf brachte Astrid Fröhlich ihm den frisch aufgebrühten Bohnenkaffee, vermutlich den einzigen, der an diesem Tag in Halle an jemanden ausgeschenkt wurde, der nicht zu Gast in seinem Hotel war. Er drückte der jungen Frau die versiegelten Umschläge in die Hand. „Das muss sofort zur VP-Direktion, wie immer, ja?"

Astrid nickte und verließ grußlos den Raum.

Er wartete noch einige Minuten, trank seinen Kaffee und zog dann das Telefon zu sich heran. Intuitiv traute er der neuen Sekretärin nicht über den Weg. Zu schnell war ihre Einstellung über die Bühne gegangen, zu auffällig waren seine Vorschläge, die Stelle aus dem eigenen Personalbestand zu besetzen, ignoriert worden.

Er legte den Hörer ans Ohr und wählte langsam die Nummer, die er auswendig kannte. „Susanne, hallo. Werner hier." Unbewusst lächelte er, als er ihre sanfte Stimme hörte. Er öffnete den Knopf seiner Jacke, lehnte sich zurück und legte die Füße auf die Schreibtischplatte. „Niemand wird etwas erfahren, mach dir keine Sorgen." Kurz lauschte er. „Susanne, ich möchte dich so gern heute Abend noch einmal sehen. Ich würde gegen acht vorbeikommen und eine Flasche Wein mitbringen, was hältst du davon?" Unwillig verzog er das Gesicht, als er die Antwort hörte. „Ich kann Peter zusätzlich zum Nachtdienst einteilen, es ist jemand ausgefallen und wir brauchen ohnehin einen Ersatz." Er schüttelte den Kopf und hielt den Hörer ein Stück weit vom Ohr weg. Susannes Antwort war unmissverständlich, auch aus dieser Entfernung. „Susanne, bitte … Du weißt doch, dass ich morgen nach …" Sie ließ ihn nicht zu Wort kommen.

Werners Magen krampfte sich zusammen. Es war an der Zeit, dass er sich anderen Plänen zuwandte. Wortlos legte er den Hörer auf die Gabel zurück, stand auf und nahm wieder den Personalordner zur Hand. Er wusste bereits, was er lesen würde: Max Schröder, sein Stellvertreter, würde um 14 Uhr zum Dienst erscheinen, ein paar Stunden würden sie gemeinsam arbeiten, dann sollte

Max den Spätdienst übernehmen. Nur würde es heute ein ganz besonderer Spätdienst sein.

Wie immer war Schröder eine halbe Stunde zu früh, machte bereits vor Dienstbeginn eine erste Runde durch das Hotel und setzte sich dann noch auf einen Tee zu Werner ins Restaurant des Hauses, der einzigen Einrichtung im Hotel, in der man auch mit Mark der DDR und nicht nur mit Devisen bezahlen konnte. Trotzdem saßen hier nicht viele DDR-Bürger, zu groß war die Angst, von der allgegenwärtigen Stasi im Gespräch mit Westbürgern beobachtet zu werden.

Jetzt, gegen halb zwei, war das Restaurant leer, nur die Gruppe russischer Außenhändler feierte ihre erfolgreichen Geschäftsabschlüsse.

Schröder kam zu ihm an den Tisch und bestellte Tee. „Mahlzeit. Alles in Ordnung?"

Werner zuckte mit den Schultern und nickte unauffällig zu dem älteren Mann hinüber, der im grauen Anzug zwei Tische weiter saß und in einer Zeitung blätterte. „Nichts Besonderes. Wir sollten uns nur endlich einig werden, was wir mit der Außenterrasse vorhaben."

Schröder verstand und grinste. Der Außenbereich des Restaurants war der einzige Ort im ganzen Hotel, an dem man sich vor Spitzeln und Abhöranlagen sicher fühlen konnte. „Hat das noch Zeit, bis ich meinen Tee getrunken habe?"

Werner nickte. „Natürlich, noch bist du ja gar nicht im Dienst, offiziell."

92

Peter Mahler brachte die dünnwandige Teetasse persönlich an den Tisch, setzte formvollendet die bauchige Kanne daneben. „Na, das ganze Leitungskollektiv in unseren bescheidenen Räumlichkeiten? Gibt es etwas Besonderes?"

Werner winkte ab. „Wir wollen uns nur die Terrasse anschauen, irgendwas muss da passieren, und zwar bald."

Mahler nickte. „Ohne eine Schallschutzwand wird das Ganze bald nicht mehr zu benutzen sein. Der Verkehr nimmt immer mehr zu, und der Lärm ist jetzt schon beinahe unerträglich", erwiderte er ahnungslos. Er nahm den Aschenbecher vom Tisch und ersetzte ihn durch einen sauberen. „Leider kann ich euch nicht begleiten, wir haben heute Abend Wild auf der Karte, das will gut vorbereitet sein. Aber wenn ihr Fragen habt, werde ich mich kurz freimachen."

Schröder dankte ihm, und der Küchenchef wollte schon abdrehen. Doch Werner hielt ihn auf. „Ach, Peter …"

„Ja?"

„Es tut mir wirklich Leid, aber Jens Klose hat sich krank gemeldet. Grippe."

Mahler biss die Zähne zusammen. „Und?"

„Wir brauchen eine Vertretung."

„Mir scheint, wenn es um Vertretungen geht, bin ich hier stets die erste Wahl, oder?"

Werner kämpfte gegen die Bilder an, die in seinem Kopf aufstiegen. Susanne, die ihm die Tür öffnete, Susanne, die ihren Kopf an seine Schulter legte, Susanne, die ihn liebevoll küsste … Nur noch ein Mal, nur noch Abschied nehmen von ihr. Werner legte dem Küchenchef die Hand auf den Unterarm. „Bitte, Peter. Ich weiß wirklich nicht …"

Mahler drehte sich um. „Ja, ja. Ich kenne die Sprüche. Aber das ist sicher nicht die richtige Zeit, um das zu diskutieren." Er marschierte durch das Restaurant zurück in die Küche.

Mit schlechtem Gewissen sah Werner ihm hinterher. Immerhin war Peter Mahler einer seiner ältesten Freunde, aber dieses eine Mal würde er ihn noch hintergehen müssen. Er musste sich einfach von Susanne verabschieden. Werner sah zu Max Schröder hinüber, der hilflos mit den Schultern zuckte. „Was soll's? Einer muss es schließlich machen."

Schröder stellte die halb geleerte Tasse auf den Tisch und stand auf. „Dann lass uns doch mal nachsehen, wie es um die Terrasse steht."

Der eisige Winterwind fuhr den beiden Männern schneidend durch die dünnen Anzüge, aber sie steckten die Hände in die Hosentaschen und kümmerten sich nicht um die Kälte. Schröder hatte eine Zigarettenschachtel hervorgezogen, sie klemmten sich die Karozigaretten zwischen die Lippen und gingen schweigend an der Außenmauer des Hotels entlang, die von tiefen Rissen und Furchen durchzogen war. Hier konnten sie das sagen, was sie wirklich dachten.

Schröder legte zwei Finger in einen Mauerspalt. „Eines Tages wird der ganze Bau zusammenkrachen wie eine Sandburg am Strand von Warnemünde."

Werner lachte. „Solange die Verwaltung uns noch genügend Farbe zur Verfügung stellt, werden wir das schon zu verbergen wissen, oder?"

Schröder sah ihn durchdringend an. „Du wolltest doch nicht mit mir in diese Kälte, um über die Verwaltung zu reden, oder?"

„Nein." Werner holte tief Luft. „Es ist so weit", sagte er dann mit ernstem Gesicht.

„Du meinst …"

Werner nickte. „Heute Nacht."

Schröder zog an der Zigarette und schmiss die Kippe in den Matsch. „Warum so eilig?"

„Wir hatten enorm viele Barzahlungen in der letzten Woche. Weißt du, wie viel im Safe liegt?"

Max schüttelte den Kopf.

„Fast sechzigtausend. D-Mark, Max, echte, harte D-Mark. Weißt du, was wir damit im Westen anfangen können?"

Sie waren bereits am Ende der Mauer angekommen. Schröder drehte sich um und ging mit langsamen Schritten zurück. „Werner, ich kann dir nicht helfen …", sagte er plötzlich.

„Was soll das heißen, wir hatten doch alles …"

Schröder blieb stehen, wandte sich ihm zu und zog ihn am Jackett. „Hör mir doch zu, Werner. Es geht ein-

fach im Moment nicht, verstehst du? Wenn das raus-
kommt … meine Mutter ist schwer krank, das würde sie
nicht verkraften …"

„Ach komm, nun sei bloß nicht sentimental. Ich
werde meine Mutter auch nie wiedersehen, wenn ich
drüben bin."

„Das ist was anderes, aber meine Mutter … sie liegt
im Sterben."

Werner schluckte schwer. „Entschuldige. Das ist natürlich was anderes."

„Schon gut. Einen Monat noch, sagt der Arzt, vielleicht sechs Wochen, dann hat sie es hinter sich."

„Und dann?"

„Können wir es nicht verschieben?"

Werner schüttelte den Kopf. „Du weißt selbst, dass
ich sobald nicht wieder eine neue Bewilligung für einen
Westbesuch erhalten werde."

„Na gut, dann holen wir uns das Geld eben heute und
du machst rüber in den Westen. Vielleicht komme ich
eines Tages nach."

„Danke Max, aber bist du dir auch sicher, dass du mir
helfen willst? Vielleicht geben sie dir noch die Schuld
daran."

„Ach was." Schröder zündete sich die nächste Karo
an. „Das werden wir schon so regeln, dass mir niemand
etwas anhängen kann."

Sie waren beinahe wieder an der Terrassentür ange-
langt. Werner blieb stehen.

„Also, abgemacht. Heute um halb elf legen wir los."

Sie betraten die wohlig geheizte Gaststube des Hotels, und Werner orderte Kaffee und Tee nach. Gierig tranken sie die heißen Getränke und spürten die Kälte aus den Knochen weichen. „Dann ist ja alles klar. Ich werde Astrid Fröhlich noch unauffällig in die Hotelabläufe einweisen. Das wird hoffentlich kein Problem für sie, oder?"

Schröder winkte ab. „Sie war doch in Gera stellvertretende Direktorin. Ich bin sicher, sie schafft das ohne Probleme. Geh du nur hoch, ich inspiziere inzwischen die Küche. Wir sehen uns dann heute Abend." Er verschwand hinter dem Tresen und drückte die Schwingtür zum Hauswirtschaftsbereich auf.

Werner ging durch den Saal zur Hotelhalle zurück. Der Unauffällige saß immer noch hinter seiner Zeitung, ohne zu lesen, wie Werner aus den Augenwinkeln bemerkte. Er grüßte ihn freundlich, aber sein Gruß wurde nicht erwidert.

Astrid Fröhlich hockte mit unbewegter Miene hinter ihrer alten Schreibmaschine und tippte einen Text ab. Sie schaute nicht auf, als Werner die Tür zu ihrem Büro öffnete. Er war sich sicher, dass sie nach seinem Abgang die Hauptgewinnerin sein würde. Es gab wohl keinen Grund, sie nicht auch hier in Halle zur Stellvertreterin zu machen. Vielleicht würde die Verwaltung Max Schröder sogar Mitschuld an seiner Flucht in den Westen geben, und Astrid würde direkt zur Leiterin des Hotels bestellt werden. Aber warum sollte Werner sich darüber Gedanken machen? Jetzt galt es erst einmal, den Plan abzusichern. „Astrid, kannst du eine kurze Pause einlegen?"

Fragend sah sie auf.

„Ich bin ja bis zum Wochenende auf Westbesuch und Herr Schröder wird bei seiner kranken Mutter sein und ich möchte, dass hier alles ordentlich weiterläuft." Er grinste, als er sah, dass sie das Gesicht verzog. „Ich weiß, ich weiß, du wirst uns hervorragend vertreten, aber ich möchte dir trotzdem einige Dinge erklären." Astrid stand auf und folgte ihm in sein Büro.

Die Routineangelegenheiten waren schnell erklärt, aber nun musste er der Sekretärin auch diejenigen Belange erläutern, die er ansonsten nur mit seinem Stellvertreter besprach. „Zum Schluss also die Sache mit dem Safe. Max Schröder wird heute Abend noch die Geldeingänge von der Rezeption, aus dem Intershop und dem Restaurant buchen und dann eine ordentliche Übergabe an dich machen. Morgen Mittag wird der Fahrer der Hauptkasse kommen und die Devisen abholen. Das Formular liegt hier." Er zog einen Aktenhefter aus dem Tresor hervor.

„Und wie öffne ich das Ding?" Astrid stand ratlos vor der schweren Tresortür.

Werner grinste und schob die Tür mit einem Finger zu. Er drehte den Schlüssel im Schloss, zog ihn heraus und gab ihn der Sekretärin. „Probier's aus, das ist das Einfachste."

Astrid Fröhlich schob die Zungenspitze zwischen die

Lippen und steckte den langen Schlüssel ins Schloss. Die schwere Tür öffnete sich leichter als die zu ihrem Büro. „Das hätte ich mir ja schwerer vorgestellt."

„Modernste tschechische Technik, vermutlich benutzen sie dafür irgendwelche Kugellager."

„Gut, das werde ich hinkriegen. Und was ist mit dem Schlüssel?"

Werner grinste verlegen. „Der liegt in der Schreibtischschublade."

„Wie bitte?" Die junge Frau runzelte die Stirn.

„Ich finde es auch nicht gut, aber es gibt für den Panzerschrank nur einen Schlüssel."

Astrid Fröhlich schüttelte den Kopf. „Das ist doch fahrlässig, oder?"

Werner schloss die Tür des Panzerschranks. „Das habe ich den Genossen auch geschrieben, aber sie haben mir geantwortet, das sei eben so, und bis zur Lieferung eines Ersatzschlüssels sei der Hauptschlüssel in der verschlossenen Schublade aufzubewahren. Punkt."

„Und wer besitzt einen Schlüssel für die Schublade?"

„Jeder, der auch einen für das Büro hat. Also Max Schröder und ich. Und meinen bekommst jetzt du." Vorsichtig zog Werner den Schlüssel von seinem Bund ab und reichte ihn der jungen Frau. „Zu treuen Händen. Und natürlich gegen Unterschrift, du verstehst hoffentlich …"

Astrid nickte. „Natürlich."

Sie unterschrieb die Quittung, die Werner sorgfältig

99

knickte und in seiner Geldbörse verstaute. „Du wirst sehen, wenn morgen Mittag das Geld abgeholt worden ist, wirst du dich besser fühlen."

Astrid nickte. „Na ja, nur so viel Devisen, wie jetzt da drin liegen … Das kann schon manch einen zu einer Dummheit verlocken, oder?"

Werner nickte. „Aber zum Glück wissen ja nur die Angestellten, um welche Summen es sich handelt, und für die würde ich die Hand ins Feuer legen." Werner Saalfeld musste sich ein Grinsen verkneifen. Für jeden seiner Leute hätte er die Hand ins Feuer gelegt, nur für sich und Max Schröder nicht. Er nahm den Mantel vom Kleiderständer. „Ich gehe jetzt nach Hause und packe meine Koffer."

Er zog seinen Schal um den Hals und ging zur Tür. „Also, dann halt die Stellung, und bis nächste Woche."

Den ganzen Tag über, auf der Heimfahrt, während des Kofferpackens und auch noch beim Abendessen wuchs Werners Anspannung. Er kannte das, es passierte ihm regelmäßig, wenn wichtige Dinge anstanden. Nachdem er in Ruhe gegessen und das Geschirr abgewaschen hatte, setzte er sich in die Küche und öffnete seine letzte Flasche Rotwein.

Alles war bestens vorbereitet. Den Plan zu fliehen hegte er schon so lange. Und nun sollte es Wirklichkeit werden. Mit einem wunderbaren Startkapital würde er den Westen Deutschlands erobern, und hier im Osten gab es nichts, was er nicht leichten Herzens zurücklassen konnte. Auf größere Anschaffungen hatte er schon seit langer Zeit verzichtet.

Werner spürte, wie der Wein ihn entspannte und beruhigte. Was konnte schon schief gehen? Im Interhotel würde abends nur noch der alte Wachmann Ernst Begusch sein und einige Mitarbeiter, deren Weg nach Hause zu lang war. Aber deren Zimmer im Personaltrakt waren weit ab vom Schuss. Und Wachmann Begusch stellte um elf seinen Wecker, zog sich in die kleine Kammer hinter dem Empfangstresen zurück und genoss den Schlaf der Gerechten, bis morgens um vier der erste Lieferverkehr anrollte. Das hatte Werner exakt recherchiert.

Um Mitternacht würde im Hotel absolute Ruhe herrschen. Und um Mitternacht wäre er ein gemachter Mann … Aber bis dahin würde er ein letztes Mal Susanne in die Arme nehmen, sie festhalten und küssen und ihr sagen und zeigen, wie viel sie ihm bedeutete. Seine Heimat zu verlassen, ohne ihr Lebewohl zu sagen? Nein, das brachte er nichts übers Herz, auch wenn sie ihn am Telefon so kalt abgewiesen hatte. Er wusste, welches Feuer unter ihrer kühlen Fassade loderte. Es ein einziges Mal noch zu spüren …

Werner stand auf, spülte das Glas aus, schüttete den restlichen Wein in den Ausguss und zog sich den Mantel über, um sich zu Fuß auf den Weg zu machen.

Es war noch kälter geworden, viel zu kalt für Schnee. Das konnte für seine Pläne nur gut sein, dachte er, wäh-

101

rend er mit raschen Schritten die dunkle Straße hinuntereilte. Ein paar Tage nur noch, und das alles hätte ein Ende. Neonbeleuchtung statt kaputter Straßenlaternen; kaufen können, was man wollte; einfach woanders hingehen, wenn es einem in den Sinn kam.

Sicherlich, auch der Westen bedeutete nicht das Paradies auf Erden, aber Werner war weder dumm noch faul, und er war sich sicher, dass seine Fähigkeiten dort gefragt und gut bezahlt werden würden.

Lohnte es sich dafür nicht, ein einziges Mal im Leben etwas Verbotenes zu tun? Wem schadete er schon, außer seinem Staat? Einem Gebilde, dem er ohnehin misstraute.

In Gedanken versunken eilte Werner immer weiter durch die nächtliche Stadt, bog in die nächste Seitenstraße ein. Nur noch ein paar Schritte, dann war er am Ziel.

Die Haustür zu dem Mietshaus, in dem Susanne mit Peter Mahler wohnte, war, wie immer, nicht verschlossen und das Licht funktionierte wieder einmal nicht.

Langsam stieg er die Treppen in den dritten Stock hinauf und legte den Finger auf die Türklingel. Kein Geräusch drang hinter der Wohnungstür zu ihm. Er klopfte mit der Faust dagegen. Wo steckte sie nur?

Einen Moment lang wartete er, dann klopfte er erneut, ein bisschen fester als zuvor. Es knarrte, aber auf der falschen Seite des Hausflurs. Die Tür hinter ihm öffnete sich einen Spalt breit. Werner machte einen Schritt zur Seite, um nicht direkt im Lichtkegel zu stehen. „Frau Mahler ist heute Nachmittag weggefahren, zu ihren Eltern. Ist was Dringendes? Soll ich was ausrichten?" Eine alte Frau in Kittelschürze steckte den grauhaarigen Kopf durch die Lücke.

„Nein", Werner holte Luft, „nein, danke, nicht nötig."

Die Tür wurde etwas weiter geöffnet. „Wer sind Sie denn?"

Er drehte sich um. Es war nicht nötig, dass die Alte ihn auch noch erkannte. „Es ist nicht so wichtig. Ich probiere es in der nächsten Woche noch einmal." Hastig stieg er die Treppen hinunter.

So weit war es gekommen: Susanne lief vor ihm weg. Natürlich, dachte er, Peter hatte ihr mitgeteilt, dass er außerplanmäßig zum Dienst eingeteilt worden war und deshalb im Hotel übernachten würde. Und sie wusste, dass Werner noch in der Nacht Richtung Westen fahren würde. Sie hatte ihm nicht die Chance geben wollen, sie vorher noch einmal zu sehen.

Die nächsten beiden Stunden verbrachte Werner voller innerer Unruhe in seiner Wohnung, bevor er endlich die beiden Koffer nahm und im Gepäckraum des alten Wartburg verstaute. Sorgfältig kratzte er die Autoscheiben vom Eis frei und sah auf die Uhr. Kurz nach zehn, überpünktlich. Der Wagen sprang auf Anhieb an, und Werner machte sich auf seinen letzten Weg durch das winterlich kalte Halle an der Saale.

Er parkte auf dem Gästeparkplatz, gut sichtbar im

Einzugsbereich der Überwachungskameras. Sein letzter Besuch im Hotel sollte aufgezeichnet werden. Max Schröder kam ihm in der Hotelhalle entgegen und grüßte ihn mit ausgestreckter Hand. Schnell hatten die beiden Direktoren sich beim Nachtportier abgemeldet und verließen gemeinsam die Hotelhalle.

Vorsichtig lenkte Werner das Auto vom Parkplatz. „Und, was Neues?" Schröder nickte. „Die Russen haben einen Tag verlängert, weil sie noch einen Anschlussvertrag herausholen wollen."

„Was heißt das für uns?"

„Sie haben die Zimmer auf der gleichen Etage wie dein Büro. Wir können uns keinen Lärm erlauben."

Werner grinste und fasste unter den Sitz. Er zog eine Papiertüte hervor. „Die Tür ist aus Pressholz, der Schreibtisch auch. Da sollte das wohl ausreichen, oder?" Triumphierend zog er mit einer Hand ein schweres Brecheisen hervor.

Schröder nahm ihm das schwarz glänzende Werkzeug aus der Hand. Bei dessen Anblick wurde ihm bewusst, wie wenig entspannt er war.

„Konzentrier dich lieber auf die Straße, ja?"

Werner lachte leise. „Nervös?"

„Geht so. Was ist, wenn …"

„Hör auf. Wir reden nicht über wenn. Wir holen deinen Koffer, trinken bei dir noch ein Bier und dann fahren wir zurück. Ernst wird tief und fest schlafen, wie jede Nacht. Wir gehen durch den Personaleingang, schleichen uns an ihm vorbei und eine Viertelstunde später ist alles vorbei. Keiner wird so schnell auf uns kommen, wenn die Tür aufgebrochen wird."

Schröder nickte, anscheinend ohne überzeugt zu sein.

Kurz darauf bog der Wagen in den Hinterhof ein, von dem aus man zu Schröders Wohnung gelangte. Die Männer stiegen aus und tasteten sich durch das stockdunkle Treppenhaus. Die Wohnung war eine typische Junggesellenbehausung, Werner sah sich grinsend um. „Sag mal, gibt's so etwas auch in aufgeräumt?"

Max zog zwei Bierflaschen aus dem Kasten unter der Küchenspüle. „Wozu aufräumen, wenn ich eh so selten da bin? Es stört doch niemanden."

Werner setzte sich an den Küchentisch und öffnete die Flaschen. „Prost."

„Zum Wohle. Auf den Reichtum."

„Und auf die Freiheit."

Schröder musterte ihn nachdenklich. „Wo willst du eigentlich hin?"

„Na, erst mal nach München, da will ich einen alten Bekannten treffen, der schon länger drüben ist. Da brummt der Tourismus, da werde ich schon eine ordentliche Stellung finden. So eilig ist es ja nicht, mit dem Geld in der Tasche …"

Schröder trank aus und nahm Werners halbvolle Bierflasche. „Sicher ist sicher. Nicht, dass sie dich noch unterwegs anhalten, weil du Schlangenlinien fährst."

Um kurz vor zwölf tuckerte der Wartburg leise durch

die winterlichen Straßen. Kurz vor dem Hotel fuhr Werner an den Straßenrand. Er zog drei Mützen heraus und warf eine davon Schröder zu. „Einheitsgröße. Guck mal, ob sie passt." Am Straßenrand wartete noch ein weiterer Fluchthelfer, Ludwig Reeber, der die Straße im Blick behalten sollte. Er war sichtlich nervös, und Werner gab ihm mit einem aufmunternden Schulterklopfen ebenfalls eine Mütze.

„Für alle Fälle." Reeber ging auf seinen Posten.

Schröder zog die schwarze Wollkappe über den Kopf. Nur für Augen und Mund waren schmale Schlitze hineingeschnitten worden. „Ist das nicht zu auffällig?"

„Natürlich, wir benutzen die Dinger nur, wenn wir durch Zufall in den Bereich der Überwachungskameras geraten. Oder wenn Begusch wach wird."

Sie steckten die Mützen in die Manteltaschen und schlenderten, sich unauffällig umschauend, zum Seiteneingang des Hotels.

Nur die Notbeleuchtung erhellte die langen Flure. An der Näherei und dem Aufenthaltsraum des Küchenpersonals vorbei schlichen die beiden Männer lautlos zur Haupthalle.

Geräuschlos öffnete sich die schmale Holztür in das Foyer. Alles war still. Werner zog Schröder am Ärmel zu einer der Sitzgruppen, die für Besucher aufgestellt worden war. „Bleib hier sitzen, und wenn Begusch auftaucht, halte ihn auf jeden Fall davon ab, nach oben zu kommen, ja?", zischte er ihm zu.

Schröder nickte und flüsterte zurück. „Und was machen wir, wenn er aufwacht?"

„Er wird nicht wach, glaub mir."

„Und wenn doch, sollen wir …"

„Quatsch doch nicht rum! Wenn er wach wird, packen wir das Geld eben wieder zurück." Werner sagte nicht, was er längst dachte. Wenn Ernst Begusch sie erwischen sollte, konnte Max den Wunsch, seine Mutter am Sterbebett zu begleiten, vergessen. Jetzt nur keine Panik aufkommen lassen.

Er ließ Max allein in der hohen Hotelhalle zurück und schlich über die Treppen in den dritten Stock. Die dicken Teppiche schluckten das Geräusch seiner Sohlen. Alles war totenstill. Dann stand er vor der Tür zu seinem Büro. Vorsichtig setzte er das Brecheisen oberhalb des Schlosses an. Ein leises Knirschen, Werner hielt inne, nochmals knirschte es, fast kaum hörbar. Dann sprang die Tür auf.

Werner kannte das Büro zu lange, als dass er Licht gebraucht hätte, um den Schreibtisch zu finden. Mit drei Schritten war er dort, setzte das Brecheisen an der Schublade an und zog sie auf. Der Schlüssel lag an seinem gewohnten Platz. Vier Schritte zum Fenster hin, das die Putzkolonne offensichtlich vergessen hatte zu schließen … Mit den Fingerspitzen ertastete er die Öffnung für den Schlüssel. Leicht drehte sich Stahl in Stahl, bevor die Tür lautlos aufschwang.

Werner nahm die Aktentasche, die er am Vortag in

107

der Zimmerecke deponiert hatte, und räumte den Stahl-
schrank leer. D-Mark, D-Mark, D-Mark. Fast sechzigtausend Mark! Ein Vermögen, nicht nur im Osten. Er nahm
auch die Dollarscheine aus dem Intershop, überlegte einen
Moment und schob dann die Rubelscheine in die Aktentasche. Eine falsche Fährte zu legen konnte nicht schaden.

Er schloss den Safe und legte den Schlüssel wieder in
die Schublade zurück. Er war erleichtert, alles war so gelaufen, wie er es sich vorgestellt hatte. Doch in diesem
Moment schwang die Tür des Büros auf. Werner blickte
auf. Der Strahl einer starken Taschenlampe leuchtete ihm
ins Gesicht. Verdammt, Begusch! Wie konnte, was war
mit Max …

Der alte Wachmann räusperte sich. Offenbar brauchte
er einen Moment, um die Situation zu begreifen. Er senkte
die Lampe und leuchtete das aufgebrochene Schloss an.
„Chef, Sie? Was …"

Begusch kam auf ihn zu. Jetzt galt es zuerst einmal, kein
weiteres Aufsehen zu erregen. Als er in seiner Nähe war,
drückte er dem Wachmann die Hand auf den Mund.

In diesem Moment erwachte in Ernst Begusch die
alte Kampfeskraft. Er riss den Arm aus dem Griff des Di-
rektors und holte mit der Taschenlampe aus. Er wusste
nicht, was genau hier vorging, aber er war sich sicher,
dass er seinen Chef bei irgendetwas ertappt hatte, sonst
würde der nicht so reagieren.

Die Taschenlampe streifte Werner am Ohr und krachte
auf seine Schulter. Werner bemühte sich, klar zu denken.

Der Alte musste gefesselt werden. Vielleicht konnten sie ihn mitnehmen und irgendwo …

Die Taschenlampe fiel Begusch aus der Hand und polterte zu Boden. Er versuchte, den Direktor am Mantel zu fassen und auf den Flur zu bekommen. Dort gab es wenigstens ein bisschen Licht, und die Notlampen würden ihm die Orientierung erleichtern.

Mit eisernem Griff umfasste Werner einen Schrank. Nur nicht auf den Flur hinaus, nur nicht die Gäste wecken, dachte er, während er sich daran festklammerte.

Doch dann bekam Ernst Begusch das Revers seines Mantels zu packen. Keuchend zerrte er mit aller Kraft und versuchte, den Direktor aus dem Raum zu ziehen.

Werner schlug ihm mit der Faust auf den Unterarm. Erschrocken ließ der Alte los, verlor das Gleichgewicht. Er stolperte ein paar Schritte rückwärts, gegen die niedrige Brüstung des Fensters. Halt suchend fasste er nach einer Gardine, verfehlte sie, und wie in Zeitlupe drehte sich sein Körper, immer noch im Schwung, über die Brüstung.

Ungläubig sah Werner Saalfeld das stoppelbärtige Gesicht des Alten, der noch einmal versuchte, sich an der Brüstung festzuhalten. Instinktiv machte Werner einen Sprung nach vorne, streckte dem Mann die Hand entgegen, aber es war schon zu spät. Mit weit aufgerissenen Augen stürzte Ernst Begusch aus dem dritten Stock auf die Straße. Kein Laut drang aus seinem Mund, nur die entsetzt aufgerissenen Augen würde Werner niemals in seinem Leben vergessen.

109

Mit einem dumpfen Knall stürzte der Wächter auf den Boden. Fassungslos starrte Werner hinunter. Ludwig Reeber hatte das Geschehen von unten beobachtet und eilte zu dem alten Wachmann, der reglos dalag. Mit panisch klopfendem Herzen drehte sich Werner um und holte die Aktentasche und das Brecheisen aus seinem Büro. Dann schlich er mit weichen Knien die Treppe hinunter.

Max kam ihm schon entgegen. „Warum hat das so lange gedauert, was ist passiert?", zischte er mit unsicherer Stimme.

„Begusch ist aufgetaucht, warum hast du ihn nicht aufgehalten?" Er sah den Kollegen fragend an.

„Er muss einen anderen Rundgang gemacht haben, sonst hätte ich ihn bemerkt. Wo ist er jetzt?"

„Wir hatten eine Auseinandersetzung, und er ist auf die Straße gestürzt, ich weiß auch nicht, wie das passiert ist. Ich wollte ihn nur aufhalten."

„Was? Wir müssen zu ihm!"

„Bist du verrückt, wir müssen weg hier!" rief Werner mit unterdrückter Stimme.

„Aber wir müssen doch wenigstens nachsehen. Du hast ihn umgebracht."

„Nun reg dich nicht auf, und rede nicht so einen Blödsinn. Es war ein Unfall. Er ist gegen das Geländer gestolpert und hat das Gleichgewicht verloren, verstehst du?" Schröder zitterte am ganzen Körper. „Selbst wenn ich dir das glauben würde … Die Polizei …"

„Die Polizei soll machen, was sie will. Wir sind weg, und bevor die Polizei sich Gedanken machen kann, ist von uns keine Spur mehr zu sehen. Komm jetzt, los."

Schröder war wie benommen. „Aber wir können doch nicht einfach …"

„Meinst du, es wird besser, wenn wir hier sitzen bleiben und uns verhaften lassen? Los." Er zog den Kollegen am Mantel hoch. „Raus hier!"

Panisch verließen sie das Hotel auf dem Weg, auf dem sie es auch betreten hatten. Hier brauchten sie keine Überwachungskameras zu befürchten und auch niemanden, der ihnen entgegen kam. Auch Reeber hielt sie nicht auf, wahrscheinlich war er schon geflohen.

Als sie wieder im Auto saßen, warf Werner einen Blick auf die Uhr. „Gleich eins, jetzt müssen wir aber sehen, dass wir loskommen, sonst kommt noch einer auf dumme Gedanken." Er startete den Motor und raste los.

Mit jedem Kilometer wurde Max nervöser. „Die packen uns, das sage ich dir! Vielleicht haben sie ihn schon gefunden, wer weiß …"

Werner konzentrierte sich auf die Straße und versuchte, die Ruhe zu bewahren. Irgendetwas, das den Kollegen ablenken konnte, das wäre das Richtige. Ihm kam eine Idee. „Schnapp dir doch mal das Brecheisen und die Rubelscheine aus der Aktentasche."

Schröder wurde schlagartig still und sah Werner an. „Und was soll ich damit?"

„Pack die Rubelscheine und die Mützen in die Tasche. Und dann machst du das Brecheisen daran fest."

Max sah ihn erstaunt an, griff sich aber die Tasche vom Rücksitz. „Meine Güte, so viel Geld. Wie willst du das nur durch die Kontrollen kriegen?"

Werner lachte leise. „Im Koffer natürlich. Die suchen nach Leuten, die illegal über die Grenze wollen. Alles andere interessiert die doch gar nicht."

Max hatte mittlerweile alle Geldscheine vor dem Beifahrersitz aufgestapelt. Jetzt fischte er die großen weichen Rubelscheine aus dem Haufen und stopfte sie in die Tasche zurück. Werner trat auf die Bremse und lenkte den Wagen an den Straßenrand. „Bist du fertig?"

Max sah auf. „Kann sein, da sind noch ein paar Scheine dazwischen."

„Macht nichts, komm, befestige das Brecheisen an der Tasche." Es dauerte eine Weile, bis sie das schwere Werkzeug mit einem Draht an den Henkel der Ledertasche gebunden hatten. Dann stiegen sie aus. Es waren nur wenige Meter bis zu der Brücke. Tosend rauschte die Saale unter ihren Füßen dahin. Werner nahm die Tasche und hielt sie grinsend über das Geländer. „Ade, du triste Heimat. Nur noch wenige Schritte bis in die Freiheit." Er ließ die Tasche fallen, sie klatschte auf und versank dann im kalten Wasser.

Zufrieden schlug Werner Schröder auf die Schulter. „Los, weiter geht's."

Am Auto angekommen, zog Werner einen Koffer

112

aus dem Gepäckraum und legte ihn auf den Rücksitz. Er setzte sich ans Steuer und fuhr wieder los. „Im Koffer befinden sich drei Bücher, alle innen hohl. Nimm die Devisen und pack sie da rein, ja? Und nimm dir deinen Anteil." Schröder war immer noch entsetzt über die vermeintliche Kaltblütigkeit des anderen.

„Ich will nichts von dem Geld, was soll ich hier damit?" Er beugte sich zwischen den Sitzen nach hinten, öffnete den Koffer und wühlte die dicken Bücher heraus. „Handbuch für den Kaufmann, Leitfaden für den Hotelkaufmann, Englisch im Wirtschaftsprozess. Zumindest hast du unverfängliche Titel rausgesucht."

„Eben, selbst wenn jemand den Koffer aufmachen sollte, wird er nicht auf die Idee kommen, die Bücher aufzuschlagen."

Schröder bündelte das Geld und stopfte es in die sorgfältig ausgeschnittenen Löcher in den Büchern. Dann verschnürte er den Koffer wieder, klappte die Rückenlehne zurück und fiel in einen unruhigen Schlaf.

Allein mit seinen Gedanken raste Werner über die Autobahn, das Gaspedal bis zum Anschlag durchgetreten. Er hatte keine Sorge, erwischt zu werden, denn sie waren auf Straßen unterwegs, die vom Transitverkehr kaum genutzt wurden. Hier würde sich in dieser eisigen Winternacht kein Volkspolizist die Beine in den Bauch stehen, um von Ostbürgern ein paar wertlose DDR-Mark abzugreifen. Der Wartburg brachte seine letzten Reserven auf

113

die Straße. Werner war es nicht mehr wichtig, er wusste, jetzt war nur noch ein kleines Quentchen Glück notwendig, und er würde das Auto nie mehr wiedersehen.

Er wusste nicht, wie lange sie schon unterwegs waren, als er endlich den Blinker setzen und in Erfurt abbiegen konnte. Hier wollte er Max bei seiner Mutter absetzen, dann würde er allein weiter zur Grenze fahren. Er lenkte den Wagen zu Schröders Elternhaus, dann weckte er ihn.

Verschlafen erhob sich Max aus seinem Sitz, dann schien ihm wieder einzufallen, was vorgefallen war und seine Miene verfinsterte sich schlagartig.

„Hals- und Beinbruch, Werner, mach es gut." Dann schlug er die Autotür zu und lief durch den kalten Nachtwind zum Haus.

Werner setzte seine Fahrt fort. Er wollte hinter Eisenach die Grenze zum Westen passieren. Sein Verstand arbeitete immer noch auf Hochtouren. Wenn nicht ein dummer Zufall passierte, würde vor halb sechs niemand die Lobby des Hotels „Stadt Halle" betreten. Zwar würde Peter Mahler mit seinen Leuten um fünf mit den Vorbereitungen fürs Frühstück beginnen, aber keiner von denen hatte einen Anlass, durch die Haupthalle zu gehen. Der Personaleingang, die Küche selbst, der Aufenthaltsraum, alles war von den öffentlichen Bereichen des Hotels sorgfältig getrennt. Ritas Schicht begann um sechs, aber ihr Mann setzte sie auf dem Weg zur Arbeit im Chemiekombinat vor dem Hotel ab. Sie war immer schon eine halbe Stunde früher dort, und sie würde sicher merken, dass etwas nicht in Ordnung war. Die Hotelhalle war von außen nicht einsehbar, also würde sie nach erfolglosem Klopfen durch den Personaleingang gehen. Bis sie sich dann beruhigt und die Volkspolizei gerufen hatte, würde nochmals einige Zeit vergehen. Bis dann die ersten Vernehmungen durchgeführt waren, würde er längst in München an der Bar eines feudalen Hotels sitzen und westdeutsches Bier trinken. Werner atmete etwas auf. Gedanken über Beguschs Schicksal verdrängte er.

Als er nach über einer Stunde, die ihm endlos vorgekommen war, den Grenzübergang Herleshausen erreicht hatte, stieg seine Anspannung. Er zwang sich zur Ruhe und versuchte den souveränen Hoteldirektor zu geben, was tatsächlich gelang. Die Kontrolle war kurz, und nachdem er seine Papiere gezeigt hatte, durfte er problemlos passieren. Er konnte es erst nicht glauben, als er im Westen weiterfuhr. Nach einigen Kilometern stieß er einen lauten Schrei aus. Dann fuhr er auf den nächsten Parkplatz und stieg aus, um Luft zu schnappen. Plötzlich überwältigten ihn die Emotionen und er musste mit den Tränen kämpfen.

Schnell riss er sich zusammen, stieg wieder in sein Auto und fuhr nach München. Er wollte endlich in München sein, weit weg von Halle und dem, was dort vorgefallen war. Er musste gegen die Müdigkeit kämpfen, die jetzt einsetzte, aber er fuhr weiter und erreichte am

Morgen die bayerische Metropole. Ein alter Bekannter von ihm, der schon früher geflohen war, hatte dort ein Hotel für ihn gebucht, das zum Glück leicht zu finden war. Er checkte ein und ließ sich, kaum dass er sein Zimmer betreten hatte, auf das Doppelbett fallen und schlief ein.

Nach einigen Stunden weckte ihn das Zimmermädchen. Er schickte es weg und sah auf die Uhr. Es war Mittag. Werner erhob sich und ging ins Bad. Er hatte noch genügend Zeit, um sich in Ruhe frisch zu machen, denn erst am Nachmittag war er in der Hotellobby mit Kerber verabredet. Nach einem Mittagessen und einem kleinen Spaziergang durch die angrenzenden Straßen kehrte er ins Hotel zurück und setzte sich in die Lobby.

„Du bist doch hier nicht im Dienst. Aufstehen!" Die Stimme ertönte direkt neben Werners Ohr. Erschrocken schlug er die Augen auf. Er musste kurz eingenickt sein. Lachend legte ihm Helmuth Kerber die Hand aufs Knie. „Werner, altes Haus, schön, dich wiederzusehen."

„Mensch, Helmuth, hast du mich erschreckt. Grüß dich."

Kerber leitete ein Hotel außerhalb von München und kannte sich gut aus. Werner hoffte, über ihn einige nützliche Kontakte knüpfen zu können. Er hatte ihn, als sie beide noch in der DDR lebten, auf diversen geschäftlichen Terminen getroffen und so manches Bier mit ihm getrunken. Er wies mit dem Kinn zur Bar. „Sollen wir einen Kaffee trinken? Wie wär's?"

Werner reckte sich und stand auf. „Wenn du bezahlst, soll mir sogar das Recht sein."

Kerber grinste. „Geht alles auf Kosten der Firma. Wir schlemmen, das Hotel zahlt. Ist doch schließlich ein Geschäftstreffen, oder? Aber jetzt erzähl erst mal, wie geht es dir?"

Der drahtige Kerber nahm Werner mit zur Bar. Er setzte sich auf einen Barhocker und bestellte Kaffee für sie beide. Die Kellnerin lächelte ihn freundlich an und schob die Tassen mit dem heißen Getränk über den Tresen. Dann ließ er sich die Neuigkeiten aus Halle berichten. Er war nicht wenig überrascht, als Werner ihm mitteilte, dass er im Westen bleiben wollte und nun so schnell wie möglich einen neuen Job brauchte. Als sich seine Überraschung gelegt hatte, machte er ihm einen Vorschlag.

„Ich mache morgen die tollste Geschäftsreise des Jahres. Ich fliege nach Helsinki zu einem internationalen Hotelkongress, Austausch von neuen Konzepten, Seminare, das übliche Programm. Das ist genau das Richtige für dich. Auf einen Schlag hast du so viele Kontakte, dass du nicht weißt, wo dir der Kopf steht. Das solltest du auf keinen Fall verpassen."

„Seh' ich auch so", entgegnete Werner und lächelte.

„ Alles klar, dann sehen wir uns morgen am Münchner Flughafen. Sei mir nicht böse, aber ich muss auch schon weiter." Kerber rief die Kellnerin, um zu zahlen.

„Bitte sehr, macht drei dreißig."

Kerber pfiff durch die Zähne. „Preise wie bei uns früher, wa?" Lachend schob er der jungen Frau einen Fünfmarkschein zu und winkte ab, als sie Wechselgeld herausgeben wollte.

Am nächsten Morgen trafen sich Werner und Helmuth am Flughafen. Da es noch recht früh war, erwachte das Leben auf dem Flughafen erst allmählich. Gepäckwagen rollten knarrend durch die Halle, an den Läden wurden die Rollos hochgezogen und die Türen geöffnet, die Reisebüroangestellten besetzten ihre Schalter, und von überall her sammelten sich Passagiere.

Dann kam der Aufruf für den Flug. „Die Passagiere für den Flug LH 614 nach Helsinki werden …"

Kerber sprang auf, griff nach zwei Gepäckstücken und ging vorweg zu den Abfertigungsschaltern. Werner musste grinsen, als er bemerkte, dass Kerber den Koffer mit dem geraubten Geld trug. Er hatte so schnell kein Versteck gefunden und musste es notgedrungen mitnehmen. Trotz der schweren Last ging Kerber mit großen Schritten durch den Raum und wuchtete das Gepäck auf das Rollband vor den Abfertigungsbeamten. Mit einem fröhlichen „Guten Morgen" begrüßte er das Personal, und zu Werner gewandt meinte er: „Auf nach Helsinki!"

Die Beamtin strahlte Kerber an. „Was zieht Sie denn in den Norden? Der Spaß oder das Vergnügen?"

Kerber lachte. „Sie wissen doch, wir sind immer im

118

Dienst. Aber vielleicht werden wir abends mal ein Bierchen trinken können."

Die Frau klebte Gepäckmarken auf die Koffer. „Oder vielleicht auch zwei, ja? Erzählen Sie mir nur nichts, ich war letztes Jahr auch auf Dienstreise." Sie grinste.

Werner und Helmuth Kerber schoben ihre Pässe durch eine Durchreiche, während die Beamtin an der Gepäckannahme immer noch strahlte. „Ich wünsche Ihnen auf jeden Fall viel Spaß."

Kerber winkte ihr zu. „Und wenn wir es abends schaffen, werden wir auf Sie anstoßen."

Die zwei gingen durch den langen Flur in die Wartezone, wurden von freundlichen Flugbegleiterinnen in Empfang genommen und saßen wenige Minuten später auf ihren Plätzen im Mittelgang der großen Maschine. Sie schnallten sich an, stellten die Sitze ein, und dann leuchteten schon die Lichter auf, die sie zum Anlegen des Sicherheitsgurtes aufforderten.

Die Maschine rumpelte, als der Pilot die Bremsen löste und den Flieger in Richtung Startbahn rollen ließ. Um sechs Uhr zwei lösten sich die Räder des Fahrgestells vom Boden und Werner flog gespannt einem neuen Leben entgegen.

In Helsinki schneite es. Dicke Flocken schwebten vom Himmel, und zwar derart viele, dass die Schneeräumer neben dem Abfertigungsgebäude nur im Kreis fuhren. Wenn sie am Ausgangspunkt des etwa einhundert Meter großen Bogens angekommen waren, war die geräumte Fläche schon wieder so zugeschneit, dass man sie kaum vom nicht geräumten Teil unterscheiden konnte.

Die beiden Manager schlugen die Kragen hoch und stapften durch den Schnee zu dem Privatbus, der ihnen zur Verfügung gestellt wurde. Die Gepäckabfertigung hatte das Hotel ihnen abgenommen.

Helmuth Kerber, der nun schon länger im nicht-sozialistischen Ausland zu tun hatte, erschien das völlig normal. Werner Saalfeld hingegen dachte zum ersten Mal darüber nach, was sich für ihn alles verändern würde, wenn er erst einmal in der Bundesrepublik wäre. Der Bus hielt direkt unter dem Vordach des Hotels, so dass sie trocken in die edel gestaltete Eingangshalle gelangten. Teure polierte Hölzer, dicke Teppiche, riesige Kronleuchter an der Decke. Werner gab sich Mühe, nicht zu zeigen, wie beeindruckt er war. Das war etwas anderes als das Übertünchen des Mangels, das war der pure Luxus.

Der Portier sprach perfekt Deutsch. „Ihr Gepäck ist bereits auf den Zimmern. Wünschen Sie, dass wir es auspacken?"

Werner schüttelte den Kopf. „Ich habe vertrauliche Unterlagen dabei. Ich möchte das selbst erledigen."

„Selbstverständlich. Ich hoffe, Sie geben uns Bescheid, wenn wir Ihnen helfen können."

Helmuth ging gern auf das Angebot ein, den Koffer nicht selbst auspacken zu müssen. Auf dem Weg ins Restaurant fasste Kerber Werner am Arm.

„Was hast du denn an vertraulichen Papieren im Koffer?"

Werner grinste. „Muss doch nicht jeder wissen, dass ich meine schmutzige Wäsche mitgebracht habe, oder?"

Kerber lachte.

Der Speisesaal übertraf in seinem Glanz beinahe noch die Empfangshalle. Auch hier prangten riesige glänzende Kronleuchter an der Decke, auf den Tischen lagen dicke Damastdecken. Das Besteck war aus echtem Silber, wie Werner mit einem Blick feststellte. Mit dem Wert eines Achtpersonentisches hier hätte er vermutlich den Speisesaal im „Stadt Halle" komplett neu einrichten können, musste Werner neidlos anerkennen. Der Saal hatte zwanzig solcher Tische.

Die beiden Männer strebten der Bar zu, die direkt in den großen Saal überging. Der Barkeeper warf einen Blick auf ihre Zimmerschlüssel, an denen er die Nummern erkennen konnte, bevor er höflich nach ihren Wünschen fragte. Er schien den deutschen Akzent aus Kerbers Antwort herauszuhören, denn er schaltete binnen Sekunden auf diese Sprache um.

„Verdammt professionell", murmelte Werner immer noch beeindruckt in sich hinein.

Der Barkeeper schob die Aperitifs über den Tresen. „Sie gehören zum Hotelkongress?"

Kerber nickte. „Wir sind doch wohl nicht die Ersten, oder?"

Der junge Finne schüttelte den Kopf. „Der Herr im

blauen Anzug am Tisch vor dem Fenster kommt auch aus Deutschland. Herr Bartholdy aus Bayern." Während er sprach, polierte er unablässig Gläser, die er aus dem Spülbecken zog. Er hielt ein fertig bearbeitetes Cocktailglas gegen das Licht und zwinkerte den Ostdeutschen zu. „Die junge Dame ist übrigens seine Tochter Charlotte." Er stellte das Glas ins Regal. „Wenn Sie gern mit den Herrschaften an einem Tisch speisen wollen …"

Die beiden nickten synchron, woraufhin der Junge einem der Kellner ein Zeichen gab. Sie wechselten ein paar Worte in einer Sprache, die Werner vorkam, als sei sie nicht von dieser Welt.

Helmuth Kerber drückte dem freundlichen Barkeeper eine grüne Dollarnote in die Hand, bevor sie sich abwandten und dem Kellner folgten.

Herr Bartholdy entpuppte sich als interessanter Gesprächspartner. Ein Strahlen ging über sein Gesicht, als er hörte, dass sie aus dem Osten Deutschlands kamen. „Wunderbar, dass Ihr Staat sich jetzt auch anschicken will, wieder Spitzenhotels zu etablieren. Der Vater meiner Großmutter hat die Lutherstuben in Wittenberg geführt, seinerzeit ein Spitzenhaus. Ich war vor ein paar Jahren einmal dort, als eine Tante von mir beerdigt wurde. Heute kann man das Haus nicht einmal mehr als Dorfkneipe titulieren." Er lief beim Reden rot an.

„Vater, du sollst nicht immer alles schlecht reden, was von drüben kommt. Das ist unhöflich."

Während der Tischunterhaltung war Werners Blick

122

immer wieder zu der Tochter des Hoteliers geglitten. Ein wirklich entzückendes Geschöpf in einem eleganten, aber trotzdem sportlichen bordeauxroten Kostüm und einer schlichten weißen Bluse. Ihre dichten dunklen Haare hatte sie zu einem frechen Bubikopf frisiert. Außer einem Kreuz, das an einem Goldkettchen von ihrem Hals baumelte, trug sie keinen Schmuck. Nun sah sie Werner mit großen Augen an. „Ich bin davon überzeugt, das Haus, das Sie führen, steht unseren guten Hotels in nichts nach, oder?"

Werner war auf den ersten Blick hingerissen. Konnte er dieses bezaubernde Wesen anlügen? Andererseits wollte er nicht gleich von seiner Flucht erzählen.

„Nun ja, wir geben uns große Mühe, die internationalen Standards zu erreichen, aber das gelingt wohl am ehesten den Häusern in Berlin."

Helmuth Kerber winkte ab. „Machen wir uns doch nichts vor, sie haben dort Probleme mit der Versorgung der Renommierobjekte, das weiß ich noch aus meiner Zeit. Einen Teil davon können sie durch Einsatzbereitschaft, Fleiß und Liebenswürdigkeit wett machen, aber wie wir in diesem Haus hier erleben, sind wir nicht die Einzigen, die solche Argumente ins Feld führen."

„Ganz richtig", stimmte Charlottes Vater zu. „Absoluter Wille zum Dienst am Kunden, das ist heutzutage die Devise. Aber ich habe einen Heidenrespekt vor Ihrer Leistung. Ich fühle mich an die Nachkriegszeit erinnert, da mussten wir auch aus Pappe Bratkartoffeln machen, und trotzdem waren unsere Gäste zufrieden. Heutzutage kann das doch niemand mehr."

Charlotte zupfte ihn am Ärmel und lächelte.

Der Senior räusperte sich. „Bei uns, meine ich natürlich. Sie können es ja offensichtlich auch, sonst säßen Sie jetzt nicht hier, nicht wahr?"

Charlotte lächelte die beiden Männer an. „Vater meint es wirklich nicht böse. Er mag jeden, der das Hotelgeschäft liebt."

Werner ließ die sanfte Stimme mit dem Hauch eines bayerischen Dialektes auf sich wirken. Diese Frau war wirklich etwas ganz Außergewöhnliches.

Für eine Sekunde entstand eine merkwürdige Stille in der Runde, wie es manchmal vorkommt. Jeder saß vor seinem Teller, schnitt den Braten klein, häufte Gemüse auf die Gabel, und alle schienen mit ihren Gedanken ganz woanders zu sein.

Charlotte unterbrach das Schweigen. „Ist das nicht ein herrliches Wetter hier? Solche Schneeflocken haben wir nicht einmal in Bayern, jedenfalls nicht so oft. Kommen Sie nachher mit auf einen Spaziergang?" Sie sah alle drei an, aber es war klar, dass sie Werner meinte.

Kerber mit seinen schon schütter werdenden Haaren machte sich keine Gedanken darüber. Er mochte Werner. Warum sollte der diese Reise nicht auch zu einem kleinen Flirt nutzen. Er räusperte sich. „Nun, ich habe noch ein paar Dinge für die nächsten Tage zu besprechen, aber unser Kollege wird Sie sicher gern …"

Charlotte sprang begeistert auf. „Wirklich? Hätten Sie Lust, mit mir durch den Schnee …"

Werner musste lächeln. Dieses Mädchen hatte wirklich Charme. Vernünftig und zu einem guten Gespräch bereit, aber auch impulsiv und für jeden Unsinn zu haben. Ein Mädchen zum Pferdestehlen, wie es schien. Er nickte. „Gern, ich mag den Schnee vermutlich noch mehr, weil wir zu Hause noch weniger davon haben als Sie."

Charlotte konnte es kaum erwarten, endlich losgehen zu können. Sie schlang den Nachtisch herunter, dass es beinahe nicht mehr fein war. Werner schmunzelte.

Als der Kellner das Geschirr abgetragen hatte, zog der alte Bartholdy ein Zigarrenetui aus der Jackentasche. „Sie rauchen doch eine mit mir zum Kaffee, oder?"

Kerber nickte, Werner schüttelte den Kopf. „Ich hoffe, Sie werden mir verzeihen, aber wenn ich jetzt noch mit Ihnen rauche, wird Ihr Fräulein Tochter mir ewig böse sein."

Bartholdy grinste. „Und mir erst! Also gehen Sie ruhig. Aber passen Sie auf! Das Mädchen hat von ihrer Mutter eine beunruhigende Gabe geerbt: Sie kann Männer um den Finger wickeln, ohne dass sie es merken."

Werner lächelte. Anscheinend kam die Warnung zu spät.

Schnell hatten die beiden ihre Mäntel aus den Zimmern geholt und trafen sich vor dem Hoteleingang. Immer noch fiel der Schnee in dicken Flocken. Die Sonne

125

musste schon knapp über dem Horizont stehen, denn es dämmerte bereits und im Hotel gingen die Lichter an.

Werner bot Charlotte seinen Arm an, sie hakte sich bei ihm ein, und sie brachen auf zu einem Spaziergang, den sie beide nicht vergessen würden.

Als sie aus der Stadt wiederkamen, waren ihre Wangen nicht nur von der Kälte gerötet.

Mit Charlotte konnte man wirklich über alles reden, und so hörte sich Werner auch von seiner Flucht sprechen, bevor er richtig darüber nachgedacht hatte. Die Atmosphäre war einfach so vertrauensvoll, dass es ihm ganz selbstverständlich erschien. Aber sie sprachen auch über Heimweh und Fernweh, über Abenteuer und Familie, über Vergangenheit und Zukunft.

Obwohl Susanne Mahlers Bild noch fest in Werners Herz eingebrannt war, merkte er schnell, dass er nicht nur Freundschaft und Sympathie für Charlotte empfand. Und in ihren Augen sah er, dass sie seine Gefühle teilte …

Bis zum Abendessen und der offiziellen Kongresseröffnung blieb Werner noch eine Stunde. Er zog seine Koffer aus dem kleinen Abstellschrank und begann, seine Sachen in die Schränke zu räumen. Dann nahm er die Bücher aus dem Lederkoffer und legte sie vorsichtig aufs Bett. Er setzte sich auf das breite Bett und schlug das erste Buch auf, breitete die Scheine aus und sortierte sie. Es war der Impuls, sich noch einmal zu vergewissern, dass sein Startkapital noch vorhanden war.

Beim Anblick des Geldes – richtiges Geld und nicht wertloses Papier wie die DDR-Mark oder die labberigen Rubelscheine – spürte er eine große Zufriedenheit in sich aufsteigen. Schon während des langen Spaziergangs mit Charlotte Bartholdy hatte er festgestellt, dass der Schatz in seinem Zimmer ihm etwas gab, das er vorher nicht gekannt hatte. Er war nie zurückhaltend oder gar schüchtern gewesen, aber Geld das bewirkte noch etwas anderes, das mit Selbstbewusstsein und Stärke zu tun hatte.

Es klopfte an der Zimmertür.

Verdammt, hatte er abgeschlossen?

„Zimmerservice, können wir etwas für Sie tun?"

Erleichtert atmete er auf, ihm fiel ein, dass er die Tür abgeschlossen hatte. „Vielen Dank, aber ich brauche nichts", rief er nach draußen.

Dann packte er so schnell wie möglich das Geld zusammen. Wie leichtsinnig war er gewesen. Wenn der Zimmerservice reingekommen wäre, hätte er ganz schön alt ausgesehen. Er verstaute das Geld und dachte wieder an Charlotte.

Es hatte ihn erwischt. Charlotte hatte ihm den Kopf verdreht. Werner musste grinsen. Sie war aber auch ein süßes Ding. Er hatte den Spaziergang mit ihr so genossen und jetzt gingen ihm alle möglichen Gedanken durch den Kopf.

An diesem Abend verzauberte Charlotte Werner immer mehr. Nach dem offiziellen Teil der Veranstaltung spielte eine Kapelle auf. Voller Anmut und Grazie ließ sie sich bei Foxtrott und Wiener Walzer von Werner wie eine Feder über die Tanzfläche führen. Zwischendurch parlierte sie mit Hotelchefs in flüssigem Englisch und mit Küchenmeistern auf Französisch – mit einem Akzent, der die Augen der Männer zum Leuchten brachte. Und sie ließ den ganzen Abend Werners Arm nicht los, und das nicht nur, weil Werner einer der wenigen Gäste war, die sich nicht mit Aquavit und Pils betranken. Kurz vor Mitternacht waren die beiden allein auf der Tanzfläche, und die Kapelle schien den Zauber zwischen ihnen zu spüren, die Tänze wurden immer langsamer.

Als dann „True Love" langsam ausklang und klar wurde, dass der Abend für die Musiker zu Ende war, stellte sich Charlotte auf Zehenspitzen und flüsterte Werner ins Ohr: „Sieben, sieben, sieben, drei."

Er hob die Augenbrauen und blickte sie an. „Deine Glückszahl?"

Charlotte lächelte verträumt. „777 ist meine Zimmernummer."

„Und die Drei?"

„Bei drei Mal Klopfen öffne ich." Sie küsste ihn scheu auf den Mund und drehte sich ab, um sich von ihrem Vater zu verabschieden.

Am nächsten Nachmittag saßen Werner und Charlotte Händchen haltend im Wintergarten. Niemals hätte Werner sich vorstellen können, sich einer Frau, die er erst

128

so kurz kannte, so vorbehaltlos anvertrauen zu können. Er erzählte ihr von Halle an der Saale, von dunklen Straßen ohne Laternen, von Hotels, in denen Zimmerfluchten leer standen, weil niemand es schaffte, Betten und Nachtschränke zu organisieren, von Läden, in denen es kein Obst gab.

Charlotte schüttelte ungläubig den Kopf. Im Fernsehen hörte man auch solche Dinge, aber niemals hatte sie jemanden kennen gelernt, der wirklich so gelebt hatte, und unter diesen Bedingungen groß geworden war. Sie war entsetzt. „Gut, dass das jetzt vorbei ist und du nicht dahin zurückgehen musst. Das dürftest du dir selbst nicht antun."

Werner war der gleichen Ansicht. Aber dann musste er Charlotte eine Beobachtung mitteilen. „Gestern Abend habe ich zwei Herren gesehen, die mir gar nicht gefallen haben. Ich weiß nicht, ob sie mich erkannt haben, aber ich bin mir sicher, dass sie von der Stasi sind. Sie sind bestimmt die nette Begleitung für Hoteldirektoren aus der DDR. Dafür habe ich irgendwann ein Gespür bekommen und ehrlich gesagt, möchte ich ihnen nicht noch einmal begegnen, denn nachher werden sie mich nicht gehen lassen."

Charlotte zog die Nase kraus. „Du kommst einfach mit mir und Vater. Was ist schon dabei? Finnland ist ein freies Land, oder? Jeder kann von hier aus reisen, wohin er will."

Werner nickte. „Das Problem ist nur, ich sollte gerade

auf Westbesuch sein und nicht in Helsinki auf irgendeinem Kongress. Sollten sie mich ansprechen, hätte ich mit Sicherheit ein Problem, das plausibel zu erklären."

Charlotte schüttelte den Kopf, dass ihre dunklen Haare flogen. „Das hätte ich nie gedacht. Die machen doch so einen netten Eindruck."

„Vielleicht sind sie das auch, aber trotzdem sollen sie auf bestimmte Leute aufpassen."

Charlotte beugte sich vor, sah sich nach links und rechts um und drückte ihm einen Kuss auf die Lippen. „Ich werde vor dem Abendessen mit Papa reden. Für so etwas ist er immer zu haben, warte nur ab."

Werner war nicht überzeugt, aber was konnte schon passieren, wenn Charlotte mit ihrem Vater redete? Bei den beiden anschwärzen würde der Senior ihn sicher nicht.

Am nächsten Morgen standen Werner und Charlotte um halb elf mit gepackten Koffern am Flughafen Helsinki und checkten nach München ein.

Charlottes Vater hatte, wie die junge Frau kichernd erzählte, einen alten Traum wahr werden lassen: einmal Agent spielen. Zwischen den Sitzungen des Kongresses hatte er sehr diskret die ganze Angelegenheit organisiert. Werner und Charlotte waren mittlerweile als Liebespärchen im ganzen Haus bekannt, und beide spielten nur zu gern mit. So schöpfte auch Kerber keinen Verdacht, als Charlotte beim Frühstück einen Schwächeanfall simulierte. So etwas konnte passieren, wenn man frisch verliebt war und nicht viel Schlaf bekam …

Auch Werners Angebot, sie auf ihr Zimmer zu begleiten, war ihm nicht seltsam erschienen. Werner wollte ihn später über alles aufklären. Doch kaum hatte die erste Sitzung begonnen, war Charlottes Kraft schlagartig zurückgekehrt. In Windeseile hatte sie ihre Koffer gepackt, genau wie Werner. Vor dem Hotel wartete eine Limousine auf sie, die nicht zum Haus gehörte. Hinter dunklen Scheiben vor neugierigen Blicken geschützt, waren sie direkt zum Flughafen chauffiert worden.

Nun standen sie Hand in Hand ganz vorne in der Reihe der Passagiere, die auf den Flug LH 817 nach München gebucht waren. Die Tickets hatten selbstverständlich am Schalter bereit gelegen. Nur Charlotte ahnte wohl, wie viel Trinkgeld ihr Vater verteilt hatte, um sicherzustellen, dass alles klappen würde.

Mit einem zufriedenen Lächeln legte Werner den Arm um die schmalen Schultern der Frau, die er niemals im Leben mehr missen wollte und die es in nur wenigen Tagen geschafft hatte, Susanne Mahler für immer aus seinem Herzen zu verbannen.

Seufzend ließ er sich in die weichen Polster der Maschine sinken und hörte zufrieden die Ansage der Stewardess. „Welcome on board to flight LH eight one seven from Helsinki to Munich. We wish you a pleasant flight."

7. KAPITEL

Nach einer Woche konnte Alexander Saalfeld das Krankenhaus verlassen. Humpelnd ging er im Hotel leichten organisatorischen Aufgaben nach. Die Unzufriedenheit mit seiner Situation ließ er die Gäste, die ihm begegneten und die ihm freundlich Mut zusprachen, nicht spüren.

Werner Saalfeld saß hinter seinem Schreibtisch, blätterte durch die Post und raufte sich die Haare. Schon wieder zwei Absagen internationaler Hotels auf seine Anfrage für ein Auslandsjahr seines Sohnes.

Langsam wurde er ungeduldig. Keinesfalls sollte Alexander diese Chance nicht bekommen. Erfahrungen im elterlichen Betrieb reichten auf dem internationalen Parkett nicht aus, um sich Ansehen in der Hotellerie zu verschaffen.

Charlotte und Werner hatten bereits mit mehreren Bekannten im Hotelgewerbe telefoniert und sämtliche Beziehungen spielen lassen. Ohne Erfolg. Alle Stellen für diese Saison waren bereits besetzt.

Werner warf den Füllfederhalter auf die Papiere, verschränkte die Arme vor der Brust und sah nachdenklich aus dem Fenster. Plötzlich richtete er sich in seinem Stuhl auf, als ihm einfiel, wen er vergessen hatte.

Helmuth Kerber.

Nach Werners überstürzter Abreise aus Helsinki hatte er zu Kerber keinen Kontakt mehr gehabt, alles war so schnell gegangen. Irgendwann wusste er gar nicht mehr, wo er arbeitete und war auch nicht auf die Idee gekommen, nach ihm zu suchen.

Nun, sie waren auch eher eine Zweckgemeinschaft als Freunde gewesen, und die Zeiten hatten sich geändert. Für Werner hätte es nicht besser laufen können.

Allerdings hatte er über andere Kanäle gehört, dass Kerber irgendwann nach Kanada ausgewandert war, um dort in einem großen Hotel die Karriereleiter zu erklimmen. Mittlerweise saß er, wie Werner in einer Branchenzeitschrift gelesen hatte, im höchsten Management des kanadischen Unternehmens.

Werner nahm den Stift wieder auf und drehte ihn in den Händen. Kerber hatte ihm damals so nett unter die Arme gegriffen, als er seine Hilfe nötig hatte. Ob er es ihm persönlich übel genommen hatte, dass er ohne ein Wort der Erklärung aus Helsinki abgereist war und so lange nichts von sich hatte hören lassen? Ob die Stasi damals Kerber in die Zange genommen hatte, weil er selbst aus der DDR geflohen war? Möglich. Dann standen die Chancen schlecht, dass er heute gut auf ihn zu sprechen war und ihm einen Gefallen tun würde.

Werner entschied, dass ihm keine Wahl blieb, als es selbst herauszufinden. Er stand auf und ging zu der Leseecke. Auf einem Beistelltisch lagen diverse Fachzeitschriften, und nach kurzem Suchen fand er die, in der Kerber porträtiert worden war. Er überflog den Artikel und las den Namen, den er gesucht hatte, es war das

Banff-Springs-Hotel. Über die Auskunft besorgte er sich die Telefonnummer.

Kurz darauf hörte er das Freizeichen im Telefon, dann die Zentrale des Hotels, die ihn zu Kerbers Sekretärin weiter vermittelte. Nachdem er sich als deutscher Kollege vorgestellt hatte, stellte sie zum Direktor des Hotels durch.

Er nannte seinen Namen. „Du wirst dich nicht an mich erinnern", begann Werner das Gespräch mit einem Schmunzeln und wartete dann nervös auf die Reaktion.

„Ach nee!", kam es jovial dröhnend vom anderen Ende der Leitung, und Werner fiel ein Stein vom Herzen. Am Tonfall erkannte er gleich, dass Kerber nicht mehr an den alten Zeiten klebte. „Wie läuft es in deinem bayrischen Schmuckkästchen?"

„Du kennst den Fürstenhof?" Werner lehnte sich in seinem Sessel zurück. So verwunderlich war es wiederum nicht, dass sich Kerber über den Verbleib seines ehemaligen Kumpels informiert hatte.

„Du weißt doch, mir entgeht nichts", sagte Kerber lachend und fügte mehrdeutig hinzu: „Fast nichts, du Schlitzohr."

Werner lachte. „Du, ich hätte da ein Anliegen ..."

Doch Kerber ließ ihn gar nicht weiter sprechen, sondern schlug ihm vor, sich in die nächste Maschine nach Calgary zu setzen und ihn in Kanada zu besuchen. Er wäre doch ein Freund spontaner Flugreisen und sie würden die alten Zeiten noch einmal aufleben lassen, zur Jagd gehen und es sich ein paar Tage so richtig gut gehen lassen.

Ja, warum eigentlich nicht? Nach kurzem Zögern stimmte Werner zu. Einerseits freute es ihn, Kerber wiederzusehen, andererseits konnte es nicht schaden, den Kontakt zu einem so einflussreichen Hotelier zu intensivieren und ihn im persönlichen Gespräch zu fragen, ob er Alexander die Möglichkeit bieten könnte, in seinem Betrieb internationale Erfahrungen zu sammeln.

Er verabschiedete sich von Kerber, und eine halbe Stunde später hatte seine Sekretärin den Flug gebucht.

Charlotte fand die Idee gut, und wie es ihrer diskreten Art entsprach, fragte sie weder nach Einzelheiten noch nach Gründen. Sie vertraute seinem Instinkt, wünschte ihm eine gute Reise und würde sich während seiner Abwesenheit um die Belange des Fürstenhofs kümmern. Werner war froh, eine so selbstständige Ehefrau zu haben, denn das führte umgekehrt dazu, dass sie ihm seine Freiheiten ebenfalls zugestand, ohne dass es jedes Mal zu Diskussionen kam. Genau so musste die Frau an seiner Seite sein. Werner behandelte sie wie einen kostbaren Schatz, der sie auch buchstäblich für ihn war.

Auch seinen Söhnen erklärte Werner nicht, was der Zweck seiner Reise über den großen Teich war. Er teilte ihnen einfach mit, dass er ein paar Tage mit einem alten Freund verbringen würde.

135

Zwei Tage später war Werner auf dem Flug nach Calgary. Die langen Stunden nach Kanada vergingen relativ schnell, denn er hatte einen Nachtflug erwischt und schlief fast die ganze Zeit.

Ein Taxi brachte ihn nach Banff, in den bekannten Ort inmitten der Rocky Mountains, in dem Kerber sein Luxushotel betrieb – es war malerisch gelegen, umgeben von schroffen Bergen und dunklen Fichtenwäldern. Werner war beeindruckt von dem imposanten Gebäude und der traumhaft schönen Natur. Der Banff-Nationalpark war ein internationales Touristenziel und ganzjährig von Besuchern frequentiert, aber in der scheinbar unendlichen Weite verloren sich die Besuchermassen. Riesige Bergseen galten bereits als „voll", wenn man sechs Boote darauf ausmachen konnte. In diesem Land herrschten andere Vorstellungen von Einsamkeit und Überfüllung. Strände, an denen Handtuch an Handtuch lag, kannten die meisten Kanadier nicht. Am dichtesten bevölkert war die Provinz Ontario im Osten des Landes. Kerber aber hatte sich für den Westen entschieden, die dünn besiedelte Provinz Alberta.

Vor dem pompösen Eingang des Hotels kam Helmuth Kerber seinem alten Freund aus Ostdeutschland mit ausgebreiteten Armen und einem breiten Grinsen entgegen. Es war nicht zu übersehen, dass es ihn mit Stolz erfüllte, dieses Hotel der Luxusklasse in solch einer atemberaubenden Landschaft als Direktor zu leiten. Werner sah ihm an, was er sagen wollte: Er hatte es geschafft.

Die beiden Männer umarmten sich, klopften sich auf die Schultern, und einen Moment lang sahen sie sich in die Augen. Für den Bruchteil einer Sekunde verband sie die Erinnerung an baufällige Interhotels, an muffige Betten und Mitropa-Kaffee. Dann fanden beide in ihre über viele Jahre verinnerlichten Rollen als international erfolgreiche Geschäftsleute zurück.

Während er ihn zur Cafeteria führte und sein Gepäck an der Rezeption abgab, von wo aus es in seine Suite gebracht werden würde, hatte Kerber den Arm locker um Werners Schulter gelegt.

Den ersten Abend verbrachten die beiden Männer an der Bar des Hotels und schwelgten in nostalgischen Erinnerungen.

„Für deine Frechheit damals habe ich dich direkt bewundert", sagte Kerber weit nach Mitternacht und drehte sein Whiskeyglas in den Händen. „Du hast dir einfach eine attraktive Hotelerbin geangelt und bist in dein Glück aufgebrochen …"

Werner grinste. „Das war absolut nicht geplant. Das war ein Wink des Schicksals, dem man folgen musste. Ich liebe sie heute noch."

Kerber sah auf. „Das sind gute Neuigkeiten", sagte er voller Wärme.

„Ich habe dich damals beneidet und mir oft vorgestellt, wie du mit ihr in Saus und Braus lebst. Aber dann", er grinste ihn an, „hat sich ja auch meine Karriere sehr bald äußerst positiv entwickelt."

Werner sah sich beeindruckt um. „Und du hast deine Chance genutzt, wie man sieht."

„Hast du Lust, morgen auf die Jagd zu gehen?", fragte ihn Kerber.

Werner stimmte begeistert zu. Etwas Zerstreuung würde ihm gut tun, und so musste er nicht mit der Tür ins Haus fallen, was Alexanders Stelle betraf.

Die Jagd im Wald war recht erfolgreich. Kerber erwies sich als geschickt im Anpirschen an argloses Wild. Er schoss einen riesigen Elch, vor Ort *Moose* genannt, wie er Werner erklärte. Der würde als Spezialität auf die Speisekarte des Hotels wandern. Moosefleisch konnte man nicht im Laden kaufen, man musste es sich schon selbst schießen. Die Wälder hier in Banff waren voller Wild, die verschiedensten Arten. Man traf es täglich in Massen auf den Straßen, manchmal auch mitten im Ort zwischen den parkenden Autos.

Nur vor den Bären hatte Kerber einen gewissen Respekt. Immer wieder geschahen grausame Unfälle bei der Begegnung zwischen Touristen und Bären, erzählte er Werner, und der spürte, wie stolz der Berliner offensichtlich darauf war, im Lauf der Zeit ein halber Kanadier geworden zu sein. Schon zwei beeindruckende Exemplare hatten sie gesehen, als sie beinahe direkt vor dem Auto die Straße kreuzten. Beim Jagen achtete Kerber darauf, laut genug zu sein, um Bären zu verschrecken, und erst dann auf die Pirsch zu gehen, wenn sie sich bereits im dichten

138

Wald befanden. Selbst bis an die Zähne bewaffnet wollte er keinem der Teddys begegnen.

Als sie auf der Lauer lagen und Werner damit beschäftigt war, sich eine Armada von Moskitos vom Leib zu halten, die ihn trotz Off-Spray, einem starken Insektenabwehrmittel, munter attackierten, ergriff er die Gelegenheit. „Hör mal, Helmuth … Ich bin nicht nur zum Jagen hier und um Erinnerungen mit dir auszutauschen, wie du dir sicher vorstellen kannst."

Kerber nickte. „Hast du heute Morgen Bananen gegessen?"

Irritiert starrte Werner ihn an. „Es waren welche auf meinen Pfannkuchen. Und jede Menge Sahne. Sehr lecker."

Kerber verdrehte die Augen. „Mist. Sorry, ich hätte dich warnen sollen. Die Biester lieben Bananenblut. Da hilft auch das Spray nicht viel, fürchte ich."

Werner lachte. „Ach so, und ich wunderte mich schon, warum sie gerade mich ganz besonders appetitlich finden."

„Wir sollten uns auf den Rückweg machen, oder sie werden dich aussaugen, diese kleinen Vampire", schlug Kerber vor.

Auf dem Weg zum Auto nahm er den Gesprächsfaden wieder auf. „Also gut, warum hast du dich nun entschlossen, mich im Paradies zu besuchen?"

Werner sah sich um. Gigantische Berge, ein türkis glänzender See, in dem sich das Panorama spiegelte,

Bäume in allen Grünschattierungen, ein strahlend blauer Himmel. In der Tat paradiesisch. „Ich wollte dich fragen, ob ich dir meinen Sohn Alexander für ein Jahr schicken kann."

Kerber zögerte keine Sekunde. „Natürlich. Wir können Hilfe immer gebrauchen."

Für einen Moment hielt Werner die Luft an und versuchte, sich seine enorme Erleichterung nicht anmerken zu lassen. Er lächelte Kerber an. „Das wird Alexander freuen", sagte er einfach und fügte hinzu: „Du wirst deine Freude an ihm haben. Der Junge ist talentiert, ehrgeizig, geschäftstüchtig – und seinem Charme kann niemand widerstehen."

Kerber lachte. „Du meinst, er verdreht mir den Mädels hier den Kopf? Ganz der Papa, was?"

Werner stimmte in sein Lachen ein, beeilte sich dann aber zu versichern, dass von Alexanders sonnigem Gemüt vor allem die Gäste begeistert sein würden. Im Fürstenhof gab es immer wieder Stammkunden, die ausdrücklich betonten, wie umsichtig und aufmerksam sie sich von dem Junior behandelt fühlten.

Anerkennend runzelte Kerber die Stirn und zog die Mundwinkel herab. „Da hast du offenbar das Beste von deinen Genen weitergegeben, hm? So einen Sohn hätte ich mir auch gewünscht."

Stolz flackerte in Werners Augen auf. Ja, Alexander war ein Nachfolger nach seinem Geschmack. Und dass er nun in diesem renommierten Hotel arbeiten sollte,

140

würde ihm internationales Ansehen verschaffen und damit langfristig auch den Ruf des Fürstenhofs in ganz neue Dimensionen bringen.

Dass er noch einen zweiten Sohn hatte, der weniger seinem Ideal entsprach, hielt Werner bei diesem erfreulichen Gespräch mit Kerber für nicht erwähnenswert.

Sie vereinbarten, die Verträge noch am Abend aufzusetzen und zu unterschreiben. Sobald die Arbeitsgenehmigung für Studenten von der kanadischen Behörde eintraf, würde Alexander im Banff-Springs-Hotel antreten. Bis dahin würde diese ärgerliche Verletzung an seinem Knie längst ausgeheilt und er wieder voll einsatzbereit sein.

Am Abend kurz vor dem Dinner begegnete ihm im langen Flur im ersten Stock, von dem seine Suite abzweigte, das Zimmermädchen, das ihm schon vorher aufgefallen war, weil sie ihn mit ihren dunklen Haaren und ihrem liebenswerten Lächeln an Charlotte erinnerte. Sie hatte sich ihm als Michelle vorgestellt, und Werner konnte nicht umhin sich einzugestehen, dass die junge Frau eine wahre Augenweide war.

Als sie ihn begrüßte und einen Knicks andeutete, erzählte er ihr kurzerhand, dass er selbst zwar in drei Tagen wieder abreisen würde, aber dass sein Sohn bald eintreffen würde.

„Ich werde ihm sagen, welch nette Kollegen sich hier schon auf ihn freuen, okay?"

„Ah, das wäre wunderbar. Ich freue mich sehr darauf", sagte sie in weichem Englisch. Sie gab sich so interessiert, eine Höflichkeitsfloskel nur, doch es klang in diesem Land viel ehrlicher als in Deutschland. Woran mochte das liegen? Hier war man als Gast geneigter, alles für bare Münze zu nehmen. Das mochte an der offenen Art der Menschen liegen. Michelles strahlendes Lächeln ließ einen auf den ersten Blick glauben, dass sie ihren Beruf wahrhaftig liebte. Was sicherlich nicht der Fall war, ging es Werner durch den Kopf. Wer war schon zufrieden damit, ein Zimmermädchen zu sein?

Aber trotz aller Überlegungen beeindruckte ihn ihre positive Art sehr. Zuhause würde er diesbezüglich einmal einen genaueren Blick auf seine eigenen Angestellten werfen. Wie überzeugend, positiv und glücklich wirkten seine Leute?

In einer solchen Atmosphäre von Zufriedenheit musste sich ein Gast einfach wohl fühlen. Und selbst wenn es nur gespielt war, so verfehlte es die gewünschte Wirkung nicht.

Ein Arbeitsklima, das wie geschaffen für seinen charismatischen Sohn war, dachte Werner, mehr als zufrieden mit dem Ergebnis seiner Kanada-Reise.

Drei Tage später verabschiedete er sich voller Herzlichkeit von Helmuth Kerber und dankte ihm für die wunderbar erholsame Zeit – und ganz besonders für seine spontane Zustimmung, Alexander unter seine Fittiche zu nehmen.

„Ich bin sicher, er wird bei uns eine Menge lernen",

142

versprach ihm Kerber. Er hatte es sich nicht nehmen lassen, seinen alten Freund persönlich zum Flughafen zu fahren. „Hat er eine Frau, die er mitbringen möchte?"

Werner zögerte einen Moment. Ob Alexander Katharina überreden würde, mitzukommen? Er hoffte, sein Sohn wäre nicht so dumm, sich die Chance zu nehmen, sich in diesem einen Jahr weg von zuhause die Hörner abzustoßen, in jeder Beziehung ... Aber was Liebe und Treue betraf, schien Alexander aus einem anderen Holz geschnitzt zu sein als er selbst, was ihm bei dem Gespräch im Krankenhaus vor einigen Tagen deutlich bewusst geworden war.

„Er ist seit vielen Jahren mit einer Hotelerbin befreundet. Keine Ahnung, ob sie ihn begleiten wird ..."

„Kein Problem aus meiner Sicht", erklärte Kerber. „Solange sie ihn nicht von der Arbeit abhält." Er lachte dröhnend.

„Alexander vergisst niemals seine Pflichten", erwiderte Werner ernst.

Ein letzter fester Händedruck, dann checkte Werner ein und saß eine Stunde später in der Maschine, die ihn nach München zurückbringen würde. Diesmal hatte er einen Tagflug bekommen, und während er aus dem kleinen Fenster auf die kleiner werdende Landschaft unter sich schaute und sie schließlich die Wolken durchbrachen, um über einem weichen weißen Watteteppich in sonnenhellem Blau dahinzuschießen, ließ er seinen Gedanken freien Lauf.

Wie erstaunt Kerber geschaut hatte, als er ihm erzählte, dass er Charlotte bis zum heutigen Tag liebte. Ja, damals in Helsinki hatte ihre große Liebe begonnen, und ohne sie wäre er niemals das geworden, was er heute war – trotz der fast sechzigtausend DM, die er in die neue Welt mitgenommen hatte.

8. KAPITEL

Jetzt lernte Werner München erst richtig kennen, und es war großartiger als Helsinki, es war großartiger, als alles, was Werner sich vorgestellt hatte. Geschäftiges Leben überall, Baustelle neben Baustelle, und wo nicht gebaut wurde, stand mit ziemlicher Sicherheit ein fast neues Gebäude oder ein liebevoll restauriertes altes Baudenkmal.

Auch Berlin hatte Werner immer imponiert, was zum großen Teil daran lag, dass sein einziger Vergleich Halle oder Leipzig gewesen war. Aber gegen München war die Hauptstadt ein Provinznest. Immer noch dachte er „Hauptstadt der Deutschen Demokratischen Republik" mit, wenn ihm Berlin in den Sinn kam. Charlotte hatte ihn verständnislos angeschaut, als er das zum ersten Mal auf dem Weg vom Flughafen in das Münchner Hotel gesagt hatte.

„Ach so, du meinst Ostberlin", hatte sie geantwortet. Für die Leute hier in Bayern war das ganz einfach: es gab eben Ostberlin und Westberlin. Politik schien hier niemanden zu interessieren.

Nun saß Werner unruhig im Sessel in der Suite des Arabella Hotels. Er hielt ein Glas Whiskey in der Hand, in dem ein Eiswürfel sich langsam auflöste, schwenkte es leicht und lauschte dem Klingeln nach, wenn das harte Eis die dünne Glaswand berührte. Charlotte lag unter dicken Laken, ihr Körper bewegte sich langsam und ruhig, sie schien überhaupt nicht bemerkt zu haben, dass er aufgewacht und noch einmal aufgestanden war.

Behutsam stellte er das Glas auf den eleganten Beistelltisch und ging zum Fenster. Er zog den Vorhang nur ein Stück weit auf. Die Lichter von der Großbaustelle des Olympiaparks blendeten ihn ein wenig. Tag und Nacht wurde hier gehämmert, geschraubt und geschweißt, um die Stadt auf das Großereignis im nächsten Jahr vorzubereiten. Es müsste schon mit dem Teufel zugehen, wenn sich in dieser pulsierenden Metropole nicht auch für ihn die Gelegenheit ergeben würde, erfolgreich zu sein.

Charlotte räkelte sich unter den Laken und drehte sich zu ihm herum. „Kannst du nicht schlafen?"

Leise zog Werner die Vorhänge vor dem Panoramafenster wieder zusammen und ging zurück zum Bett. „Doch, aber ich hatte Durst."

Charlotte schlug die Decke zurück, und er legte sich zu ihr. „Aber wenn du ohnehin wach bist, fällt mir gerade etwas ein, was ich schon wieder vermisse." Sie schnurrte leise.

Werner schmiegte sich von hinten an ihren warmen Körper und legte seine Hand auf die weiche Wölbung ihrer Hüfte. „Ist ja auch schon ewig lang her."

Sie drückte sich mit dem Rücken an seinen Bauch. „Stimmt, mindestens vier Stunden …"

Als Werner am nächsten Morgen erwachte, war Charlotte schon im Bad. Er streckte sich unter den Decken, genoss die Wintersonne, die das Zimmer in einen kalten, aber freundlichen Schein tauchte, und hörte sich die Nachrichten im Radio an. Die Badezimmertür sprang auf und Charlotte kam auf ihn zu. Mit nassen Haaren und nichts als einem Handtuch um den Körper gewickelt, war sie mindestens ebenso schön wie im Ballkleid oder Kostüm. Werner sprang auf und nahm sie in den Arm. „Guten Morgen, mein Schatz. Wie geht's dir?"

Charlotte lächelte. „Es geht schon. Ich bin furchtbar müde, und außerdem war mir nach dem Aufstehen ziemlich übel. Aber jetzt geht's wieder."

Werner führte sie zum Bett und ließ sie sanft darauf nieder. „Vielleicht sollte ich dich mehr schonen …"

Sie öffnete den Knoten des Handtuchs und ließ es von ihrem Körper gleiten. „Wehe dir, du Schuft!"

Werner lachte und drückte sie aufs Bett. „Keine Angst, das war nur ein Scherz." Er legte sich neben sie und küsste sie sanft auf den Bauch. „In drei Stunden sollen wir deinen Vater vom Flughafen abholen. Wenn wir uns beeilen, kannst du vorher noch ein wenig schlafen."

Charlotte drehte ihn mit einem geschickten Griff auf den Rücken, richtete sich auf und setzte ihre Knie auf seine Oberarme. „Wenn ich mit dir fertig bin, wirst du froh sein, es vorher noch unter die Dusche zu schaffen." Sie schrie auf, als er spielerisch versuchte, sie abzuwerfen. Dann beugte sie sich zu ihm hinunter und küsste ihn sanft auf den Mund. „Wenn du nur wüsstest, wie verrückt du mich machst …"

Werner stöhnte leise. Drei Tage lang hatten sie nur Augen füreinander gehabt, und schon nach ein paar Stunden hatte er gewusst: Die oder keine. Er hatte sich Hals über Kopf verliebt, und Charlotte schien es ebenso zu gehen.

Nicht eine Minute zu früh standen sie am Durchlass des Flughafens, und beinahe im gleichen Moment trat Charlottes Vater aus dem Sicherheitsbereich. Er winkte ihnen zu, wartete einen Moment, bis sein Koffer auf dem Rollband auftauchte, griff nach dem eleganten Gepäckstück und trat heraus. Er setzte den Koffer ab und breitete die Arme aus.

Charlotte sprang auf ihn zu. „Oh, Papa, ich hab dich im Traum schon in einem finnischen Gefängnis sitzen sehen." Der Senior zwinkerte Werner zu. „Ach was, war doch gar nicht schlimm, was sollte denn schon passieren. Es ist schließlich nicht verboten, von dort aus irgendwo hinzufliegen."

Werner lächelte und drückte ihm die Hand, nachdem Bartholdy seine Tochter wieder losgelassen hatte. „Ich möchte mich noch einmal bedanken. Was Sie für mich getan haben, war wirklich nicht selbstverständlich." Er nahm den Koffer, und die drei machten sich auf den Weg zum Ausgang.

Vergnügt beobachtete Clemens Bartholdy, wie seine Tochter Werners freie Hand ergriff und ihn zielstrebig zum Taxistand führte. Die beiden gaben ein nettes Paar ab.

Obwohl Bartholdy so schnell wie möglich in seine geliebte Heimat und zu seinem Fürstenhof zurück wollte, war es für ihn gar keine Frage, einen Tag länger in München zu verweilen und Werner am nächsten Vormittag zum Amt zu begleiten. Es dauerte nur wenige Minuten, und der Ton, den die Beamten anschlugen, wurde freundlicher. Ein dezenter Hinweis des Seniors auf seine Bekanntschaft zu einem Minister ließ die Wartezeiten schmelzen.

Bereits nach zwei Stunden hielt Werner einen „Vorläufigen Personalausweis" in den Händen. Er grinste, als genau der Beamte, der ihm am Tag zuvor versichert hatte, das würde „mindestens" ein halbes Jahr dauern, ihm das Dokument zusammen mit seinem abgegriffenen DDR-Ausweis in die Hand drückte. „Bitte sehr, Herr Saalfeld, und herzlich willkommen in der Bundesrepublik."

Er steckte die Dokumente in die Innentasche seines Jacketts. „Herzlichen Dank." Lächelnd unterschrieb er die Quittung für das „Begrüßungsgeld" und steckte die zwei Zwanzigmarkscheine in die Hosentasche. Welch ein Witz gegen die Summe, die er im Hotelsafe deponiert hatte.

Charlotte küsste ihn auf die Wange. „Endlich, jetzt kann ich auch aufhören, mir Sorgen zu machen."

Sie verließen das Rathaus und feierten Werners Aufnahme im Westen in einem Restaurant gegenüber der Marienkirche. Immerhin, stellte Werner fest, hätte das Begrüßungsgeld der Stadt München beinahe gereicht, sein

Essen zu bezahlen. Aber das hätte der alte Bartholdy ganz sicher nicht zugelassen.

„Wissen Sie, Herr Saalfeld, einer der großen Vorteile in unserem Gewerbe ist, dass man Bewirtungskosten uneingeschränkt von der Steuer absetzen kann." Er grinste dem Kellner zu, der mit unbewegtem Gesicht das fürstliche Trinkgeld in Empfang nahm. „Aber Sie werden das alles schnell lernen, da bin ich mir ziemlich sicher."

Werner gab sich Mühe, nicht zu deutlich zu zeigen, wie beeindruckt er war. Nicht nur München und die umliegenden Großstädte, auch die bayrische Provinz schien in einer anderen Welt zu liegen. Nichts vom ewig eintönigen Grau, von abgeschalteten Lichtern oder Versorgungslücken auf dem Land war hier zu spüren.

In Bartholdys großem Mercedes, den sie aus einer Tiefgarage am Stadtrand holten, fuhren sie durch das Vorallgäu ihrem Ziel entgegen: dem „Fürstenhof", der schon seit Generationen von Charlottes Familie geführt wurde, und den ihr Vater saniert und zu einem behaglichen Mittelklassehotel ausgebaut hatte. Charlotte hing mit ganzer Seele an dem Gastbetrieb. Hier war sie aufgewachsen, hier kannte sie jeden Winkel, jede Ecke. Als Kind hatte sie in den Wäldern, die das Hotel umgaben, gespielt, in den Seen gebadet, und später, als Jugendliche, hatte sie ihren Vater bei der Einstellung des Personals beraten und begonnen, ihm beim Briefeschreiben und Führen der Bücher zu helfen.

150

In beinahe jedem Ort, den sie nun durchfuhren, kannte Charlottes Vater jemanden, wusste eine Anekdote zu erzählen, wies Werner auf Besonderheiten der örtlichen Hotellerie hin. Und oft genug parkte er den Wagen vor einem von außen recht unscheinbaren Landgasthof, sie stiegen aus und er zeigte Werner ein weiteres Prunkstück der westdeutschen Gastronomie – seine Konkurrenz, aber zwischen den Hoteliers herrschte noch längst nicht der harte Kampf ums Überleben, dem in späteren Jahren zahlreiche Geschäftsleute zum Opfer fielen. Noch gab es genug Touristen, die sich nicht nur während der Hochsaison um die Hotelbetten rissen.

Werner war während der Sightseeing-Tour trotz seiner aufgeräumten Stimmung hochkonzentriert. Ihm war klar, hier und jetzt entschied sich, was aus ihm werden würde.

Wie ein Schwamm saugte er das Wissen des Älteren in sich auf, speicherte Tipps und Hinweise, fragte auch nach, wenn er etwas nicht auf Anhieb verstand. Bartholdy schien das zu gefallen. Er hatte schon im ersten Ort angehalten und Werner ermutigt, sich ein Notizbuch zu kaufen, um bei der Menge an Informationen nicht den Überblick zu verlieren.

Gegen Mittag lenkte Bartholdy den Wagen auf den Parkplatz eines prächtigen Hotels am Ammersee. Nachdem er und Charlotte den Besitzer freundlich begrüßt und Werner vorgestellt hatten, nahmen sie im Wintergarten Platz und bestellten.

Werner blickte fasziniert aus dem Fenster. Der große See war an den Ufern schon beinahe vollständig zugefroren, große Eisplatten drückten sich schaukelnd gegeneinander, knirschten und zerbrachen von Zeit zu Zeit mit einem Knall, der bis ins Restaurant hinein zu hören war. Die Bäume rund um den See waren schneebeladen, einzelne Spaziergänger genossen die mittägliche Wintersonne.

Bartholdy und Werner waren inzwischen zum Du übergegangen. „Nun, Werner, wie gefällt es dir?" Der Senior lächelte und zwinkerte seiner Tochter zu.

Werner schüttelte den Kopf. „Ich kann das alles gar nicht fassen. Letzte Woche noch all das Grau, der Matsch, die Tristesse, und heute ..." Er schluckte. „Es ist wunderschön hier."

Charlotte nickte. „Stimmt, aber es ist nichts gegen unseren Fürstenhof. Wir haben zwar keinen See vor dem Haus, aber dafür ist es wunderschön gelegen." Sie wartete einen Moment und ließ die Kellnerin die Getränke auf dem Tisch abstellen. „Ich freue mich schon so darauf, dir das alles zu zeigen."

Werner nickte. Er spürte, dass der Moment gekommen war, das zu tun, was er in der Nacht mit Charlotte besprochen hatte. Er räusperte sich und griff unter dem Tisch nach ihrer Hand. „Herr Bartholdy ..."

Der Senior sah ihn erwartungsvoll an. Schon der Wechsel zum gerade abgeschafften Sie ließ ihn ahnen, was kommen würde.

152

„Es wird Ihnen vielleicht ... etwas übereilt vorkommen ...“

Clemens Bartholdy unterbrach ihn. „Entschuldige dich nicht. Immer raus damit.“

Charlotte drückte Werners Hand. „Ich möchte Sie ...“ er schluckte erneut, „ ich möchte dich ... um die Hand deiner Tochter ...“ Er spürte, wie ihm das Blut ins Gesicht schoss. So schwierig hatte er es sich nicht vorgestellt.

„Papa“, mischte Charlotte sich ein, aber Werner ließ sie nicht weitersprechen.

„Charlotte und ich wollen heiraten.“ Endlich war es heraus.

Der Senior lächelte gerührt und griff nach seinem Taschentuch, um sich die Nase zu schnäuzen. „War ja kaum zu übersehen.“

Charlotte grinste spitzbübisch, stand auf und beugte sich über den Tisch. Schmatzend küsste sie ihren Vater auf den Mund. „Ach Papa, ich wusste, dass du einverstanden bist.“

Bartholdy sah Werner lächelnd an. „Gewöhn dich schon mal dran. Egal, was du sagst, sie wird dir erklären, wie du es gemeint hast.“ Er lachte dröhnend und schob das blütenweiße Taschentuch zurück. „Eine echte Bartholdy.“

Werner war unsicher. „Heißt das ...?“

Er nickte. „Natürlich. Soll ich mich eurem Glück in den Weg stellen? Ich habe Charlottes Mutter an einem Samstag zum ersten Mal geküsst, und am Sonntagnach-

153

mittag habe ich ihre Eltern gefragt, ob wir heiraten dürften." Er ließ den Kopf sinken.

Charlotte streichelte sanft über seine faltigen Finger.

Er stand auf und reichte Werner die Hand. „Das ist schließlich nicht eure Schuld. Ich bin sicher, auch für meine Frau wäre dies ein wunderbarer Tag gewesen." Abrupt drehte er sich um und verließ den Wintergarten.

Werner sah Charlotte verwirrt an. „Habe ich etwas Falsches gesagt?"

Sie schüttelte den Kopf und wischte sich die Tränen aus den Augen. „Nein, aber der Tod meiner Mutter im letzten Jahr nimmt ihn immer noch sehr mit. Wenn wir ihn jetzt einen Moment allein lassen, fängt er sich wieder."

Es kam, wie Charlotte vermutet hatte. Als der Senior eine Viertelstunde später wieder an den Tisch kam, merkten die beiden jungen Leute ihm nichts mehr an. Er war gut gelaunt und begann, mit ihnen Zukunftspläne zu schmieden. Immer wieder sah er Werner aus den Augenwinkeln an, wenn dieser Charlotte zärtlich küsste. „Und das Allerwichtigste ist, dass ihr beiden zusammenhaltet. Ärger von außen lässt sich gar nicht vermeiden, wenn man erfolgreich ist. Konkurrenten, Neid und Missgunst, das ist im Geschäftsleben normal. Aber Streit in der Familie, das hält der beste Betrieb nicht aus."

Charlotte nickte. Sie war entschlossen, sich an diesen Ratschlag zu halten, so wie ihre Eltern es ihr vorgelebt hatten.

Als die Nachspeise aufgetragen wurde, sah der Alte

auf die Uhr. „Halb eins. Ich würde gerne hier im Ort noch etwas erledigen, aber dazu ist es noch zu früh. Was haltet ihr davon, einen Spaziergang zu machen? Ich werde Rudolf Böttcher fragen, ob er noch eine Kammer mit einem Bett für mich frei hat, damit ich mich ein wenig ausruhen kann."

Charlotte war schon aufgesprungen und ließ sich bereitwillig von Werner in den warmen Mantel helfen. Kaum fünf Minuten später stapfte sie an Werners Hand durch den harschigen Schnee am Seeufer entlang.

So viel war zu besprechen zwischen ihnen, so vieles zu erzählen, von dem der andere gar nichts wissen konnte. Sie hatten sofort beschlossen, die Vergangenheit ruhen zu lassen und sich nicht mit verflossenen Liebschaften zu belasten. Also konnte Werner guten Gewissens alles, was Susanne Mahler betraf, aus seinen Berichten ausblenden. Ihn selbst hatte die Liebe viel zu überraschend erwischt, als dass es ihn interessiert hätte, ob es andere Männer in Charlottes Leben gegeben hatte. Hier, Hand in Hand am Seeufer entlang laufend, die Stiefel knirschend im Schnee, entschlossen sie sich, nur nach vorne zu schauen, schmiedeten leidenschaftlich Pläne für die Zukunft. Für eine gemeinsame Zukunft.

Kurz bevor sie wieder am Hotel ankamen, blieb Werner stehen. Er nahm Charlotte in den Arm und legte seine kalte Nase in ihre Halsbeuge. Sie zuckte zusammen, lachte, als er seinen warmen Atem über die Gänsehaut an ihrem Hals blies. „Charlotte, das ist mein voller Ernst.

Was auch immer passieren wird, ich werde zu dir stehen und dich niemals im Stich lassen. Vergiss das nicht, bitte. Vergiss das nie." Sie schmiegte sich an ihn, sodass er die Tränen nicht sehen konnte, die ihr über die Wangen liefen.

Nachdem sie eine Tasse heißen Kaffee und warmen Apfelstrudel gegessen hatten, machte Clemens Bartholdy seine Ankündigung wahr. Er hatte Zimmer für die Nacht reserviert, wie selbstverständlich ein Doppelzimmer für seine Tochter und Werner, und sein Gepäck bereits hereinbringen lassen. Jetzt ging er in seinem besten Wintermantel neben den jungen Leuten die Dorfstraße hinunter.

Werner hatte kaum Augen für den alten Mann, zu glücklich war er, seine Charlotte an der Hand halten und mit ihr gemeinsam die Zukunft planen zu können. Erstaunt hielt er inne, als Bartholdy eine kleine Ladentür öffnete.

Werner sah auf das Schild, das über dem Eingang angebracht war. „Alois Weckengruber – Juwelier."

Der Senior hielt inne. „Das ist doch wohl das Mindeste, was ich als Brautvater tun kann, euch die Ringe kaufen." Lächelnd ging er voraus.

Das also war die Verlobung gewesen, dachte Werner, als er am nächsten Morgen neben seinem zukünftigen Schwiegervater in Richtung Fürstenhof fuhr. Unprätentiös, aber trotzdem ergreifend. Clemens Bartholdy

156

hatte ihm beim Essen einiges klar gemacht, über das kleine Hotel am Alpenrand, das er in jahrelanger Arbeit bekannt gemacht hatte, über die Bedrohung durch große Hotelketten und über die Chancen, die ein Einzelner trotzdem hatte, wenn er sie erkannte und wahrnahm. Werner hatte viel zugehört und nur wenig gesprochen, und noch bevor er sich zu Charlotte ins Bett gelegt hatte, trug er das Wichtigste in sein neues Notizbuch ein.

Ihm war klar: Nichts würde ihm in den Schoß fallen, aber er hatte die Gelegenheit, im Westen sein Glück zu versuchen, und wenn er scheiterte, wäre er allein dafür verantwortlich.

Die Umgebung des Fürstenhofs und das Hotel selbst präsentierten sich ihm so malerisch, wie Charlotte es beschrieben hatte. Schon die Auffahrt aus den Voralpen war eindrucksvoll, hohe Schneeberge an den Straßenrändern, einfach gekleidete Menschen, die versuchten, die Zufahrtswege zu ihren Häusern vom Schnee zu befreien und freundlich winkten, wenn sie Bartholdys Wagen erkannten. Im Hotelgarten ästen drei Rehe, die sich ohne Scheu aus der dort aufgestellten Heuraufe bedienten und auch nicht fortsprangen, als Werner die Koffer aus dem Wagen hob und ins Haus trug. Direkt hinter dem Haus schlängelte sich ein Weg in das dichte Unterholz.

„Dort geht es in die Berge." Charlotte schmiegte sich an Werners Brust. „Morgen werde ich es dir zeigen, heute ist es schon zu spät. Bis wir aus dem Wald heraus sind, wird es dunkel."

Als Werner die kleine Wohnung innerhalb des Hotels betrat, in der Charlotte mit ihrem Vater lebte, stand der Senior schon mit einem Zollstock in der Hand in der rustikal eingerichteten Diele. „Wenn wir hier einen Durchbruch machen, brauchen wir im Treppenhaus gar nichts zu verändern."

Charlotte sah ihn an. „Was hast du vor?"

Clemens Bartholdy klappte den Messstab zusammen. „Platz genug ist hier. Die alte Werkstatt benutzen wir seit Jahren nicht mehr. Heutzutage repariert doch keiner mehr Möbel, da wird einfach neu gekauft."

Charlotte setzte sich neben ihren Vater. „Du musst unseretwegen …"

„Ach geh", Bartholdy winkte ab, „euretwegen doch nicht. Meinst du denn, ich will jede Nacht wach werden wegen des Kindergeschreis?" Er grinste. „Ich will doch hoffen …"

Charlotte lachte und küsste den Vater auf die Wange. „Ach Paps, du bist unmöglich, aber ich liebe dich."

Noch am selben Abend stellte der alte Bartholdy seinen zukünftigen Schwiegersohn dem Personal als neuen Mitarbeiter vor. Die blonde Hildegard, die sich als unentbehrliche Kraft in der Küche erwiesen hatte, musterte ihn skeptisch, aber nicht unfreundlich und reichte ihm schließlich lächelnd die Hand.

Auch Alfons Sonnbichler, der nur wenige Jahre älter

als Werner war und in Haus und Garten für Ordnung sorgte, strahlte, als er den neuen Kollegen in Empfang nahm. Ein Schatten flog über sein Gesicht, als Clemens Bartholdy stolz anfügte, dass Werner sich mit Charlotte verlobt hatte – ein kleines irritiertes Zwinkern, das Werner nicht entging und auf das er Charlotte am Abend, als sie eng aneinandergekuschelt im Bett lagen, ansprach.

„Ein komischer Kauz, dieser Sonnbichler", murmelte er dicht an ihrem Ohr und knabberte verliebt an ihrem Hals herum.

Charlottes Wangen färbten sich rosig. „Warum? Er ist sehr tüchtig und wird in Kürze die Stellung eines Portiers übernehmen. Wir können froh sein, dass wir so einen zuverlässigen Mitarbeiter hier haben!", sagte sie, als müsse sie ihn verteidigen.

Werner stutzte. „Hey, ich sag doch gar nichts gegen deinen Alfons", neckte er sie.

„Er ist nicht mein Alfons", gab sie ernster zurück, als er erwartet hatte.

Dann deuteten ihre regelmäßigen Atemzüge darauf hin, dass sie eingeschlafen war.

Wenige Minuten später fiel auch Werner in den Schlaf, ein Lächeln im Gesicht. Darauf, dass seine Charlotte nicht auf mehreren Hochzeiten tanzte, hätte er einen Eid schwören können. Wahrscheinlich war dieser Alfons einfach aus der Ferne ein bisschen vernarrt in die hübsche Tochter des Chefs.

Es sollte ihm gegönnt sein.

Trotz seines leutseligen Auftretens, das merkte Werner schnell, war Bartholdy ein Freund knallharter und schneller Entscheidungen, und er verabscheute Hierarchien ebenso wie bürokratischen Verwaltungsaufwand. Obwohl Werner sich mehr als Lehrling denn als Assistent fühlte, als der er eingestellt wurde, lehnte der Herr Direktor, wie er im Haus genannt wurde, es ab, ihm ein eigenes Büro einzurichten.

„Da stellen wir einen zweiten Schreibtisch an den meinen, dann bekommst du auch alles mit."

Und wirklich, der alte Hase schien vor dem jungen Mann aus Halle keine Geheimnisse zu haben. Selten einmal bat er ihn, den Raum zu verlassen, weil er ein privates Telefongespräch führen wollte, aber er machte ihm auch klar, dass das auf Gegenseitigkeit beruhte.

„Du musst doch Freunde im Osten haben, Verwandte. Ich kann dir nur raten, lass den Kontakt nicht abreißen. Eines Tages wirst du froh sein, dort einen Ansprechpartner zu haben. Wofür gibt es das Telefon? Sag einfach Bescheid, wenn du jemanden anrufen willst. Dann gehe ich aus dem Raum."

Werner nickte. Natürlich brannte es ihm unter den Nägeln, zu erfahren, was in Halle nach seiner Flucht passiert war. Was war mit Begusch? Hatte Reeber dicht gehalten? Wie war es Schröder ergangen?

Nein, an die DDR ausliefern würde man ihn nicht, so viel hatte er schon herausbekommen. Aber was wäre, wenn die Volkspolizei einen Verdacht hätte und diesen

160

an die örtliche Polizei melden würde? Ein Toter, das war ihm klar, würde auch hier, im tiefsten Bayern, Ermittlungen nach sich ziehen. Ob es sich dabei um Mord oder um einen Unfall gehandelt hatte, war dann zunächst mal unerheblich.

Werner war klar, dass er den Kontakt zu seinem früheren Leben suchen musste, aber er befürchtete auch, schlafende Hunde zu wecken, wenn er zu früh oder zu aufdringlich in Aktion trat.

Das Frühjahr kam sonnenhell und farbenprächtig über das Allgäu, als er endlich befand, dass es nun keinen Aufschub mehr geben könne.

Charlotte war mit ihrem Vater zur Beerdigung einer Tante nach Stuttgart gefahren, die Sekretärin feierte Überstunden ab, und Werner saß allein und ungestört im Büro. Er hatte sich bereits darüber informiert, wie so etwas ablief, und meldete das Gespräch beim Fernamt an, ohne seinen Namen zu nennen.

Dann wartete er unruhig, ängstlich darauf bedacht, den Raum immer nur so weit zu verlassen, dass er das Telefon noch hören konnte. Exakt zur anvisierten Zeit klingelte der Apparat.

Er zwang sich zur Besonnenheit und nahm den Hörer ab. „Hotel Fürstenhof."

Erleichtert lehnte er sich zurück. Die Telefonistin hatte ihn ohne weiteren Kommentar durchgestellt. Er hörte das Freizeichen am anderen Ende der Leitung, zog die Kaffeetasse heran und drückte den Knopf für den

Lautsprecher. Im gleichen Moment wurde auf der anderen Seite das Gespräch angenommen.

„Susanne Mahler."

Er hatte nicht geahnt, was ihre Stimme immer noch in ihm auszulösen vermochte, auch, wenn sie bis jetzt nichts als ihren Namen gesagt hatte. Eine Flutwelle an Erinnerungen, Gefühlen und Sehnsüchten schwappte über ihn hinweg und machte ihn für ein paar Sekunden unfähig, auch nur ein Wort zu sprechen oder klar zu denken.

„Hallo?", fragte sie vorsichtig und doch leicht ungeduldig.

Werner schluckte aufgeregt. „Ich bin's."

„Werner?" Susannes Stimme wurde leiser. „Wirklich?"

„Susanne, ich … Entschuldige, ich wollte … ich hätte schon früher …"

„Wo bist du?"

„In Bayern, in … ach, ist das nicht egal? Wie geht es dir?"

Susanne berichtete vom Hotel, von Halle und allen möglichen Dingen. Aber vor allem wollte sie wissen, wie es Werner ergangen war.

Er erzählte ihr von seiner Flucht, der überraschenden Reise nach Helsinki und von seinem jetzigen Leben mit Charlotte. Natürlich schwärmte er vom Westen, aber als Susanne nicht darauf reagierte, fragte er:

„Susanne, wenn ich dir irgendwie helfen kann, dann sag es mir … bitte lehn das nicht ab. Ich werde dir Päckchen schicken von hier, Geld …"

„Ich kann meine alte Stelle wieder haben, es geht schon."

„Aber du kannst doch sicherlich etwas gebrauchen, warum sagst du es mir nicht?"

Susanne schien leise zu weinen.

„Ach Werner, wenn du nur hier wärst."

„Susanne, ich …"

„Nein, lass. Ich wollte dir kein schlechtes Gewissen einreden. Es war deine Entscheidung, du wolltest schon so lange in den Westen. Du darfst nicht …"

Das war Werner ohnehin klar. Eine Rückkehr in die DDR war ausgeschlossen, unabhängig davon, ob man ihm die Sache mit dem Wachmann anhängen würde oder nicht. Republikflucht nannten sie sein Verbrechen dort, und es wurde mindestens ebenso hart bestraft wie Mord. „Susanne, wenn ich dir irgendwie helfen kann …" wiederholte er noch einmal hilflos. Nach Begusch zu fragen, wagte er nicht, obwohl er merkte, dass Susanne ihm etwas verschwieg.

„Susanne, ich …" Ein monotones Tuten kam aus dem kleinen Lautsprecher. Die Verbindung war unterbrochen.

Ärgerlich warf Werner den Hörer auf den Apparat zurück, stand auf und öffnete das Fenster, ließ die frische Frühlingsluft hinein. Er nahm seine Kaffeetasse, die er während des Gespräches nicht angerührt hatte, und brachte sie in die Teeküche.

Selbstverständlich hatte er dem alten Mann nicht

schaden wollen. Entschlossen presste Werner die Lippen aufeinander. Gegen die Ungerechtigkeiten des Lebens konnte er auch nichts bewirken.

Er schloss das Fenster und nahm eine Akte zur Bearbeitung aus dem Schreibtisch. Zumindest war die Sache jetzt klar, und wer konnte schon wissen, wie die Dinge sich weiter entwickeln würden.

Es war bereits später Abend, als Clemens Bartholdy und Charlotte nach Hause zurückkehrten. Werner ging den beiden entgegen und öffnete die Seitentür des Wagens. Charlotte fiel beinahe in seine Arme. „Schatz …"

Er hatte Mühe, die schmale Person aufzufangen. „Was ist los?"

Der alte Bartholdy war schon aus dem Auto gestürzt. „Bring sie rein, ich rufe gleich den Arzt. Sie ist heute Morgen in der Kirche schon fast zusammengeklappt." Behutsam nahm Werner die Geliebte auf die Arme und trug sie die wenigen Schritte zum Privattrakt des Hotels. Im Schlafzimmer legte er sie vorsichtig auf dem Bett ab.

„Was ist denn nur los?"

Charlotte versuchte zu lächeln. „Ich weiß auch nicht, ich fühle mich plötzlich so schlapp. Jetzt geht es schon wieder." Sie wollte sich aufrichten, kippte aber zur Seite weg.

Werner zog die Decke über sie. „Du bleibst jetzt hier liegen, bis der Arzt da ist, und dann wollen wir doch mal sehen, was das ist."

Dr. Waldemar Bertelstein hatte ein verschmitztes Lächeln auf dem Gesicht, als er aus dem Schlafzimmer trat. Der alte Landarzt hatte Charlotte schon als Kind behandelt und ihre Kinderkrankheiten den eigenen Kindern mit nach Hause gebracht. Er setzte sich zu Clemens Bartholdy an den Tisch.

„Gar nicht so übel, kann ich nur sagen." Grinsend sah er Werner und den Senior an. „Wollt ihr mir gar keinen Schnaps anbieten?"

Bartholdy gab Werner ein Zeichen mit der Hand. „Aber erst sagst du uns, was mit dem Mädchen los ist."

Der Arzt gab sich Mühe, nicht loszuprusten, und schüttelte den Kopf. „Erst den Schnaps, das ist schon immer so Sitte gewesen."

„Was für eine Sitte?" Werner hielt die Flasche mit dem Obstler bereits in der Hand.

„Wenn einer erfährt", antwortete Dr. Bertelstein, „dass er Vater werden wird, oder", er sah Bartholdy in die Augen, „Großvater, dann gibt's einen Schnaps."

Werner starrte den Arzt sprachlos an. „Charlotte ist … Nein, ich glaube es nicht, das ist … das kann doch gar nicht …" Ausgelassen tanzte er mit der Schnapsflasche in der einen und den Gläsern in der anderen Hand durch die Küche.

Der Arzt lachte. „Na, wenn du der Ansicht bist, das könnte nicht sein, dann würde ich mir das mit dem Heiraten mal überlegen. Ich bin mir nämlich sehr sicher." Er setzte sich dem werdenden Großvater gegenüber an den

165

Tisch. „Und nun schenk ein und kümmere dich um das Mädchen. Charlotte wartet sicher schon."

Werner stellte die Flasche auf den Tisch und knallte die Gläser daneben. „Macht ihr mal, ja? Ich muss … ich …" Schon war er durch den Flur im Schlafzimmer verschwunden.

„Charlotte, du …"

Sie lächelte gequält. „Ich hätte es dir so gern selbst erzählt, aber Dr. Bertelstein hat darauf bestanden, es Vater zu sagen, da konnte ich nicht …"

Werner setzte sich auf den Bettrand und nahm ihre Hände in seine. Er schwieg, und Charlotte fuhr fort. „Er musste Vater damals sagen, dass Mutter …" Werner reichte ihr ein Taschentuch. „Sie hätte sich so gefreut." Sie wischte sich die Tränen aus den Augen. „Was sagt Vater?"

Werner sah sie erstaunt an. „Keine Ahnung. Freuen wird er sich. Fast so sehr wie ich. Vater! Ich werde Vater! Hast du das gehört? Ich werde Vater!"

Charlotte lächelte. „Ich hab es nicht nur gehört, ich spüre es sogar." Sie zog sich an seinem Arm hoch und küsste ihn. „Ich bin nämlich die Mutter, falls du das vergessen haben solltest."

Dr. Bertelsteins Medikamente und Ernährungstipps sorgten dafür, dass Charlotte schnell wieder auf den Damm kam. Nie zuvor hatte Werner sich so ausgiebig mit Ernährung beschäftigt. Er schaffte Südfrüchte und Gemüse heran, informierte sich über den Eisengehalt

166

des Essens für seine Verlobte, sorgte dafür, dass sie genügend Bewegung, frische Luft und Sonne bekam. Das fiel ihm gar nicht schwer, weil sie beide ausgedehnte Spaziergänge durch die idyllische Frühsommerlandschaft des Voralpenlandes liebten.

Natürlich ließ sich Charlottes Zustand vor den Hotelbediensteten nicht verbergen, aber sogar die ältesten unter ihnen zwinkerten verständnisvoll, wenn das Gespräch im Gesindezimmer auf die Schwangerschaft kam. Die alte Edeltraut fasste das Ganze resolut zusammen: „Schließlich heiraten die beiden ja bald. Und so etwas ist früher auch passiert, jung waren wir schließlich alle mal." Und Edeltrauts Bruder war immerhin Pfarrer in Nesselwang, da musste sie es doch wissen, dachten die anderen.

So wurde die Hochzeit im Juli dann auch ein wunderbar harmonisches Fest, bei dem niemand auf Charlottes runden Bauch anspielte. Werners Verwandtschaft lebte ohnehin größtenteils in der DDR, Charlotte hatte bis auf ein paar Onkel, Tanten und Cousinen gar keinen Anhang. Trotzdem war der Fürstenhof bis unters Dach belegt und platzte beinahe aus allen Nähten, als es endlich soweit war.

Clemens Bartholdy hatte nicht nur Charlottes Freundinnen eingeladen, die aus dem Dorf, mit denen sie die Volksschule besucht hatte, ebenso wie diejenigen, mit denen sie in der nahe gelegenen Kreisstadt zum Gymnasium gegangen war. Auch die Stammgäste des Hotels

167

waren komplett angereist, Gäste, die schon seit vielen Jahren beinahe zur Familie gehörten. Regierungsräte aus München und Augsburg, Fabrikanten aus Frankfurt und Stuttgart, ein Reeder und seine Familie aus Hamburg. Sogar Benno Laub war mit seiner Familie gekommen, der schon vor mehr als zehn Jahren nach Brasilien ausgewandert war und dort eine riesige Farm betrieb.

Charlotte war schwindelig, so viele Eindrücke strömten auf sie ein. Alte Freunde und Freundinnen, Menschen, auf deren Schoß sie sich gekuschelt hatte, als sie noch nicht zur Schule ging.

Kichernd stellte sie Werner Roland Laub vor, ihre Sandkastenliebe. Den Mann, der ihr ihren ersten Kuss gegeben hatte und den sie mit sieben Jahren heiraten wollte. Dagegen hätte nicht nur Werner etwas gehabt, sondern auch Rolands Frau, eine warmherzige Brasilianerin, die ein Kind auf dem Arm und das zweite unter dem Herzen trug. Mit ihr verstand Charlotte sich auf Anhieb, obwohl die dunkelhaarige Schönheit kaum Deutsch sprach.

Die Hochzeit wurde ein rauschendes Fest und es war bereits weit nach Mitternacht, als endlich die letzten Gäste auf ihre Zimmer gingen.

Erschöpft saß Werner im Frühstücksraum, in dem die dienstbaren Geister des Hauses bereits wieder alles für das Wohl der Gäste am kommenden Morgen herrichteten.

Sein Schwiegervater ließ sich und Werner einen Schnaps

bringen und prostete dem jungen Mann zu. „Das ist der Nachteil, wenn man bei der Feier die Hauptperson ist: Man darf nicht mittrinken." Er grinste.

Werner winkte ab. „Bei so einer wunderschönen Feier ist das kein Nachteil."

Der Alte lachte. „Das Wichtigste habe ich ja völlig vergessen."

Werner sah ihn fragend an.

„Euer Geschenk!"

Der Geschenktisch an der Stirnseite des großen Saales bog sich durch unter den Gaben der Gäste. Allein die Gutscheine und das Bargeld nahmen mittlerweile eine ganze Schublade in Charlottes Schreibtisch ein, und Werner rechnete sich insgeheim vergnügt aus, wie viele Haushalte sie mit den anderen Geschenken einrichten könnten. Er zeigte mit dem Kinn zur Tür. „Das reicht doch wohl, oder?"

Der Senior rutschte ein wenig zu ihm hinüber. „Ich bin jetzt in einem Alter, in dem man sich auch mal zurücklehnen sollte und zusehen, wie die Jüngeren das machen. Man möchte noch dabei sein und vielleicht manchmal auch um Rat gefragt werden, aber man muss Verantwortung abgeben."

Werner schwieg. Clemens Bartholdy räusperte sich und sprach weiter. „Ich habe es Charlotte gegenüber schon angedeutet, und vor ein paar Tagen war ich beim Notar, um alles vorbereiten zu lassen. In der nächsten Woche werde ich den Fürstenhof auf euch überschreiben lassen."

169

Werner schluckte trocken. Das war unfassbar, damit hatte er nicht gerechnet. Er spürte, wie ihm die Tränen in die Augen schossen. „Das ist …"

„… ganz normal", beendete sein Schwiegervater den Satz, „dass man den Vater seines ersten Enkels in die Familie aufnimmt."

Schweigend umarmten sich die beiden Männer, bevor sie sich mit einem kräftigen Händedruck verabschiedeten.

Mit beschwingten Schritten eilte Werner kurz darauf die Treppen hinauf zu seiner Braut. So sehr er sich auch über das Vertrauen und die Großzügigkeit seines Schwiegervaters freute, in der Hochzeitsnacht hatte er mit Charlotte anderes vor, als sich über die Zukunft des Fürstenhofs zu unterhalten.

Seit der Hochzeit kam Clemens Bartholdy nur noch unregelmäßig ins Büro. Werner beschloss, ihn aufzusuchen, als sich wegen der Olympischen Spiele so viele Gäste anmelden wollten, dass er schier den Überblick verlor. Er packte die Unterlagen zusammen. Wie würden die Stammgäste es aufnehmen, wenn er plötzlich die Preise erhöhte? Würde man sie damit verprellen? Andererseits, ohne eine Erhöhung wäre der Fürstenhof noch vor dem Jahreswechsel ausgebucht, für das ganze Jahr. Die Vermittlungsagenturen aus München riefen beinahe täglich an und wollten Reservierungen für Gäste aus der ganzen Welt platzieren. Werner packte die Akte zusammen und machte sich auf den Weg.

Bartholdy genoss die Spätsommersonne auf der hinteren Veranda des Hotels. Er winkte ihm freundlich zu. „Nun, willst du mir mitteilen, dass wir das Haus wegen Reichtums schließen können?" Er grinste dabei. Natürlich sah auch er täglich, wie sorgsam Werner mit dem ihm anvertrauten Geschäften umging.

„Keineswegs. Ich sitze in einer Klemme, aus der ich ohne dich nicht herauskomme." Werner legte den Aktenordner auf den Tisch, bestellte für sich und den Schwiegervater Kaffee und erläuterte sein Problem.

Der Senior hörte zu, sah sich die Reservierungsbestätigungen an, überlegte und äußerte ein paar Vorschläge. Einiges fand Werner sinnvoll, aber insgesamt schien keine Lösung in Sicht. Endlich schlug Bartholdy die flache Hand vor die Stirn. „Sakra, warum bin ich bloß nicht gleich darauf gekommen?"

Werner sah in fragend an.

„Wir erhöhen die Preise auf ein marktgerechtes Niveau. Soviel wie die Häuser in München, Starnberg und anderswo können wir leicht verlangen. Die Gäste haben zwar einen weiten Weg zu den Sportstätten, aber wir bieten hier mehr Erholung als die anderen."

Das war Werner klar, auch mit noch höheren Preisen würde er genügend Gäste bekommen, um das Haus auszulasten, aber wie sollte es im Jahr darauf weitergehen? Würde man mit solchen Preisen nicht die Gäste verschrecken? „Und was ist mit den Stammgästen?"

Bartholdy hob beschwichtigend die Hand. „Zu

der Preiserhöhung machen wir noch einen Olympia-
zuschlag, sodass wir wirklich die Teuersten sind."

Werner starrte ihn verdutzt an. „Noch teurer?"

Der Ältere nickte verschmitzt. „Die Teuersten in ganz
Bayern. Wer dann trotzdem kommt, der lässt wenigstens
richtig viel Geld da."

„Und unsere Stammgäste?"

„Denen schreiben wir einen Brief. Dass wir leider gezwungen sind, die Preise zu anzupassen."

„Anzupassen", murmelte Werner leise.

„… anzupassen." Bartholdy grinste. „Aber ihnen als
Stammgäste gewähren wir natürlich einen Rabatt." Er
kritzelte einige Zahlen auf den Block, den Werner auf
den Tisch gelegt hatte. „So, dass sie nur ein wenig mehr
bezahlen müssen als sonst. Das ist dann der Olympia-
zuschlag, den sie akzeptieren werden."

„Meinst du, das geht so?"

Bartholdy nickte. „Natürlich. Der Sonnenwirt erhöht
um fast einhundert Prozent, ohne Rücksicht auf Stammgäste. Da werden sie bei uns die zwanzig Prozent nicht
nur akzeptieren, sie werden sich darüber freuen. Die Leute
sind ja nicht dumm, die sehen doch auch, wie es anderswo
abläuft." Er schob Werner den Block zu. „Nur durch-
rechnen musst du das alles noch einmal. Dann schreibst du
einen netten Brief, und wir beide werden ihn unter …"

„Herr Saalfeld! Herr Saalfeld!"

Werner sprang auf. Der Hotelpage kam über die Terrasse gelaufen. „Ihre Frau …"

172

Der Junge war völlig außer Atem. „In der Halle …"

Werner sprang auf. „Was ist mit Charlotte?"

Auch Bartholdy erhob sich. „Geh nur, ich räume das hier weg."

Mit kreideweißem Gesicht saß Charlotte auf dem Kanapee in der Hotelhalle. Angstvoll schnappte sie nach Luft und hielt sich den geschwollenen Leib. „Schatz, ich … es geht … los, glaube ich."

Werner sah sich hektisch um. Alfons Sonnbichler legte gerade den Telefonhörer zurück auf das Gerät. „Der Notarztwagen ist unterwegs. Sie sagen, in fünf Minuten sind sie da."

Werner fasste seiner Frau in den Nacken und bettete sie behutsam auf das Sofa. „Halt aus, meine Kleine, der Arzt kommt gleich."

Charlotte entspannte sich ein wenig. „Jetzt ist es schon etwas besser." Sie verzog das Gesicht. „Es fühlt sich an, als hätte ich Krämpfe im Bauch, aber es geht schon …" Sie biss sich auf die Unterlippe und versuchte, sich aufzurichten.

Werner drückte sie sanft zurück. „Bleib liegen, bitte, es ist doch noch viel zu früh. Bitte, beweg dich jetzt nicht, ich will nicht, dass dem Kind …" Er sprach nicht weiter, und Charlotte gab ihren Widerstand auf.

Als Werner in einem Taxi aus dem Kreiskrankenhaus zum Fürstenhof zurückfuhr, hatte sich die frohe Nachricht schon im ganzen Dorf herumgesprochen. Die

Bauern auf ihren Treckern hupten, die Frauen vor den Häusern winkten ihm fröhlich zu. Die Eingangstür des Fürstenhofs war mit einer Girlande verziert. Die alte Edeltraut hatte für den feierlichen Anlass eigens ihre Festtagstracht aus dem Schrank geholt. Sie löste sich aus der Reihe der Angestellten und trat auf Werner zu. „Auf dass der Bub seinen Eltern und dem Herrgott allzeit viel Freude machen wird." Sie reichte Werner das unverpackte Geschenk.

Werner betrachtete ein schmales und leichtes Kettchen. Gerührt nahm Werner sie in den Arm. „Ach Edeltraut, wie kann ich euch danken, für eure guten Wünsche und ..." Ratlos betrachtete er die Kette.

„... den Rosenkranz." Edeltraut lächelte nachsichtig. Sie wusste, dass ihr Chef noch lange nicht mit allen Gebräuchen des Allgäus vertraut war. „Den hat meine Großmutter von ihrer Großmutter bekommen. Und weil ich ja nun einmal keine Kinder habe, da dachte ich ..." Sie wurde rot unter der schmalen Haube. „Und wie heißt er nun, der Bub?"

Werner strahlte. „Alexander Saalfeld heißt er, und zweiundfünfzig Zentimeter groß ist er. Der Arzt meinte, noch vier Wochen, und wir hätten ihn gleich in den Kindergarten schicken können, so prächtig ist er." Er strahlte glücksselig.

Die Angestellten kamen einer nach dem anderen auf ihn zu, um ihm zu gratulieren – nur Alfons Sonnbichler hatte Dringendes im Dorf zu erledigen. Sicher würde er seine Glückwünsche später überbringen. Als Letzter löste sich Clemens Bartholdy aus der Reihe. Er drückte seinem Schwiegersohn die Hand. „Und was ist mit …"

„Charlotte geht es jetzt wieder sehr gut. Sie lässt dich ganz herzlich grüßen, und du sollst dir keine Sorgen machen. Mutter und Kind sind ganz wohlauf."

Dem Senior fiel offenbar ein Stein vom Herzen. „Dann kannst du ja wieder das Kommando übernehmen. Ich habe Wichtigeres zu tun."

Werner sah ihn an.

„Nun ja, so eine zünftige Taufe, die will doch organisiert sein, oder?"

9. KAPITEL

Mit Begeisterung hatte Alexander den Vorschlag seines Vaters aufgegriffen, ein Jahr in Kanada zu verbringen. Welche Möglichkeiten sich ihm da auftaten! Es konnte es gar nicht abwarten, dass sein Bein endlich heilte. Nun hatte seine Verletzung doch noch etwas Positives bewirkt – was war die Schweiz schon gegen das weite schöne Land jenseits des großen Teiches?

Das Organisatorische – Visum, Arbeitserlaubnis, Versicherungen — war in wenigen Wochen erledigt, das Bein gut verheilt und die Koffer gepackt. Nun lag Alexander nur noch eines am Herzen …

„Und morgen wirst du also abreisen?", fragte seine Freundin Katharina. Der Wind blies ihr das blonde Haar in die Augen, als sie draußen im Hof im Schnee standen und die Gesichter in die Sonne hielten. Sie drehte den Kopf, doch Alexander fasste nach der Strähne und strich sie hinter ihr Ohr.

Ein nervöses Lächeln glitt über ihr Gesicht.

Er hielt einen Moment inne, als sein Daumen ihre Wange berührte. Es war keine glühende Leidenschaft in dieser flüchtigen Bewegung. Glühende Leidenschaft herrschte nirgendwo in seinem Leben, nur in seinen Träumen. Er war davon überzeugt, dass sie wirklich existierte. Er hatte sie nur noch nicht gefunden. Katharina und er kannten sich schon so lange. War es denn unmög-

lich, in solch einer tiefen und vertrauten Liebe romantische Leidenschaft zu spüren?

Er atmete tief durch und legte eine Hand in Katharinas Nacken. Sanft zog er sie zu sich, berührte ihren
Mund mit seinen Lippen.

„Katharina, Liebste, ich möchte, dass du mitkommst",
sprach er seinen Wunsch aus und suchte in ihren Augen
nach der Liebe, die ihr keine andere Wahl lassen würde,
als ihm zu folgen.

Doch Katharina gehörte zu der Sorte Mädchen, die
gelernt hatten, auf ihren Verstand statt auf ihre Gefühle
zu hören. Er spürte, wie sie sich in seinen Armen an-
spannte.

„Ich muss doch in die Schule, Alexander."

Mit einem Ruck ließ er sie los, obwohl ihm bewusst
war, dass er sie dabei regelrecht zurückstieß.

„In Ordnung." Er hob die Hände, als habe er sich zu
entschuldigen. „Ich dachte nur, es könnte eine romantische Zeit für uns beide werden und wir könnten unsere
Beziehung vertiefen." Sie auf die nächste Stufe bringen,
dachte er, sprach es aber nicht aus.

Der Ausdruck des schlechten Gewissens in ihrem
Gesicht verschaffte ihm eine kleine Genugtuung. Dann
legte sie ihre hübsche Stirn in Falten.

„Eine schöne Zeit? Bei Eiseskälte und wilden Tieren?"

Er schüttelte den Kopf. „Kanada ist ein zivilisiertes
Land, und das weißt du auch." Sie war intelligent genug,
ein paar Grundkenntnisse zu haben, vermutete er. Diese

würden sich auf Bären und Ahornsirup beschränken, aber immerhin. Mehr hatte er bis vor wenigen Wochen auch nicht über dieses Land gewusst. Doch seit sein Vater ihm die gute Nachricht überbracht hatte, verbrachte er viele Stunden damit, sich mit dem fremden Land zu beschäftigen.

Sie trat wieder an ihn heran und legte eine Hand auf seinen Arm. Für eine Weile blickten sie sich stumm in die Augen. Sie sah traurig aus, fand Alexander. Ob sie ihn vermissen würde? Aber warum kam sie dann nicht mit? Wenigstens für ein paar Wochen?

„Warum musste es gleich die Westküste sein? Das sind mehr als neun Stunden Flug, da kann ich dich nicht mal übers Wochenende besuchen. In der Schweiz wäre das viel einfacher gewesen."

Alexander betrachtete sie nachdenklich. Nörgeln war normalerweise nicht Katharinas Stil. Obwohl er eigentlich ärgerlich sein sollte, weil sie sich weigerte, ihn zu begleiten, fühlte er sich geschmeichelt. Sie vermisste ihn schon jetzt.

„Du weißt, wie es gelaufen ist. Mein Vater hat das vereinbart. Aber ich bin begeistert von dem Plan, denn das Haus dort hat einen erstklassigen Ruf. Es wird sich toll in meinen Papieren machen: ein Jahr Banff-Springs-Hotel in den Rocky Mountains."

Katharina stöhnte und in ihren Augen schimmerte es verdächtig. „Ein ganzes Jahr. Wie soll ich das bloß aushalten?"

178

Das brachte ihn zum Lächeln. Sie war süß, wenn sie nörgelte wie ein kleines Kind. Er legte einen Arm um ihre Hüfte und zog sie dicht an sich heran.

„Wir werden telefonieren. Es wird schon gehen, irgendwie. Natürlich wäre es einfacher, wenn du …"

Sie schloss seinen Mund mit ihren Lippen und er gab sich geschlagen.

Der Abschied von Katharina hatte sich angefühlt, als hätte er einer alten Freundin auf Wiedersehen gesagt. Zwar hatte sie ihre Tränen zu verbergen versucht, doch in Alexander war es seltsam kalt geblieben. Wenn sie die Frau seines Lebens war, wie Vater und andere ihm immer wieder versicherten, sollte er dann nicht so etwas wie Trennungsschmerz von seiner Geliebten empfinden? Er horchte in sich hinein – und da war nur die Vorfreude auf eine großartige Zeit in einem fremden Land.

Er strich sich das volle dunkle Haar nach hinten, stellte den Sitz ein wenig zurück und machte es sich gemütlich. Erster Klasse war der Air Canada-Flug nach Calgary durchaus zu genießen.

Als die Maschine planmäßig landete, war Alexander so müde wie das Baby, das die Frau auf dem Sitz vor ihm im Arm hielt. Trotz des komfortablen Sitzes hatte er nicht geschlafen. Früh morgens war er in Deutschland abgeflogen, jetzt bei der Landung war es in Deutschland schon Abend, aber in Kanada begrüßte ihn die eben aufgegangene Morgensonne. Der Flug nach Westen hatte dafür gesorgt, dass er diesen Tag zweimal erleben durfte.

Die Wintersaison im Nationalpark Banff lief auf Hochtouren. Alexander hoffte, dass er nicht sofort einen anstrengenden Arbeitstag vor sich hatte, denn er befürchtete, nach einigen Stunden irgendwo in der Lobby in einen Sessel zu fallen und einzuschlafen.

Vor dem Flughafen stand ein Wagen des Hotels bereit, ein grüner Geländewagen mit der Hotelaufschrift, der ihn innerhalb von zwei Stunden nach Banff fuhr – mitten in die Rocky Mountains hinein.

Nachdem sie Calgary durchquert und das Olympiagelände passiert hatten, wurde die Gegend bergig. Der Fahrer sprach nicht viel, konzentrierte sich voll auf die verschneite Straße, und Alexander sank erleichtert in einen Halbschlaf.

Als der Wagen den steilen Berg zu seinem neuen Arbeitsplatz hinauf kroch, öffnete Alexander seine Lider, die sich anfühlten, als würde sie jemand von innen zuhalten.

Er hatte vor der Abreise bereits Bilder des Hotels gesehen, doch die verblassten vor der Realität, wie er jetzt feststellte. Ein riesiger Komplex mit grauen Türmchen und Zinnen erinnerte an ein weitläufiges europäisches Märchenschloss. Nicht umsonst nannte man es „das Schloss in den Rockies".

Alexander wusste, dass es sehr edel war, mit allem ausgestattet, was den Gästen Wohlbefinden und einen unvergesslichen Aufenthalt verschaffte. Auf nichts, was im Hotelgewerbe machbar war, wurde hier verzichtet.

Doch das, was Alexander am meisten beeindruckte, war nicht von Menschenhand geschaffen: die Umgebung des Hotels. Obwohl er aus seinem bayrischen Zuhause den Anblick der majestätischen Alpengipfel gewohnt war, starrte Alexander mit aufgerissenem Mund zu den Berghängen hoch. Das Gefühl von unendlicher Weite, der Blick über riesige, naturbelassene Täler und der strahlend blaue kanadische Winterhimmel raubten ihm den Atem.

Das Hotel schmiegte sich in ein Nadelwaldbett, das dick mit Schnee überzuckert war. Dahinter reckten sich die mächtigen Berge in den Himmel, als habe man sie für die Postkartenfotos, die jährlich massenhaft von Touristen aus aller Welt geschossen wurden, so arrangiert.

Als er sein Gepäck aus dem Wagen hob, kam eine etwa vierzigjährige Frau auf das Auto zu, um ihn zu begrüßen. Sie trug ein elegantes blaues Kostüm und war dezent geschminkt. Ihr dunkles, welliges Haar schimmerte in einem attraktiven Kupferton und fiel ihr in weichem Schwung bis auf die Schultern.

„Herzlich willkommen, Alexander. Mein Name ist Carolyne Warren. Du darfst gerne Carolyne zu mir sagen."

Alexander gab ihr die Hand. „Es freut mich, dich kennen zu lernen."

In Nordamerika duzten sich alle gleich, was man daran erkannte, dass man beim Vornamen angesprochen wurde. Alexander gab sich alle Mühe, sein Schulenglisch zu nutzen. Aber er war ein bisschen nervös, denn er hatte die Fremdsprache noch nie länger sprechen müssen als zur Begrüßung ausländischer Hotelgäste im Fürstenhof. Ausführliche Unterhaltungen stellten eine persönliche Herausforderung dar – aber so sollte das auch sein. Am Ende des Jahres würde er die Sprache, so hoffte er, fließend beherrschen.

„Ganz meinerseits. Ich bin die Personalmanagerin und werde dir alles zeigen. Nebenbei bemerkt, dein Englisch ist exzellent!"

Alexander errötete, folgte ihr und fühlte sich wie ein Ehrengast, so freundlich war der Tonfall der Frau. Er erinnerte sich daran, dass sein Vater ihm nach seinem Kurztrip geraten hatte, besonders offen zu sein, es wäre gut möglich, dass man seine zurückhaltende Art sonst als unfreundlich empfinden würde.

Nun, er würde sich schon anpassen – und lernen. Noch kam ihm die Herzlichkeit auffallend, aber nicht unnatürlich vor. Wie machten diese Leute das nur? An Carolynes Freundlichkeit wirkte nichts falsch oder unecht. Faszinierend.

Sie gingen durch lange Gänge und breite Hallen, in denen Aufzüge zur Verfügung standen und Automaten zur Bequemlichkeit der Gäste. Alles war in dezenten Farben und edlen Materialien gehalten, verschnörkelt, aber nicht überladen, sauber und luxuriös. Kein Wunder, dass berühmte Persönlichkeiten regelmäßig hier abstiegen.

Die Quartiere für die Angestellten lagen in einem Seitenflügel, der sich aber an Eleganz nicht vom Haupthaus unterschied. Auch die Angestellten durften sich hier als etwas ganz Besonderes fühlen.

„Das ist dein Zimmer."

Carolyne schloss die Tür mit der Nummer drei auf und zeigte ihm einen mittelgroßen Raum, in Blau gehalten, mit einem breiten Queen-Size-Bett und einer Schreibecke. Es war hier etwas beengter und nicht so luxuriös wie in einem gewöhnlichen Hotelzimmer, aber es reichte zum Schlafen, und zudem konnte er hier abends noch arbeiten und lernen. Auch ein Bücherregal stand bereit, das noch ein paar Exemplare vom vorherigen Mieter enthielt. „Der Grizzlybär – Mythen und Tatsachen", war ein Titel, der Alexander gleich als typisch kanadisch ins Auge fiel.

„Ich hoffe, es ist alles zu deiner Zufriedenheit", sagte Carolyne, während sie die Tür zu dem kleinen Badezimmer öffnete.

„Es ist traumhaft, vielen Dank", sagte Alexander und zeigte ihr zum ersten Mal sein über alle Sprachschwierigkeiten hinaus faszinierendes Lächeln. „Ein fantastisches Hotel."

Carolyne erwiderte sein Lächeln erfreut. „Das ist es. Absolut einmalig. In einer Stunde wird dich jemand abholen und dich ein bisschen herumführen. Jetzt kannst du dich erst einmal frisch machen und etwas ausruhen."

Als sie das Zimmer verlassen hatte, warf sich Alexander mit einem Seufzer auf das weiche Bett und schlief wenige Sekunden später völlig ermattet und erfüllt von den neuen Eindrücken ein.

Eine Woche später war Alexander mit den Abläufen an seinem neuen Arbeitsplatz vertraut – und er war begeistert! Helmuth Kerber, der Freund seines Vaters, entpuppte sich als jovialer Chef, der die täglichen Dinge seinen Mitarbeitern überließ und nur eingriff, wenn es Schwierigkeiten gab. Alexanders neue Kollegen waren freundliche, aufmerksame junge Leute, die ihn ganz vorbehaltlos in ihren Kreis aufnahmen.

Sein Englisch hatte sich schon nach den wenigen Tagen so verbessert, dass es ihm keine Schwierigkeiten bereitete, mit den Gästen aus aller Herren Länder zu plaudern. Auch die Verständigung mit Vorgesetzten und Kollegen stellte kein Problem für ihn dar.

Jeden Tag telefonierte er mit Katharina. Der achtstündige Zeitunterschied sorgte dafür, dass immer einer von ihnen zu schlafen schien. Am sinnvollsten war es, morgens bei ihr anzurufen, bevor er seinen Dienst antrat. Dann erwischte er Katharina am Ende ihres Tages und konnte ihr gleich eine Gute Nacht wünschen.

Das Hotel hatte seine eigene Bäckerei. Das lag nicht nur daran, dass sie hier zwei Autostunden von der nächsten Stadt entfernt waren. In Kanada gab es beinahe keine echten Bäckereien, erzählte Kerber Alexander beim Frühstück. „Kannst du dir das vorstellen? So ein

184

Riesenland und kein Schwarzbrot?" Alexander fiel in sein ansteckendes Lachen ein.

Auch wenn der Küchenchef klassische dinner rolls zum Hauptgang servieren wollte, was fast immer dazugehörte, mussten diese kleinen weichen Brötchen selbst hergestellt werden. Die Bäckerei bot den Gästen und Angestellten in gläsernen Schaukästen Kaffeestückchen, Kuchen und Torten an. Dem eigenen Chef jeden Morgen frisches Schwarzbrot zu servieren, schien dem Leiter der Backstube eine besondere Ehre zu sein.

An diesem Nachmittag kaufte sich Alexander etwas Süßes für eine Nachmittagskaffeepause. Hinter ihm stellte sich Michelle an. Auch sie wollte sich eine kleine Leckerei gönnen. Die beiden jungen Leute lächelten sich an, als ihre Blicke sich trafen.

Als er der jungen Kanadierin in die Augen sah, hatte Alexander für den Bruchteil einer Sekunde das Gefühl, sein Herz würde ins Stolpern geraten. Am seinem ersten Tag hatte sie ihn durch das Hotel geführt, und seitdem hatten sie oft miteinander gesprochen und ihre Pausen zusammen verbracht.

Michelle kam aus Montreal, hatte sie ihm erzählt, und jobbte jedes Jahr bis zum College-Abschluss in einer anderen kanadischen Provinz in der Tourismusbranche. Im letzten Sommer hatte sie auf einem nahe gelegenen Fluss Wildwassertouren durch die herrlichen Flusslandschaften der Rocky Mountains geleitet.

Alexander grinste, als er sich das zierliche Mädchen

am Ruder eines der großen Gummiboote vorstellte, wie sie mit der einen Hand das Boot fachmännisch durch die Stromschnellen manövrierte und mit der anderen die Touristen auf die Sehenswürdigkeiten aufmerksam machte.

Michelle hatte offenbar viele Talente. Jetzt im Winter half sie im Zimmerservice und übernahm als Springer die Aufgaben, die Carolyne ihr zuteilte. Wie auch in Amerika gab es keine schriftlichen Arbeitsverträge, und gezahlt wurde per Scheck. Jeder Tag konnte der letzte Arbeitstag sein für einen Faulpelz oder einen Querulanten, der den Chef verärgerte. Die andere Seite der Medaille war, dass Leute manchmal einfach nicht mehr zur Arbeit erschienen, weil sie woanders etwas Besseres gefunden hatten und es nicht einmal für nötig hielten, Bescheid zu sagen.

Es überraschte Alexander, dass dieses System funktionierte. Ihm gefiel die Regelung zu aller Nutzen in Deutschland besser.

„Morgen ist Samstag und wir haben die freie Schicht. Kommst du mit mir Ski fahren?", fragte Michelle, während sie sich mit ihren Kuchentellern den Weg zu einem freien Tisch bahnten.

Alexander zögerte. Er wollte nicht wie ein Schwächling dastehen. „Das ist noch ein bisschen zu früh. Ich hatte gerade eine Sportverletzung am Knie. Bänderriss."

Mitfühlend verzog sie das Gesicht. Als sportliche Person wusste sie, dass man sich eine solche Verletzung ganz leicht zuziehen konnte. „Du Armer. Dann ist das natürlich keine gute Idee. Lass uns was anderes machen. Wie wär's, sollen wir reiten gehen?"

„Das wäre schön. Gerne", versicherte Alexander lächelnd und mit einem prickelnden Gefühl der Vorfreude. Wie herrlich musste es sein, diese atemberaubende Landschaft auf dem Rücken eines Pferdes zu erkunden!

Als er wieder an der Rezeption erschien, wo er für diesen Tag eingeteilt war, beobachtete er, wie einer der jungen Portiers mit einem Paar neben der Eingangstür stand, sich unterhielt und lauthals mit den Gästen lachte. Zuhause wäre dieser Junge für sein Benehmen gerügt worden. „Mach dich an die Arbeit", hätte es geheißen, „du wirst nicht fürs Schwätzchen halten bezahlt." Aber hier tickten die Uhren anders. Kommunikation mit den Gästen war höchst erwünscht. Alles, damit sie sich wohl fühlten und wiederkamen.

Man erkundigte sich nach dem Leben der Stammgäste, lächelte den ganzen Tag möglichst natürlich und unverkrampft, was sich ungeheuer positiv auf Alexanders Gemüt auswirkte. Nicht, dass er in Deutschland nicht gelächelt hätte. Aber selbst wenn man auf den Fluren einen Kollegen traf, wurde freundlich geplaudert und nett gegrüßt.

Und hier entschuldigte man sich für alles. Selbst wenn Alexander aus Versehen jemanden anrempelte, entschuldigte sich der Angerempelte von ganzem Herzen. Nach einer Weile schien das Lächeln durch jede Körperzelle zu kriechen und einen glücklich zu machen. Man lächelte sich glücklich, sozusagen. Lächeln als Weltanschauung, als Statement, als Grundüberzeugung. Das Leben ist schön. Zumindest für die Gäste dieses Hotels.

Voller Neugierde sog Alexander solche Erkenntnisse in sich auf und verinnerlichte das, was ihm am besten gefiel und was ihm am meisten geeignet erschien, um es zum Wohle des Fürstenhofs später auch in seiner Heimat umzusetzen.

Die Hotellobby war voller Menschen – Freitag war der klassische An- und Abreisetag. Die neuen Gäste checkten ein und diejenigen, die ihren Urlaub hinter sich hatten, aus. Schlangen bildeten sich vor dem Tresen, aber die Kanadier waren geduldige Schlangensteher. Die Hotelangestellten bemühten sich, eine gerechte Reihenfolge einzuhalten, denn niemals würde sich jemand beschweren, der übersehen wurde. Das war nicht der kanadische Stil. Man drängelte sich nicht vor und man machte auch nicht gleich auf sich aufmerksam.

Eine stark geschminkte Dame mit einem Yorkshire-Terrier unter dem Arm trat an den Tresen und beugte sich zu Alexander hinüber.

„Junger Mann, würden Sie mir bitte sagen, ob ich meinen Scotty hier", sie hob den Hund, der bisher kaum zu sehen war, aus den Falten ihres Pelzmantels, „draußen herumlaufen lassen kann, oder ob ihr Hundehasser dort

188

alles voller Salz gestreut habt, das meinem Baby die Pfötchen verätzt?"

Die meisten Kanadier hatten einen ausgeprägten Sinn für Humor, und auch diese Dame klang durchaus nicht unfreundlich, sondern eher geneigt, sich über sich selbst und ihren Hundetick ein bisschen lustig zu machen.

Alexander bemühte sich, korrekt zu reagieren. „Nein, gnädige Frau, es besteht keine Gefahr. Wir haben Plusgrade im Tal, und selbst wenn es Eis gäbe, so würden wir kein Salz verwenden."

Es schadete den teuren Autos, die vor dem Hotel vorfuhren. Außerdem half Salz wenig. Entweder war es warm genug, um darauf verzichten zu können, oder aber es war so kalt, dass auch das Salz nichts ausrichten konnte. Man streute höchstens Sand, wenn es nachts anzog. An die Hunde dachte dabei sicher niemand, aber das hielt er der Dame gegenüber nicht für erwähnenswert.

Sie hob eine ihrer dünn gezupften Augenbrauen. „Kein Salz? Interessant. Verzeihen Sie die Einfalt einer alten Frau, aber ab einem gewissen Alter ist ein kleiner Köter das einzige Lebewesen, das sich noch für einen interessiert, und dafür muss man es schonend behandeln."

Alexander wartete ein paar Sekunden, bis die Dame anfing, über ihren eigenen Scherz zu lachen, und wagte es dann, mit einzustimmen.

Er mochte diese Art. Selbst die Prominenten, die sich dieses Hotel leisten konnten, hatten sich eine gewisse Natürlichkeit bewahrt und konnten noch über sich selbst lachen. Die meisten Gäste hatten sich ihren Reichtum selbst erarbeitet und einmal klein und unbekannt als Einwanderer angefangen. Das hatten sie offenbar nicht vergessen. Sicher, unangenehme Quertreiber gab es überall, aber hier waren sie nicht in der Mehrzahl.

„Au contraire, Madame", sagte Alexander. Die zweite Landessprache Kanadas, Französisch, beherrschte er in den Grundzügen, was manchmal nützlich war. Viele Gäste aus Quebec, dem französischen Teil des Landes, weigerten sich strikt, Englisch zu sprechen. „Haben Sie nicht bemerkt, wie die zwei Herren dort hinten nach Ihnen geschaut haben?"

Er zwinkerte ihr zu und sie lachte. Sofort wechselte auch sie die Sprache.

„Sie sind ein Charmeur, Alexandre", sagte sie. „Ich wusste ja schon immer, dass die Germanen hübsche Männer hervorbringen, aber für Charme sind sie doch weniger bekannt. Sie sind eine rühmliche Ausnahme."

„Ich fühle mich geehrt, Madame, im Namen der gesamten unterkühlten germanischen Männerwelt."

Sie lachte erneut und ein paar Kollegen lächelten zu ihnen herüber.

Er machte seine Sache gut – „Unterhalte die Gäste!" hatte Kerber ihm zwinkernd zu Anfang geraten.

In diesem Land der gemischten Nationen gab jeder gern mit seiner Herkunft an, und zum ersten Mal durfte Alexander so richtig stolz auf seine Heimat sein. Die Kanadier liebten die Deutschen und rissen deshalb liebevolle Witze über sie. Am meisten amüsierte man sich darüber, dass die Deutschen sich Herzinfarkte erarbeiteten. In Kanada gab es zwar nur zehn Tage Jahresurlaub, aber krankhaft abhetzen brauchte sich während der Arbeitszeit niemand.

Carolyne erschien und begrüßte die Dame. „Mrs. Dreaver, wie geht es Ihnen?"

Alexander wurde von einem älteren Herrn angesprochen und überließ Mrs. Dreaver Carolyne. Als die Gäste fürs Erste versorgt waren, sortierte er die aufgelaufenen Nachrichten in die schmalen hölzernen Postfächer ein.

„Alexander, ich muss dich loben." Er drehte sich um und schaute in Carolynes erfreutes Gesicht. „Mrs. Dreaver hat eben eine ziemlich große Summe für das Personal springen lassen, und ich glaube, das hatte etwas mit dir zu tun."

Er wurde rot. Wie peinlich konnte es noch werden? Zuerst flirtete er mit einer Frau, die seine Großmutter sein konnte, und dann bezahlte sie ihn auch noch dafür! Carolyne lachte, als sie seinen Gesichtsausdruck sah.

„Keine Angst, sie ist ganz harmlos. Aber ich finde es toll, wie du mit ihr umgegangen bist. Das gibt ein dickes Plus in deiner Beurteilung." Sie klopfte dem sprachlosen Alexander auf die Schulter. „Und das Geld werden wir alle schön auf den Kopf hauen, noch bevor du wieder abreist, damit du auch etwas davon hast."

Er konnte nur nicken. Carolyne lachte und ging davon, Richtung Bar, wo sie nach dem Rechten schauen würde.

Seit neuestem herrschte auch in der Bar Rauchverbot, und nicht immer hielten sich alle daran. Bei Verstößen drohten dem Hotel schwere Strafen, bis hin zum Entzug der Alkohollizenz und der Schließung. Doch Carolyne war für ihre scharfe Zunge und ihr Durchsetzungsvermögen bekannt. Sie ließ niemandem etwas durchgehen.Umso stolzer machte es Alexander, von ihr gelobt worden zu sein.

Der nächste Tag brachte glasklare Luft und für kanadische Verhältnisse angenehme Temperaturen. Eine wundervolle Gelegenheit für Alexander und Michelle, um nach Dienstschluss ihren geplanten Ausritt zu machen. Alexander konnte sich an der schroffen und gleichzeitig romantischen Landschaft nicht satt sehen.

Michelle ritt vor ihm her. Ab und zu beobachtete er, wie ihr schlanker Körper sich rhythmisch den Bewegungen des Pferdes anpasste, und erinnerte sich daran, wie elegant und königinnengleich Katharina hoch zu Ross wirkte.

Michelle dagegen erschien ihm einerseits draufgängerisch und selbstsicher, andererseits wunderbar weiblich. Merkwürdigerweise kam es ihm gar nicht in den Sinn, mit ihr etwas anzufangen. Stattdessen vermisste er tatsächlich Katharina. Nicht im täglichen Ablauf seines Hoteldienstes, denn da war er viel zu konzentriert, zu lernen, alles richtig zu machen und auf die Menschen um ihn herum einzugehen. Aber wenn er sich entspannte und allein war, dann fehlte ihm seine Freundin aus Deutschland. Wie gerne hätte er ihr dieses Land gezeigt.

Sie ritten einen schmalen Pfad hinab, der zu einem reißenden Fluss führte. In der Nacht hatte es geschneit, um sie herum war alles still, nur das Schnauben der Pferde war zu hören.

Als sie in die Nähe des Flusses kamen, konnte Alexander auch das Wildwasser rauschen hören. Die Luft war trocken und es ging kein Wind. Er spürte die Kälte nur in seinem Gesicht, da sie sich mit Skianzügen und Handschuhen ausgestattet hatten. Mit Michelle auszureiten war sehr entspannend, da sie seine Gedanken nicht durch unentwegtes Geplapper störte. In schweigender Eintracht ritten sie hintereinander her und genossen die herrliche Natur.

„Siehst du die Kurve im Fluss, die Engstelle?", fragte Michelle und deutete mit dem Finger voraus.

„Engstelle ist gut, das ist eine ausgewachsene Stromschnelle!" Das Wasser überschlug sich dort wütend reißend zwischen Felsen. „Sag bloß, du bist da mit dem Schlauchboot durch?"

Michelle nickte und der lange Bommel an ihrer Norwegermütze hüpfte auf und ab. „Im Frühjahr nach der Schneeschmelze, als das Wasser noch viel höher und wilder war als jetzt."

Alexander überwand seine Sprachlosigkeit. „Mein Gott. Kannst du mir erklären, warum jemand so etwas freiwillig macht?"

Sie lachte auf. „Weil es eine Herausforderung ist. Gehst du nicht auch manchmal an deine Grenzen?"

Er schwieg. Die Frage erforderte einige Überlegung. Nein, er hatte bislang in der Tat seine Grenzen noch nicht getestet.

„Ich glaube, ich bin ein sterbenslangweiliger Mensch, Michelle", sagte er mit schiefem Grinsen. „Ich würde auch nie auf die Idee kommen, mit einem Gummiband an den Füßen eine Schlucht herunter zu springen. Bist du jetzt enttäuscht von mir?", fragte er mit treuem Blick und neckendem Tonfall.

Sie kicherte. „Ach was, gar nicht. Ich bin auch noch nicht Bungee gesprungen. Darum geht es auch gar nicht. Es geht darum, etwas zu finden, das einem Spaß macht, und es dann besonders gut zu tun."

„Das ist eine interessante Ansicht." Es erinnerte ihn an Robert, der nicht nur Koch werden wollte, sondern auch der Beste in seinem Beruf.

Sie lenkte ihr Pferd parallel zum Fluss, wo bereits andere Reiter vor ihnen eine Spur hinterlassen hatten.

„Ich habe noch nie versucht, in irgendwas der Beste zu werden", sagte Alexander aus seinen Gedanken heraus. „Ich bin gar nicht auf diese Idee gekommen."

„Es muss ja nicht gleich dieser hohe Anspruch sein", erklärte Michelle. „Ich spreche davon, seine persönliche Bestleistung zu geben."

„Oh, das ist etwas anderes. Das versuche ich stets."
„Wirklich?"

Sie sah ihn kurz an und wandte sich dann wieder dem Pfad zu.

Er dachte darüber nach. Es gab Dinge, die waren ihm nicht wichtig genug, dass er dafür sein Bestes gab. Vielleicht hatte sie Recht und das war ein Fehler. In der Ferne tauchte das Hotel zwischen den Wäldern auf. Zehn Minuten später waren sie dort.

„Danke für den Ausritt, Michelle. Du bist ein inspirierender Mensch, weißt du das?"

Sie lächelte. „Du auch, Alexander, du auch."

Unter seiner Mütze erhitzten sich seine Ohren. Nun flirtete sie also wieder. Oder hatte er damit angefangen? War es vielleicht doch unmöglich, mit einer Frau einfach nur befreundet zu sein, ohne jeden Hintergedanken? Er musste an den Rat seines Vaters denken, „nichts anbrennen zu lassen". Leider spürte er auch für Michelle keinen Funken Leidenschaft. Warum also eine Affäre anfangen und sich ein schlechtes Gewissen Katharina gegenüber einhandeln?

Im Hotel beschlossen sie, noch einen Drink an der Bar zu nehmen. Es lief Country Music, die Alexander immer verabscheut hatte, aber hier passte sie hin, und hier klang sie auch ganz anders. Irgendwie nach wildem Westen, und das war aufregend und abenteuerlich. Sein Fuß wippte im Rhythmus, während sie auf den Hockern vor dem Tresen saßen.

Ohne Alexander zu fragen, bestellte Michelle grinsend

zwei rote Biere. „Das musst du unbedingt probieren", sagte sie zu dem jungen Deutschen.

Jim, der junge Mann hinter der Theke, bewegte sich routiniert, doch völlig ohne Eile.

„Wo kommst du her, Jim? Ich hab dich hier noch nicht oft gesehen", begann Michelle ein Gespräch mit ihm.

Jim polierte Gläser, während er sprach. Die Bar war noch nicht voll. Die meisten Gäste saßen um diese Zeit im Restaurant beim Abendessen. Zwei Kerle in Cowboystiefeln und mit ebensolchen Hüten spielten am Billardtisch.

„Ich war letzte Saison in Dawson City, aber da war es mir zu kalt."

„Wo liegt denn Dawson City?", erkundigte sich Alexander. „Klingt voll nach Wildem Westen."

Jim nickte. „Nach Goldrausch, würde ich sagen. Es liegt im Yukon Territory, ganz oben im Norden, kurz vor Alaska. Bei minus vierzig Grad konnte ich nicht einmal mehr abhauen, weil weder ein Flugzeug noch ein Auto sich bei diesen Temperaturen bewegt."

Michelle nickte wissend und Alexander war sprachlos. Niedrige Temperaturen gab es auch in den Alpen, aber minus vierzig Grad hatte er noch nicht erlebt.

„Obwohl ich es bis zum Toe-Boy gebracht habe.

Dawson ist aber eine winzige Stadt, ein Kaff eher, nichts los außer abendliches Biertrinken bis zum Abwinken. Und im Sommer Gold suchen."

Michelle verzog das Gesicht, während Alexander sich vorbeugte und interessiert nachhakte.

„Moment mal, zu was hast du es gebracht?"

„Zum Toe-Boy. Das ist der Verwalter und Servierer der abgefrorenen Zehen, die sie dort in Drinks werfen."

„Wie bitte?" Alexander starrte ihn entsetzt an und Michelle bekam einen Lachkrampf.

„Du solltest mal dein Gesicht sehen", rief sie. „Jim, hast du einen Fotoapparat da?"

Der Barkeeper verneinte, griff aber unter die Theke und holte ein paar Fotos hervor. „Damit du nicht denkst, ich hätte mir das ausgedacht."

Die Fotos zeigten verschrumpelte Fußzehen, die sich anscheinend ein paar arme Wichte bei minus vierzig Grad abgefroren hatten, in grobem Salz eingelegt.

„Mutige oder einfach nur verrückte Menschen bekommen einen Drink umsonst, wenn sie ihn mit einem echten Zeh darin zu sich nehmen", erklärte Jim dem erstaunten Alexander. „Dabei muss der Zeh die Lippen wenigstens ein Mal berühren, sonst gilt es nicht, und man wird nicht in die Liste der Irren aufgenommen, die die Prüfung bestanden haben."

„Und wo kriegen sie die Zehen her?" Er war sich nicht sicher, ob er die Antwort hören wollte. In Dawson wurden alle Leichen ohne Zehen beerdigt?

„Leute spenden sie dem Lokal, für den Gag", sagte Jim, als sei es das Natürlichste der Welt.

„Kälte muss seltsame Dinge mit dem menschlichen Hirn anstellen", murmelte Alexander.

Die beiden Kanadier lachten.

„Diesen Sommer bleibe ich noch hier, dann geht's zurück nach Ontario zu meiner Familie. Sie sind alle in Toronto und hatten jetzt lange genug ihre Ruhe vor mir", erzählte Jim.

Die Vielfalt der Mentalitäten und Nationalitäten faszinierte Alexander zunehmend. Dieses Hotel war ein Pool der exotischsten Geschichten. Doch alle Kollegen hatten eines gemeinsam: Sie waren freiwillig fern der Heimat. Es musste sich um einen ganz bestimmten Menschenschlag handeln, der sich an einem Ort wie diesem traf. Und er war einer von ihnen. Einer dieser Individualisten und Abenteuersucher, der hier einen Job auf Zeit hatte. Dazuzugehören erfüllte ihn auf einmal mit Stolz.

Im Frühjahr würde er als Erstes den reißenden Fluss hinunterfahren.

Es hatte stark geschneit über Nacht und die Temperaturen waren noch einmal gesunken, bevor der Frühling kommen würde: minus fünfundzwanzig Grad in den Bergen, minus fünfzehn Grad im Tal um das Hotel. Tief im Wald unter dem schützenden Dach der Bäume lag die Temperatur um den Gefrierpunkt.

Das hatte Alexander auch von Michelle gelernt: Wenn du in Gefahr bist, halte dich von Lichtungen fern. Bäume schützen, Bäume retten Leben. Er wusste das aus den Alpen, war aber kein exzessiver Wintersportler und hatte sich vor allem noch nie in unbewohnte Gebiete gewagt.

In der Hotellobby hatte ein Bergführer eine Schar

Touristen um sich versammelt und hielt ihnen einen Vortrag über Bären, die zu dieser Zeit ihren Winterschlaf hielten. Alexander hörte zu, während er Dienst hinter dem Tresen schob.

„Wir unternehmen im Sommer Touren zu den Gebieten, in denen die Bären leben. Dann kann man beobachten, wie sie am Fluss trinken gehen."

„Aber ist das nicht gefährlich?", wollte eine Frau wissen.

„Nicht, wenn man weiß, wie man sich ihnen nähern kann."

„Wie groß wird so ein Bär?", fragte ein Mann mit einem dicken Bierbauch.

„Ein Braunbär wird um die zweiundachtzig Kilo schwer, wobei er wesentlich flinker ist als ein Mensch. Grizzlys werden sogar hundertfünfundzwanzig Kilo schwer. Sie sind dafür bekannt, gelegentlich einen Braunbären zu verspeisen, ernähren sich aber normalerweise von Pflanzen und Kleintieren."

„Hach, das ist ja interessant", flötete eine Dame im Pelzmantel. „Aber ich bin doch froh, dass die possierlichen Tierchen Winterschlaf halten."

Die Gruppe lachte und folgte schnatternd dem Führer aus dem Hotel, während Michelle mit von der Kälte geröteten Wangen die Lobby betrat. Sie klopfte sich den Schnee von den Stiefeln.

„Hi Alex!", rief sie. „Was ist, kommst du nachher zum Grillen?"

„Grillen?" Er war sicher, sich verhört zu haben.

„Na klar, grillen. Barbecue und all das. Du weißt schon, Feuer machen, Fleisch rösten. Jim lädt ein, auf seinem Zimmer. Er hat eins mit Balkon und sein Grill ist das ganze Jahr in Betrieb."

Alexander lachte laut auf. „Ihr seid doch alle verrückt."

Der britische Kollege Collin hörte das Gespräch mit und grinste. „Ich merke, du bist noch nicht lange hier. Selbst bei Schneetreiben und Minusgraden lässt sich der Kanadier nur operativ vom geliebten Gasgrill entfernen", erklärte er.

„Und was gibt es zu essen? Soll ich was mitbringen?"

„Etwas Brot wäre gut. Ich werde für den Nachtisch sorgen und Jim wird irgendwas Selbstgejagtes brutzeln. Joanne und David kommen auch", informierte ihn Michelle.

„Ich werde meine berühmte Minzsoße mitbringen", drohte Collin, und die beiden anderen machten Würggeräusche.

„Kostverächter", murmelte der Brite und wandte sich seiner Arbeit zu. Er begann Unmengen von Neuanmeldungen zu sortieren.

Das Haus war bis auf den letzten Platz belegt. Zwar speicherte man alles im Computer ab, aber zur Sicherheit gab es noch immer die guten alten Anmeldekärtchen, die der Gast unterschreiben musste. Bei Stromausfällen musste der Betrieb schließlich auch nach traditioneller

Art weitergeführt werden können. Eigene Generatoren heizten dann die Zimmer, aber um auch die Computer mit Strom zu versorgen, reichten diese Geräte nicht aus.

„Also dann", sagte Michelle. „Ich freu mich", und verschwand.

Alexander beobachtete den blassen britischen Kollegen für eine Weile. Dann entschloss er sich dazu, ihn anzusprechen.

„Ich hoffe, du bist nicht beleidigt wegen der Soße. Wir haben nur Spaß gemacht."

Collin sah auf und lächelte. „Danke, Alex, du bist echt in Ordnung. Ist schon okay, ich bin nicht beleidigt. Außer den Briten weiß sowieso niemand, was Gourmetküche ist."

Alexander lachte herzlich, und Collin stimmte ein.

„Ausgerechnet die Briten? Die Briten kochen fürchterlich, mein Lieber, fürchterlich! Ich sage nur Plumpudding und Kidneypie."

Collin ging auf die Neckerei ein und stemmte eine Hand in die Hüfte. „Und was ist denn bitte mit deutscher Bratensoße?"

Alexander hielt irritiert inne. „Was soll damit sein?"

„Ihr ist absolut kein Geschmack nachzuweisen."

„Da hast du die meines Bruders noch nicht probiert. Und was ist mit eurem blanchierten Gemüse? Das ist steinhart und für Herzkranke, weil völlig salzlos."

„Wir wissen eben, was gesund ist", konterte Collin, „während ihr Schweineschmalz vertilgt und Schlachtplatten, bis Mediziner euretwegen den Standardwert für den Cholesterinspiegel neu definieren müssen."

„Ihr sprecht von Gesundheit? Die erkennt man wohl schon an der vampirähnlichen Gesichtsfarbe, oder?"

Plötzlich sah Alexander aus dem Augenwinkel Carolyne vorbeigehen. Das Blut stieg ihm in die Wangen. Hatte sie das gesamte Gespräch mitbekommen? Hatte sie gesehen, dass hier nicht gearbeitet wurde, obwohl keine Gäste in der Nähe waren?

„Vergesst nicht, dass Kanadier warmen Kuchen mit Eiscreme und Cheddarkäse essen", warf sie den beiden jungen Männern grinsend hin und verschwand durch eine Seitentür.

Collin und Alexander starrten ihr hinterher.

„Kanada hat gewonnen", sagte Collin schließlich. „Das ist das Widerlichste, das ich je gehört habe."

„Wie gefällt es dir hier, Alexander?", wollte Jim am Abend auf der Grillparty wissen. „In Kanada generell, meine ich."

Alexander stellte seinen Teller auf den einzigen Tisch in Jims Zimmer, wo sich bereits das Geschirr der anderen stapelte. Sie würden es nachher in einen Plastikkorb packen und in der Hotelküche durch die große Spülstraße jagen. Das Zimmer unterschied sich nicht großartig von Alexanders. Die Angestellten waren im „blauen Flügel" untergebracht, wo alles irgendwie blassblau war, vom Aschenbecher bis zu den Zierleisten.

„Klasse. Ich finde die Kanadier super nett, witzig und so locker."

„Aber in Deutschland gibt es dreißig Tage Urlaub, hab ich gehört", wandte Jim ein.

„Das stimmt. Deutschland ist ja auch nicht schlecht. Aber ich habe mir schon überlegt, ob ich nicht für eine Weile in Kanada bleiben könnte. Ein eigenes kleines Hotel haben, mit Pferden. Da wären mir die Urlaubstage auch egal, denn ich wäre mein eigener Chef."

Collin setzte sich zu ihnen auf einen Camping-stuhl, von denen ein paar im Raum herumstanden, falls noch mehr Kollegen hereinschneien sollten. Eine Bier-werbung war auf den Lehnen zu lesen.

„Jim, das Stinktier, oder was auch immer du da er-legt hast, war lecker. Aber nächstes Mal lässt du mich die Cranberrysoße mitbringen, anstatt Ketchup zu kre-denzen, ja?"

„Hier spricht unser britischer Gourmet", sagte Ale-xander lachend.

„Das war ein Hirsch", klärte Jim sie auf. „Aber wie solltest du das auch wissen, auf eurer Insel sind die wahr-scheinlich schon vor sieben Königen vollständig ausge-rottet worden."

Collin kommentierte das nicht weiter und wandte sich an Alexander. „Und was hören meine Radarohren da? Du willst hier bleiben?"

Alexander zuckte mit den Schultern. „Mal sehen, wie sich alles so entwickelt."

„Ich dachte, dir gehört schon ein Hotel in den Alpen?"

„Es gehört meiner Familie. Aber das muss ja nicht heißen, dass ich dort auch enden muss."

Collins Nicken ging direkt ins Kopfschütteln über. „Meistens bedeutet es das aber. Ich glaube nicht, dass ich mich den Krallen meiner Familie entziehen kann. Ich werde im ‚Kensington' in London alt werden und eingehen oder gleich sterben. Im Morgengrauen, exekutiert von meinem Alten."

„Steife, konservative Briten", witzelte Alexander und wurde von Collin dafür gegen die Schulter geknufft.

„Hey, hey, keine europäischen Schlägereien in meinem Zimmer", rief Jim. „Das letzte Mal, als sich auf diesem Kontinent Europäer geprügelt haben, mussten wir hinterher zwanzig Millionen tote Indianer wegräumen."

„Aber diesmal hauen wir zurück", sagte Joanne, eine waschechte Cree-Indianerin.

Alexander mochte sie. Sie führte den Laden mit anspruchsvoller indianischer Kunst in der großen Halle. Ihre Augen waren mandelförmig und ihre Züge ähnelten denen der Eskimos, doch ihr Gesicht war länglicher und die Nase spitzer.

„Oh, mein Gott", stöhnte Jim. „Die primitiven Wilden haben gelernt, sich zu verteidigen. Bringt mir mehr bunte Glasperlen! Wir sind verloren!"

Joanne stürzte sich auf ihn, und erst jetzt begriff Alexander, dass die beiden ein Paar waren. Deshalb hatte Jim sich wohl auch die politisch unkorrekten Bemerkungen erlauben können. Normalerweise war es hier verpönt, über Minderheiten oder Religiöses zu sprechen, es sei denn, man kannte sich gut. Aber selbst dann waren diese Themen brisant.

Michelle kicherte vergnügt und nippte an einer Flasche Bier. Collin wandte sich von dem nun schmusenden Paar ab und tat so, als ob ihn der Anblick gruselte. Alexander lachte über seine Mimik. Seine Kollegen waren ein seltsamer Haufen, aber liebenswert. Was Joanne wohl machte, wenn Jim nächstes Jahr nach Toronto zurückkehrte? Wie er diese Menschen kannte, würden sie darüber erst nachdenken, wenn es soweit war. Vielleicht hatten sie sich bis dahin auch schon wieder getrennt. Das Leben so zu genießen, wie es kam, war für Alexander etwas Neues. Seine eigene Zukunft war haarklein geplant und vorausbedacht.

„Im Ernst, Alex, wenn deine Pläne konkreter werden, dann lass es mich bitte wissen. Ich würde alles tun, um nicht nach London zurück zu müssen. Die Briten sind steif, und mir gefällt es hier viel besser."

„Alles klar, Collin. Ich werde dich auf dem Laufenden halten."

Als Michelle auf den Balkon hinausging, um zu überprüfen, ob der Elektrogrill ausgeschaltet war, folgte Alexander ihr.

„Alles klar hier draußen?", fragte er.

Sein Atem bildete weiße Wolken. Er schlang die Arme

um den Körper. Michelle war ohne Jacke hinausgegangen, was seltsam war, denn sie achtete sehr darauf, sich immer dem Wetter entsprechend zu kleiden. Alles andere sei reiner Leichtsinn und könne böse enden. Das predigte sie auch den Gästen, die ohne Handschuhe oder Mütze das Hotel verlassen wollten.

„Alles klar", sagte Michelle. „Ich bin auch schon fertig. Hab nur nachgesehen, ob Jim die Gasflasche abgedreht hat."

Alexander trat näher und legte die Arme um sie. „Komm mal her, du brauchst Wärme."

Sie legte ihren Kopf an seine Schulter, umfasste seine Taille. „Ich liebe es, zuzuschauen wie der Schnee fällt", sagte sie leise. „Lautlos und heimlich. Und dann liegt die Welt unter einem Kissen, das alle Töne schluckt und jeden Schmutz bedeckt, so dass die Welt ganz rein und unschuldig aussieht, friedlich." Sie hob den Kopf und suchte seinen Blick.

„Aber das ist trügerisch", sagte er.

„Nur, wenn man wissen will, wie es darunter aussieht. Manchmal ist es besser, nicht nachzuschauen und die Bilder zu genießen, die das Leben uns schenkt, ohne sie zu hinterfragen."

„Sehr philosophisch."

Sie lächelte und schien auf einen Kuss zu warten. Es war die perfekte Situation für einen Kuss. Er brauchte nur seinen Kopf zu senken, seine Lippen anzubieten, und schon ...

Doch er wollte ihr keine falschen Hoffnungen machen. Flirten war erlaubt, Küssen ging zu weit.

„Kannst du nicht genießen, ohne dass negative Bilder durch deinen Geist ziehen, Alexander?"

Er schaute den Schneeflocken zu, Michelle nahm den Blick von seinem Gesicht und tat dasselbe.

„Ganz gewiss bin ich kein negativer Mensch", sagte er schließlich. „Aber ich bin auch nicht naiv. Das Schlechte verschwindet nicht, bloß weil etwas Schönes es vorübergehend bedeckt."

Michelle sah ihn wieder an. „Ich sehe das anders", sagte sie. „Für mich gibt es von allem zwei Seiten. Licht und Schatten, schwarz und weiß. Ohne das Schlechte würden wir das Gute nicht mal erkennen."

Alexander konnte dem nur zustimmen. „So habe ich das allerdings noch nie betrachtet."

Michelle nickte. „Nicht viele tun das. Das Leben ist ein Balanceakt." Sie schaute wieder auf den Schnee. „Das Schöne und das Schlechte halten sich die Waage. Ich ziehe es vor, das Schöne zu genießen, wenn ich es sehe, und nicht daran zu denken, dass die andere Hälfte schlecht ist. Was würde das bringen?"

Er lachte auf. „Eine simple Logik, der ich nichts entgegen zu setzen habe. Außer, dass ich finde, wir sollten lieber reingehen."

Michelle erwiderte sein Lachen und folgte ihm ins warme Zimmer.

Rasch schloss Alexander die Balkontür, bevor noch

mehr von der ungemütlichen Kälte hineinströmen konnte. Dabei versuchte er, nicht auf Michelles engen Pulli zu starren, der nicht verbarg, wie kalt ihr tatsächlich war.

„Was ist denn mit euch los?", fragte Collin. „Ist euch etwa kalt?"

Das brachte Jim endlich dazu, seine Lippen von Joanne zu nehmen und sich an der Unterhaltung zu beteiligen. „Ihr seid alle verweichlichte Mitteleuropäer. Hier ist es erst kalt, wenn das Gas im Grill nicht mehr zündet."

„Und wann ist das?", wollte Alexander wissen.

„So ab minus vierzig Grad."

Collin stieß einen Pfiff aus.

„Das ist ja kälter als in einer Gefriertruhe", bemerkte Alexander. Jim nickte.

„Ja, aber das kommt hier nicht oft vor. Minus dreißig ist das höchste der Gefühle."

„Perfektes Grillwetter", vermutete Collin.

Jim nickte zustimmend. Alexander schüttelte den Kopf. Was für ein Chaotenhaufen.

Erst gegen Mitternacht fiel Alexander ins Bett. Doch schlafen konnte er nicht. Er dachte über Joanne und Jim nach, über Beziehungen und Ehen. Sämtliche Kopfkissen, die er finden konnte, benutzte er als Stütze und saß halb im Bett, fast im Dunkeln. Das Hotel war von außen die ganze Nacht gelblich beleuchtet, und es gab nur Vorhänge, so dass es nie stockdunkel in seinem Zimmer war. Er hatte die Vorhänge offen gelassen und beobachtete nachdenklich die Schneeflocken, die still zu Boden schwebten.

Merkwürdige Fragen gingen ihm durch den Kopf.

Was genau war eigentlich die Liebe?

Wie fühlte sie sich an? War es das Gefühl des Vertrauens, das er bei Katharina empfand? Alles war so klar und einfach mit ihr.

Oder war es Leidenschaft, wie sie eine Angela bei ihm auslöste? Eine Frau wie Angela brauchte man nicht zu kennen oder ihr zu vertrauen. Man konnte seine Lust mit ihr ausleben oder es sein lassen.

Oder war es das Abenteuerliche, unkompliziert Kumpelhafte, das Michelle ausstrahlte? Mit ihr konnte man spontan verrückte Dinge tun, und es war ihr einerlei, ob sie sich dabei schmutzig machte oder ihre Frisur durcheinander geriet. Sie konnte ein Schlauchboot steuern, Reifen wechseln und schippte Schnee vor dem Hotel. Und zudem war sie ein tiefgründiger Mensch …

Idealerweise, dachte er, sollte es eine Kombination aus all diesen Aspekten sein. Das würde ihn glücklich machen.

Vielleicht würde Katharina in dieses Ideal hineinwachsen, sie war noch sehr jung. Bis dahin würde er es halten wie Joanne und Jim. Nicht über die Zukunft nachdenken.

Und beruflich?

Seine Karriere im Hotelgewerbe bedurfte einer genauen Planung. Davon war er überzeugt. Er würde die

Sache mit dem eigenen Haus ernsthaft ins Auge fassen. Ob er Katharina dafür begeistern konnte? Der Gedanke erhellte seine Stimmung, und über der Vorstellung, mit ihr in den kanadischen Wäldern zu leben, wo sie ihr eigenes Brot backen und Fleisch räuchern würden, schlief er lächelnd ein.

Ein paar ruhige Tage später herrschte plötzlich Aufregung im Hotel. Ein Hundeschlittenteam campte vor der Tür. Acht Schlittenhunde, schlanke Huskys aller Farben und Haarlängen, jaulten und maulten, bis ihr Herr einen schrillen Pfiff losließ. Augenblicklich verstummten die gut trainierten Hunde.

Alexander kam hinter seiner Rezeption hervor und ging nach draußen. Fasziniert betrachtete er das Team, ging in die Hocke und streichelte einen silbernen Husky, den man glatt für einen Wolf hätte halten können. Das Tier wedelte und leckte seine Hand. Der Besitzer gab ihm ein paar Hundekuchen, die er verteilen durfte. Gierig schnappten die Hunde danach, jedoch ohne dabei seine Finger zu berühren.

Die Tiere legten sich in den Schnee und bekamen Wasser und Trockenfutter vor die Schnauzen gestellt.

„Sind Sie Teilnehmer eines Rennens?", fragte ein junger Mann in einem roten Anorak.

Der Hundebesitzer drehte sich zu ihm um. „Nein, wir sind im Training. Ich mache nur Rast. Mir ist nach einem blutigen Pfeffersteak und einem Bier."

Der junge Mann lachte und bückte sich, um einen Hund zu streicheln, während Alexander mit dem Schlittenfahrer ins Hotel ging. „Wunderschöne Hunde haben Sie da."

Der Mann nickte und bedankte sich. „Alle selbst gezüchtet. Ich kann mich auf jeden Einzelnen von ihnen verlassen. Was sehr wichtig ist, denn nächstes Jahr will ich am härtesten Hundeschlittenrennen der Welt teilnehmen. Am Yukon-Quest, von Whitehorse nach Alaska."

„Wow", sagte Alexander beeindruckt.

Schon wieder ein Mensch, der eine extreme Herausforderung suchte. Dieses Land schien solche Exemplare magisch anzuziehen. Der Mann war unrasiert, trug eine Fellmütze mit Ohrenklappen und einen Schneeanzug, in dem er aussah wie ein Raumfahrer.

Carolyne eilte herbei und zeigte dem Neuankömmling einen Raum, in dem er sich umziehen konnte, damit er nicht im Schneeanzug ins Restaurant stapfen musste. Man war hier auf solchen Besuch bestens vorbereitet und bot Service für Hundeschlittenführer und deren Tiere.

Dennoch versetzte der abenteuerliche Gast das ganze Hotel in neugierige Aufregung. Überall standen Leute herum und gafften, streichelten die Hunde und lachten. Angestellte wie Gäste waren gleichermaßen fasziniert.

„Schon mal mit einem Hundeschlitten gefahren?", wollte der Mann wissen, der sich als Jack Rogers vorstellte und Alexander die Hand schüttelte. Alexander verneinte.

„Mal probieren?"

„Ähm …"

Er fühlte sich überrumpelt. Einerseits hätte er es gern erlebt, andererseits war er nicht zu seinem Vergnügen hier und hatte kaum Freizeit.

„Schade. Ich könnte Hilfe beim Training brauchen."

Alexander war verblüfft und fühlte sich geehrt.

„Aber ich hörte, dass die Teilnahme an einem solchen Training bis zu dreitausend Dollar kostet. Die Trainer lassen sich das gut bezahlen. Ich habe leider nicht die Mittel für ein solches Abenteuer."

Jack winkte ab. „So habe ich das nicht gemeint. Es sollte eine Einladung sein."

Alexanders Gesichtsausdruck brachte Jack zum Lachen.

„Schau, ich verzichte lieber aufs Geld und suche mir die Helfer selbst aus. Nach Sympathie. Was nutzt mir einer mit Geld, den ich nicht leiden kann? Ich versaue mir doch nicht das, was mir im Leben am meisten Spaß macht."

Alexander lächelte. „Lass mir bitte deine Adresse da, Jack. Vielleicht irgendwann mal …"

„Kein Problem. Ja, das wäre schön. Und falls du es dir überlegen solltest, ich komme in ein paar Wochen hier wieder durch."

Er zwinkerte dem jungen Deutschen zu, ging ins Restaurant und Alexander schaute ihm eine Weile hinterher. Was für ein aufregendes Angebot, dachte Alexander. Vielleicht konnte er ein paar Tage frei bekommen?

Trotz seiner insgesamt überaus positiven Eindrücke in dem kanadischen Luxushaus brauchte Alexander nur wenige Wochen, um die übergeordneten Arbeitsabläufe zu durchschauen und zu erkennen: Helmuth Kerber hatte keine besonders strukturierte Art, ein Hotel zu führen.

Mehrmals täglich fühlte sich Alexander fassungslos mit den Folgen seiner Misswirtschaft konfrontiert. Nur den tüchtigen, überaus engagierten Angestellten hatte der Mann es zu verdanken, dass das Hotel nicht vor lauter Inkompetenz in Konkurs ging. Carolynes Hauptaufgabe schien darin zu bestehen, die sinnlosen Anweisungen des Hoteldirektors auf ihre diplomatische kluge Art zu umschiffen.

Alexander brannte darauf, etwas Eigenes auf die Beine zu stellen – vielleicht auch, um zu beweisen, dass die deutsche Hotelschule nicht die schlechteste Basis für internationalen Erfolg war.

„Eine Stunde von hier entfernt ist eine Hobbyranch zu verkaufen", erzählte ihm Collin, als sie nach Dienstschluss in dessen Zimmer zusammensaßen. „Genau das Richtige für einen Touristenbetrieb. Man müsste allerdings einiges investieren, um die vielen Räume zu hübschen Zimmern umzubauen. Und das Hotel zieht dann wohl eher die Rucksacktouristen an als Leute mit Geld."

Alexander nickte und schaute sich die Fotos und Unterlagen an, die Collin auf seinem Schreibtisch ausgebreitet hatte. Das Projekt faszinierte ihn.

Ein mittelgroßes Waldstück gehörte zum Anwesen, so dass man auch Forstwirtschaft betreiben konnte, ein wilder Fluss verlief durch den Besitz und ein See, umgeben von majestätischen Bergen, mit Bootsstegen und Stränden gehörte auch dazu. Ein Hotel dort würde für alle Jahreszeiten zahlreiche Möglichkeiten zur Freizeitgestaltung bieten. Wassersport und Rundflüge, Wintersport und Wandern. Ideal. Eine angrenzende, unüberschaubar große Weide mit Stallungen lud geradezu dazu ein, Pferde zu züchten.

Drei Gebäude standen zum Verkauf, wobei eines davon als privates Wohnhaus genutzt werden könnte. Sein Vater würde das Anwesen und die Gebäude als heruntergekommen bezeichnen, ging es Alexander durch den Kopf.

„Rucksacktouristen wären willkommen, aber ich denke, man kann es leicht so einrichten, dass es auch Geldleute begeistert. Der heimelige Hüttencharme zieht bei uns zu Hause Leute aus allen Schichten an."

Der Engländer hob die Schultern. „Wenn du das sagst. Ich habe keine Erfahrungen damit. Ich war mein Leben lang in einem lauten Stadthotel gefangen. Der einzige Charme besteht in der uralten Flohmarkt-Einrichtung."

Alexander starrte ihn an. „Du klingst immer so, als

hättest du im Tower gesessen. Ich höre Ketten rasseln, Gefangene jammern und Ratten quieken. Machst du das mit Absicht?"

Der Engländer grinste. „Da spricht mein Unterbewusstsein, weißt du? Ich hatte eine schlechte Kindheit. Man vergaß, mich zu füttern, und ich hatte nur ein selbst geschnitztes Holzpferd zum Spielen."

Alexander erwiderte sein Grinsen. Inzwischen wusste er den britischen Humor sehr zu schätzen.

„Nein, ernsthaft, meine Eltern leben nur für das verdammte Hotel, das mitten in London liegt. Das heißt, es ist sowieso immer ausgebucht, egal wie gut oder schlecht der Service ist. Trotzdem reißen sie sich den … du weißt schon, auf. Ich bin mir immer wie ein Gefangener vorgekommen. Gefangen in Verpflichtungen."

Es war still im Raum, nur das Heizungsgebläse im Fußboden in der Ecke rauschte und bewegte den transparenten hellblauen Vorhang wie von Geisterhand.

„Du möchtest wirklich nicht mehr zurück", erkannte Alexander und ließ es wie eine Feststellung klingen.

Collin schüttelte den Kopf.

Alexander seufzte und goss starken Kaffee in zwei Tassen.

„Dann lass uns das hier auf die Beine stellen. Wie viel Kohle kannst du in das Projekt investieren?"

10. KAPITEL

„Alexander hat's gut, wie immer", brummte Robert. „Er kann im Schnee spielen und einen auf Mann von Welt machen, während ich hier Leberknödel forme."

Hildegard steckte sich einen noch warmen Butterkeks in den Mund. „Aber hier ist es doch mindestens genauso schön wie in Kanada", sagte sie mit einer umfassenden Geste, als wolle sie das Panorama der Küche anpreisen. Der Geruch nach Sauerkraut passte nicht so recht zu dem, was sie eigentlich ausdrücken wollte.

Robert schnaubte, ging zum Waschbecken und wusch sich die Hände. „Es geht nicht um einen Ländervergleich, sondern ums Prinzip. Glaubst du, wegen mir macht der Alte so einen Aufstand? Versucht er etwa für mich einen Auslandsaufenthalt irgendwo zu ermöglichen? Nicht mal in Timbuktu würde er es versuchen."

Hildegard lachte und schüttelte den Kopf. „Das siehst du aber ganz falsch. Ich bin sicher, das sind rein praktische Überlegungen. Wer soll denn hier kochen, wenn du ein Jahr lang in Timbuktu bist?"

Darauf wusste er spontan auch keine Antwort. In jedem Fall aber fühlte er sich ungerecht behandelt. Nicht einmal gefragt wurde er, ob er vielleicht ins Ausland wollte. Vielleicht wollte er ja auch gar nicht, aber wenigstens fragen könnte man ihn.

Katharina fand das auch erstaunlich. Jetzt, wo Alexander nicht da war, unterhielt sie sich öfter mit Robert. Wenigstens sie verstand ihn. Einmal hatte sie ihm sogar angeboten, Alexander zu fragen, ob es in Kanada eine Möglichkeit für einen Koch gäbe, aber Robert hatte das abgelehnt. Er wollte nicht vom großen Bruder nachgeholt werden. Wie sah denn das aus? Nein, danke. Außerdem würde das seine Ausbildung unnötig in die Länge ziehen. Er wollte endlich Koch sein und nicht mehr als dummer Lehrling behandelt werden. Zwar kommandierte er bereits jetzt die Küchenhilfen herum, aber sie nahmen ihn noch nicht wirklich ernst, das konnte er spüren. Sie kuschten nur vor dem Juniorchef in ihm, und nicht vor dem respektierten Kochprofi, als der er sich mittlerweile fühlte.

„Robert, Telefon!", rief jemand in die Küche.

Er warf das Handtuch auf einen Tisch, ging zum Wandapparat und nahm ab.

„Hallo, Robert", sagte Alexander vom anderen Ende der Welt.

„Hi Mr. Saalfeld, how are you?", äffte Robert mit einem Grinsen.

„Danke, gut. Hör mal, ich wollte dich etwas fragen." Roberts Alarmglocken begannen zu läuten.

„Ich habe mich für dich umgehört und erfahren, dass man dich hier mit Kusshand für zwei Jahre nehmen würde! Was sagst du dazu? Sie suchen immer internationale Köche."

Robert kochte vor Wut. Hatte er Katharina nicht klar gemacht, dass er nicht interessiert war?

217

„Hast du mit deiner Freundin darüber gesprochen?"

Alexander schwieg einen Moment. Er schien verblüfft zu sein, was wiederum Robert irritierte. Vielleicht hatte sie doch Wort gehalten und nichts gesagt.

„Nein, wieso? Ich dachte nur, es würde dir hier auch gefallen. Ich sage dir, es ist himmlisch, ich will gar nicht wieder weg."

„Ja ja, das sagtest du bereits." Robert wäre glücklich, würde er überhaupt nicht mehr wiederkommen. Obwohl – das würde ihn in den Augen der Familie sicher zu einer Art Held machen. Der, der ins Ausland gegangen war. Erneut wäre Alexander etwas Besonderes und Robert nur der andere Sohn, der brav zu Hause Schweinebraten mit Knödeln kochte. Ach, es war aber auch wie verhext. Alexander konnte machen, was er wollte, immer würden alle es ganz toll finden.

„Also was ist? Hast du wirklich kein Interesse, mal aus dem Fürstenhof herauszukommen?"

Robert atmete tief durch. Wie sag ich's meinem Kinde?

„Ach Alexander, du stellst dir das so einfach vor. Vielleicht deshalb, weil dir immer alles in den Schoß fällt. Erstens will ich meine Ausbildung nicht unnötig verlängern, und zweitens habe ich keine Lust, von meinem großen Bruder anderen Leuten aufgedrängt zu werden, nur weil sie dich so lieben. Ich habe keine Lust, auch noch dort in deinem Schatten zu vegetieren."

Schweigen am anderen Ende. Die Leitung rauschte leise. Dann hörte Robert ein Seufzen.

„Ich möchte gern mal wissen, was dich so verbittert und zynisch macht. Aber nicht jetzt, ich muss Schluss machen. Sag bitte Katharina, dass ich sie morgen zur üblichen Zeit anrufe, ja? Mach's gut, Brüderchen."

„Bye bye", sagte Robert in nasalem Britisch mit abgespreiztem kleinem Finger und legte auf.

Als er sich umdrehte, sah er Hildegards nachdenklichen Blick.

„Ich weiß, was du denkst, aber es ist mir egal", sagte er mürrisch. „Ich werde mir nicht von meinem großen Bruder auf die Sprünge helfen lassen. Ich werde es ganz allein schaffen."

Hildegard lächelte ermutigend. „Ich weiß", sagte sie und wandte sich wieder dem Backofen zu.

Warum nur fühlte Robert insgeheim nicht die gleiche Zuversicht?

Später am Nachmittag traf er Katharina in der Lobby. „Ich habe vorhin mit Alexander gesprochen", sagte er, nachdem sie ihn lächelnd begrüßt hatte.

Ihre Augen leuchteten auf und ihr Gesicht strahlte. Es war geradezu ekelhaft, wie sehr sie seinen Bruder liebte. Was fand sie nur an ihm? Robert spürte einen scharfen Stich der Eifersucht. Nicht wegen Katharina persönlich, sondern weil sie Alexander etwas gab, das ihm selbst noch nie jemand gegeben hatte. „Er sagte, er ruft dich morgen an, wie immer."

Sie nickte, dankbar für die Information. Ihre Wangen

färbten sich zart rot. Verdammt, wie konnte Alexander nur diese enorme Wirkung auf das Mädchen haben?

„Ich habe es abgelehnt, zu ihm nach Kanada zu reisen."

Katharinas große blaue Augen weiteten sich. „Ich habe ihn nicht beeinflusst, glaub mir bitte."

Robert machte eine beschwichtigende Handbewegung. „Ich weiß, ich weiß. Das muss er ganz allein ausgeheckt haben."

Katharina schüttelte den Kopf. „Ich verstehe überhaupt nicht, warum dich das wundert. Immerhin ist er dein Bruder und er liebt dich."

„Wenn er mich lieben würde, dann würde er mich nicht dauernd wie einen Deppen behandeln, der nichts selbst auf die Reihe kriegt. Und er würde mich Vater gegenüber verteidigen, wenn der mich mal wieder zu Unrecht niedermacht oder total übersieht." Er hatte die Hände zu Fäusten geballt.

Katharina wich vor seinem Ausbruch einen Schritt zurück.

„Aber Robert, ist das nicht ein bisschen krass ausgedrückt?"

Kleinlaut betrachtete er seine Schuhe. „Vielleicht hast du Recht. Aber ich habe eben niemanden, mit dem ich reden kann."

Freundschaftlich legte sie ihre Hand auf seinen Arm. „Das stimmt doch gar nicht. Mit mir kannst du reden."

Er sah auf und gab noch einen treuen Dackelblick

dazu. „Wirklich? Das ist so lieb von dir! Gehst du heute Abend mit mir ins Kino? Da läuft eine Liebeskomödie, das mögen Frauen doch."

Katharina zog ihre Hand zurück und blickte zu Boden. Sein Herz sank. So weit ging ihre Zuneigung wohl doch nicht. Doch dann sah sie zu ihm auf und lächelte. „Okay. Wann holst du mich ab?"

Nur für ein paar Sekunden war er sprachlos. „Um sieben? Dann können wir vorher noch was trinken gehen."

„Das klingt gut. Aber Robert, eins möchte ich von vorn herein klarstellen." Er wusste, was nun kam.

„Das ist keine romantische Verabredung. Wir können Spaß haben, miteinander reden, aber mehr kann da nicht sein. Wir sind nur Freunde, weiter nichts. Ich hoffe, du siehst das ganz genauso."

Er nickte und gab sich alle Mühe, verständnisvoll auszusehen.

Der Kinofilm war ein echtes Highlight, und sie hatten viel gelacht. Auf dem Weg nach Hause sprachen sie angeregt über Katharinas Begeisterung für Kunst und Roberts Begeisterung für die Küche. Als Katharina ihm erklärte, wie wichtig ihr der Blick für Ästhetik war, pflichtete er ihr bei.

„Das kann ich gut verstehen. Ich kann es nämlich absolut nicht leiden, wenn Köche einfach nur das Essen auf die Teller füllen. Es ist doch ganz wichtig, es auf dem

Teller so ansprechend anzurichten, dass es nicht nur ein Gaumenschmaus, sondern auch ein Augenschmaus wird." Katharina stimmte ihm zu.

„Das sehe ich genauso. Deshalb kann ich auch nicht viel mit den Künstlern anfangen, die alles andere wollen, nur nicht mit dem Begriff Schönheit in Zusammenhang gebracht werden." Robert lachte.

„Ich weiß schon. Du meinst diese, die mit ihrem ganzen Körper Farbflächen bearbeiten oder alles zusprühen, was ihnen unter die Finger kommt." Er nahm einen Arm vom Lenkrad und unterstrich seine Worte mit einer kreisenden Bewegung, bei der er Katharinas Busen streifte. Sie rückte sofort etwas zur Seite auf dem Beifahrersitz und Robert nahm seine etwas zu ausladende Gestik gleich zurück.

Der einsetzende Frühling zeigte sich heute mild und freundlich. Katharina hatte die dicke Winterjacke im Schrank hängen gelassen und einen dünnen rosa Blazer gewählt, der sie elegant und weiblich wirken ließ. Darunter stand die weiße Bluse leicht offen. Anscheinend hatte Katharina nicht bemerkt, dass ein Knopf aufgegangen war, doch Robert wäre der Letzte, der sie darauf aufmerksam machte. Der Ansatz einer Rundung war klar zu sehen, wann immer er einen Blick zur Seite riskierte, aber er konnte sie schlecht darum bitten, ihre Bluse zuzuknöpfen. Wie hörte sich das denn an?

Der Wagen hielt vor Katharinas Haus. Viel zu früh, wie Robert fand, denn er hatte das Gespräch mit Katharina sehr genossen. Er hätte sich gerne noch weiter mit ihr unterhalten.

„Da wären wir. Vielen Dank für den netten Abend", sagte sie mit einem Lächeln.

Er stieg aus und lief um den Wagen herum, um die Beifahrertür zu öffnen. Doch sie war schneller und schon ausgestiegen.

„ Also dann, gute Nacht, Robert."

„Ja, das wünsche ich dir auch. Gute Nacht." Er beugte sich zu ihr und drückte ihr einen Kuss auf die Wange.

Im ersten Moment wirkte sie etwas verwundet, verabschiedete sich dann aber winkend von ihm und ging auf das Haus zu.

Robert wartete noch, bis sie die Haustür erreicht hatte. Erst als sie die Tür hinter sich geschlossen hatte, startete er wieder den Wagen und fuhr Richtung Fürstenhof. Er freute sich, mal wieder Zeit mit seiner zukünftigen Schwägerin verbracht zu haben. Sie hatten sich lange nicht mehr so ausführlich unterhalten, dabei hatten sie doch einige gemeinsame Interessen, wie er auch an diesem Abend wieder feststellen konnte.

11. KAPITEL

Ein paar Tage später stand Katharina mit ungutem Gefühl in der Magengegend in der Lobby des Fürstenhofes, wo sich im Moment nur Alfons und ein Zimmermädchen aufhielten. Sie wusste nicht, ob es die richtige Entscheidung war, ein Gespräch mit Charlotte Saalfeld zu suchen, aber als Mutter von Alexander und Robert und als Frau, die sie sehr verehrte, war Charlotte sicher die richtige Ratgeberin in dieser schwierigen Situation.

Leise rügte Alfons die junge Angestellte, die ihre Arbeit offenbar nachlässig erledigt hatte. Die beiden bemerkten Katharina gar nicht.

„Und wenn ich dir sage, bei uns werden die Toilettenpapierrollen mit dem losen Ende nach vorne aufgehängt, dann hast du das so zu machen!"

„Aber wozu soll ich denn dann noch die Spitze ins erste Blatt knicken? Das ist doch albern. Sieht aus wie fertig zum Einführen oder so."

Alfons stöhnte auf und griff sich an die Stirn. „Wie das aussieht, soll dir ganz egal sein. Wäre das deine Sache, so hätte der liebe Gott dich zum Hoteldirektor gemacht. Nun bist du aber nur ein Zimmermädchen. Was sagt dir das also?"

Das Mädchen murmelte etwas, das Katharina nicht verstand. Sie bewunderte, wie geduldig Alfons mit solchen Problemfällen umging. Ihre Mutter hätte dieses

Zimmermädchen bereits entlassen. Sie wandte sich ab und lief die Treppen hoch, zu den privaten Räumen der Saalfelds.

Seit Tagen belastete Roberts Verhalten sie. Noch immer spürte sie seine Lippen auf ihrem Mund. Er fühlte sich ganz anders an als sein Bruder. Was für ein sündiger Gedanke. Sie sollte nicht wissen, wie sich die Lippen ihres zukünftigen Schwagers anfühlten, oder? Das konnte doch nicht in Ordnung sein.

Sie musste mit jemandem sprechen. Ihre eigene Mutter kam nicht in Frage: sie interpretierte immer viel zu viel in Dinge hinein und machte sich sogar um banale Kleinigkeiten gleich die größten Sorgen.

Schließlich nahm Katharina all ihren Mut zusammen und klopfte an Charlottes Zimmertür. Eine freundliche Stimme aus dem Innern bat darum einzutreten.

„Kann ich dich sprechen, Charlotte?"

„Aber ja doch, Katharina, Kind. Was hast du auf dem Herzen?"

Sie schloss die Tür und setzte sich Alexanders Mutter gegenüber auf die Couch. Auf dem Tisch zwischen ihnen lagen bunte Magazine. „Hotel heute" und ein paar Modezeitschriften. Charlotte trug ihr Haar in einer schwungvollen Welle nach hinten gekämmt. Ihr Kostüm erinnerte an Chanel mit einem Hauch Folklore.

Katharina hatte Charlotte noch nie in einem Jogginganzug gesehen. Immer schien sie bereit für einen spontanen Staatsempfang.

„Du musst Alexander vermissen", vermutete Charlotte voller Mitgefühl. „Ich weiß das, weil es mir genauso geht."

Sie lächelte und Katharina schluckte. Bisher hatte sie es nicht zugelassen, dass die Sehnsucht in ihr Herz drang. „Ich vermisse ihn mehr, als ich zugeben kann", sagte sie wahrheitsgemäß. „Ich bin selbst überrascht von der Intensität meiner Gefühle und wünschte, ich hätte zugesagt, ihn für eine Weile zu begleiten. Ich fühle mich nur wie ein halber Mensch ohne ihn. Ich dachte, ich lasse ihm die Freiheit, ohne mich in ein fernes Land zu begeben, aber ich bin doch nicht so stark, wie ich geglaubt habe."

Charlotte musterte sie nachdenklich. „Aber das ist nicht der Grund, warum du hier bist, vermute ich."

„Nein, nicht direkt. Obwohl es damit zusammen hängt." Sie erzählte Charlotte von Roberts Ausrutscher neulich nachts. Sie war irritiert von seiner Berührung und dem Abschiedskuss.

Verwundert schüttelte Charlotte den Kopf. „Ehrlich gesagt, glaube ich, dass du da etwas überbewertest. Robert kann manchmal sehr temperamentvoll sein, aber das, was du vermutest, steckt bestimmt nicht dahinter. Er hat sich einfach nur gefreut, einen so schönen Abend mit dir verbracht zu haben."

Katharina dachte einen Moment nach, dann sagte sie: „Manchmal finde ich es schwer, Robert zu verstehen, er reagiert ganz anders als Alexander und ehrlich gesagt auch etwas unberechenbar. Ich glaube, er fühlt sich oft ungerecht behandelt."

„Das sagen alle Zweitgeborenen. Es stimmt schon, dass Werner es manchmal übertreibt mit ihm, aber das liegt doch nur daran, dass er sich Sorgen um ihn macht. Er ist nicht so eine starke Persönlichkeit wie Alexander. Und Werner ist fest davon überzeugt, dass Härte und Strenge ihm mehr helfen als Liebe und Verständnis. Ich stimme dem nicht zu, konnte mich aber nicht immer durchsetzen. Die Erziehung der Jungs lag immer mehr in Werners Händen."

Katharina schwieg und lauschte interessiert. Charlotte hatte ihren Blick in die Ferne gerichtet, bevor sie die Jüngere wieder ansah.

„Wenn du einmal selbst Kinder hast, wirst du sehen, dass es eine enorme Verantwortung mit sich bringt und dass man eine Unmenge Fehler begehen kann. Damit möchte ich mich jetzt nicht entschuldigen. Es ist nur nicht ganz unkompliziert."

„Das kann ich mir gut vorstellen", bestätigte Katharina.

„Wollen wir etwas Tee trinken?"

Katharina bejahte und Charlotte bestellte telefonisch bei Alfons.

„Alexander gefällt es sehr gut in Kanada", sagte Katharina. „Viel zu gut. Er macht schon Pläne, er will vielleicht ein eigenes Hotel dort eröffnen … Ich habe Angst, ihn zu verlieren."

Sie hatte beiläufig und zumindest gefasst klingen wollen, aber nun vibrierte ihre Stimme verräterisch.

„Mach dir keine Sorgen", sagte Charlotte warmherzig. „Das würde Werner niemals zulassen. Er rechnet fest mit Alexanders Hilfe im Betrieb und dass er die Geschäfte später allein fortführt."

„Aber was, wenn Alexander sich entschließt, in Kanada zu bleiben? Was können wir hier schon dagegen tun?"

Charlotte winkte ab. „Selbst wenn er sein gespartes Vermögen in ein solches Projekt stecken würde, müsste er dafür ja nicht vor Ort bleiben. Teilhaber kann er auch von hier aus sein."

Das neue Zimmermädchen brachte den Tee und zog sich wieder zurück.

„Nein, nein. Er muss und er wird auch zurückkommen", versicherte Charlotte noch einmal, als sich die Tür hinter der Bediensteten wieder geschlossen hatte. „Ohne Alexander läuft hier gar nichts. Seine Mutter und seine Freundin vermissen ihn, und wenn das noch nicht Grund genug ist, dann vielleicht, dass Werner auf Dauer überfordert sein wird, ohne seine Hilfe."

Katharina atmete erleichtert auf. Plötzlich schien sich ein Stein in ihrer Brust zu lösen, den sie schon seit Wochen spürte und der sie nicht gut schlafen ließ.

„Aber bitte, sag ihm nicht, dass ich gejammert habe. Ich möchte nicht, dass er denkt, er müsse meinetwegen zurückkommen", sagte sie mit gesenktem Blick.

Charlotte zwinkerte ihr verschwörerisch zu. „Aber

wo denkst du hin. Das wäre taktisch unklug. Frauen müssen doch zusammenhalten."

Noch am selben Abend sprach Charlotte mit Werner. Er war gerade in seinen weinroten Schlafanzug mit dem Paisleymuster geschlüpft und stieg ins Bett. Charlotte war ebenfalls bettfertig und rieb ihre Hände aneinander, um die Pflegecreme zu verteilen. Sie trug ein cremefarbenes dünnes Nachthemd mit zarter Spitze. Werner war es nachts immer kalt, während sie schwitzte. Am liebsten hätte sie die Heizung ganz abgedreht, aber dann drohte Werner damit, eine Nachtmütze zu tragen, damit er morgens nicht mit Raureif im Haar erwachen würde.

„Ich habe über Alexander nachgedacht", begann sie.

„Ach ja? Und zu welchem Ergebnis bist du gekommen? Braucht er einen Haarschnitt?" Er grinste Charlotte an.

„Über so etwas Banales mache ich mir schon lange keine Gedanken mehr. Und wer sagt, dass ich bereits zu einem Ergebnis gekommen bin? Vielleicht möchte ich gerade deshalb mit dir darüber sprechen."

Werner lachte leise in sich hinein, während Charlotte sich an seine Schulter kuschelte und eine Hand auf seine Brust legte. Er legte den Arm um sie.

„Das wäre das erste Mal, mein Schatz. Wenn du so anfängst, dann weiß ich, dass du deine Entscheidung bereits getroffen hast und sie nur aus formellen Gründen mit mir besprichst."

„Das ist nicht wahr", beschwerte sie sich.

Er küsste ihren Scheitel. „Ist es doch, das ist das Los eines Ehemannes. Aber ich lebe seit vielen Jahren wunderbar damit. Schieß schon los, was hat Alexander ausgefressen?"

„Noch nichts. Es geht um diese kanadische Geschäftsidee. Ich finde, wenn er das für Erfolg versprechend hält, soll er seine Pläne in die Tat umsetzen. Aber er kann unmöglich dort leben. Wir brauchen ihn hier."

Werner schwieg einen Moment. Charlotte sah zu ihm hoch.

„Oder bist du etwa anderer Meinung?"

„Nein, nein, ich bin ganz deiner Meinung. Ich finde sogar, er sollte überhaupt nicht in dieses Projekt investieren. Ich kenne solche Herbergen. Selbst nett hergerichtet kann er nicht viel für die Übernachtung nehmen, weil diese Klientel nicht viel ausgeben will. Und dann liegt ihm gewiss nicht daran, sich mit der kanadischen Einwanderungsbehörde herumzuschlagen. Die werden ihm die ersten paar Jahre peinlichst die Bücher überprüfen. Man kann sich gar nicht so einfach selbstständig machen da drüben, als Ausländer. Viele Deutsche haben da schon bittere Erfahrungen gemacht."

„O mein Gott, das wusste ich ja gar nicht. Hast du ihm das gesagt?"

„Nein. Das soll er selbst herausfinden. Ich habe ihm erklärt, an welche Behörden er sich wenden soll, und den Rest ihm überlassen."

„Sehr clever von dir. Wann hast du dir denn eine diplomatische Ader zugelegt?"

Er lachte auf. „Schatz, ohne die könnte ich kein Hotel führen, meinst du nicht auch?"

„Da hast du Recht. Ich habe nur noch nie erlebt, dass sie bei der Erziehung deiner Söhne wirkt."

„Bisher war das auch nicht nötig. Bisher genügte ihnen mein Befehl. Nun wird das langsam komplizierter." Wieder lachte er in sich hinein.

„Robert gegenüber solltest du auch manchmal dein diplomatisches Geschick anwenden." Sie schwieg einen Moment nachdenklich und fuhr dann fort: „Du könntest ruhig etwas verständnisvoller mit ihm sein, nicht immer nur der strenge Vater."

„Wie kommst du denn jetzt darauf?", fragte er verwundert.

„Ich habe mich heute länger mit Katharina unterhalten. Sie hatte den Eindruck, Robert wollte etwas von ihr und sie hat mir auch gestanden, dass sie Alexander vermisst und befürchtet, dass er nicht mehr zu ihr zurückkehrt."

„Das kann ich verstehen. Moment, sagtest du, Robert hat Katharina belästigt?"

„Nein, hat er nicht, er hat ihr nur einen Abschiedskuss gegeben, was sie irritiert hat."

„Dieser … dieser …" Werner schnappte nach Luft, doch Charlotte hielt ihn zurück, als er aus dem Bett springen wollte.

„Beruhige dich, es ist doch nichts passiert. Das Mädchen

kam mit der Situation gut alleine zurecht und du kennst doch Robert mit seinem Temperament. Versprich mir, dass du ihn nicht darauf ansprichst, um Himmels willen!"

Werner zögerte, dachte darüber nach.

„Werner, bitte!", mahnte Charlotte. „Wo ist nun deine Diplomatie? Ist die schon aufgebraucht?"

Er grinste. „Nein, keine Sorge. Ich werde mich zusammenreißen, um kein Gespräch über gute Manieren zu führen. Aber nur deinetwegen."

„Ich danke dir", sagte sie und küsste sein Kinn. „Und morgen werde ich Alexander anrufen und ihn bitten, nach Hause zu kommen."

Er schaltete die Nachttischlampe aus, und Charlotte war schon fast eingenickt, als er noch einmal sprach.

„Und ich hatte doch Recht."

„Hm?"

„Du warst bereits zu einem unumstößlichen Ergebnis gekommen."

Sie lachte leise gegen seine Brust. Wie gut er sie doch kannte.

In dieser Nacht, mit Charlotte im Arm, lag Werner noch lange wach und dachte über seine beiden Söhne nach und auch über die Beziehung seines Ältesten zu der Hotelerbin. Katharina war so wichtig für seinen Sohn wie für ihn selbst damals Charlotte. Nur mit der richtigen Frau an seiner Seite konnte ein Mann im Leben wirklich etwas erreichen. Das hatte er schon vor vielen Jahren gewusst, damals, als die Jungen noch klein waren …

12. KAPITEL

Die Sommersonne wärmte mit intensiver Kraft das Wasser des Wörthersees, in dem Alexander und Robert planschten, während ihre Eltern ihnen vom Seeufer aus zuschauten. Es war der schöne Sommer 1979, den sie gemeinsam als Familie im Urlaub verbrachten.

Werner ließ den Blick von den beiden Lausbuben zu Charlotte schweifen. Auch die beiden Schwangerschaften hatten ihrer Schönheit nichts anhaben können. Wenn sie so mit den nassen Haaren vom Schwimmen im Liegestuhl lag und sich den Badeanzug zurechtzupfte, erinnerte sie ihn immer noch an das bezaubernde junge Mädchen, das sich im Ballsaal des Hotels in Helsinki in seinen Arm geschmiegt hatte.

Er beugte sich zu ihr und küsste sie zärtlich auf die Wange. „Ich liebe dich, mein Schatz."

Charlotte schloss die Augen. „Liebst du mich wirklich?"

„Natürlich." Wie konnte sie etwas anderes denken?

„Dann hol Alexander und Robert hierher." Charlotte grinste. „Bevor sie sich gegenseitig unter Wasser drücken."

Nur scheinbar widerwillig stand Werner auf und ging die wenigen Schritte zum sandigen Seeufer.

Was für eine wunderbare Idee von Charlotte, nach Pörtschach zu fahren. Der Wörthersee war ein Ferienparadies für kleine Kinder, auch wenn Alexander sich mit seinen fast acht Jahren heftig dagegen wehrte, als kleines Kind bezeichnet zu werden. Seinem Großen gefiel es trotzdem, nachdem sie es sich jetzt schon zum dritten Mal hintereinander leisten konnten, während der Hauptsaison das Hotel dem Schwiegervater anzuvertrauen und mit den Kindern in den Urlaub zu fahren.

„Alexander, Robert. Raus aus dem Wasser."

„Nee, Papi, wir wollen noch ein bisschen …" Natürlich war es wieder Robert, der sich querstellte. Alexander drehte sich schweigend ab und tat, als hätte er seinen Vater weder gehört noch gesehen.

Nur gut, dass Werner wusste, welche Mittel da wirkten. Er ging auf die Knie. „Na gut, dann dürft ihr noch ein wenig drin bleiben. Aber …" Er hielt geheimnisvoll inne.

„Was aber?"

„Aber … wer bis drei bei mir ist, der kriegt ein … riesengroßes Eis von mir. Eins …"

Quietschend vor Freude kamen die beiden Jungen aus dem Wasser und stürzten sich in seine Arme. Lachend stand er auf und schwenkte sie im Kreis herum, bevor sie zu dritt zum Eisstand spazierten.

Auf dem Rückweg steuerte er den Spielplatz an, und beide Jungen stürzten sich mit Begeisterung auf Schaukel, Wippe und Klettergestell.

Werner setzte sich zu den anderen Müttern und Vätern, grüßte freundlich und genoss es, einmal eine Stunde Ruhe zu haben.

Als sie an den Strand zurückkehrten, hielt Charlotte ein Buch in der Hand, das sie weglegte, als sie ihre kleine Familienschar auf sich zukommen sah. „Na, ihr Racker? Satt und müde?"

Werner grinste. „Weder noch. Ich begreife nicht, wo die beiden die Energie hernehmen, wo sie sich doch nur von Eis und Pommes Frites ernähren." Er sah den braungebrannten Jungs hinterher, die schon wieder auf dem Weg ins Wasser waren.

Charlotte strich das Handtuch auf ihrer Liege glatt und lud ihn ein, sich zu ihr zu setzen. „Es ist nett, dass du dich so intensiv um sie kümmerst."

Werner winkte ab. „Ist doch selbstverständlich. Du hast sie ja das ganze Jahr über um dich. Außerdem", er streckte sich aus und zog seine Frau zu sich, „habe ich ein schlechtes Gewissen, weil ich euch morgen allein lassen werde."

Charlotte küsste ihn sanft auf die Nasenspitze. „Das musst du auch, obwohl es ja nur zwei Tage sind. Aber du bist entschuldigt. Wenn deine Geschäftspartner diesen dummen Termin ausgerechnet in die Sommerferien legen müssen, kannst du ja nichts dafür."

Werner schloss die Augen und zog sie dichter an sich heran. Es kam ihm schäbig vor, sie so zu belügen, aber wie hätte er ihr beibringen sollen, um was es bei seinem Kurztrip nach Ungarn wirklich ging?

Einmal nur Susanne wiedersehen.

Er hatte keine Vorstellung von dem, was passieren

würde, war sich nicht wirklich über seine Gefühle Susanne gegenüber im Klaren. Nun war die Gelegenheit, sich nach all den Jahren noch einmal in die Augen zu schauen …

Da Werner in der DDR immer noch eine unerwünschte Person war, blieb nur der Urlaub. Ungarn, speziell der Plattensee, war mit einem Touristenvisum einfach zu erreichen …

Werner legte den Arm auf Charlottes Hüfte. Er liebte sie immer noch, wie am ersten Tag. Er schätzte sie, sie vertrauten sich gegenseitig. Aber die Lust, die Begierde aufeinander, die war mit den Jahren zuerst seltener geworden und dann beinahe ganz verschwunden.

Er streichelte ihr über den Bauch. Charlotte war schön, er liebte sie. Wenn sie miteinander schliefen, war es immer noch gut, aber das Kitzeln, das Prickeln, das sie früher in ihm ausgelöst hatte, das war weg. Das Kribbeln, das er spürte, wenn er an die beiden nächsten Tage mit Susanne dachte.

Als er sich am darauf folgenden Morgen in seinen Wagen setzte, war Werner aufgeregt wie ein kleiner Junge. Was würde ihn erwarten? Hatte Susanne sich verändert? Konnte ein Mensch über acht Jahre gleich bleiben?

Auch er hatte sich verändert, das war ihm durchaus klar. Er war härter geworden, noch durchsetzungsfähiger, was im Westen kein Nachteil war. Aber innerlich, so glaubte er zumindest, war er noch der Alte geblieben. Fähig, sich und andere zu begeistern, fähig zu lieben.

Er zwang sich zur Ruhe. Er wusste, dass er sich in Gefahr begab, aber das war es ihm wert. Er musste Susanne noch einmal sehen. Wenn er an der Grenze nervös auftrat, würde das die Posten nur zu erhöhter Aufmerksamkeit veranlassen. Er hatte zwar außer seinen Papieren und etwas Kleidung nichts dabei, aber schon eine Verzögerung würde ihn ärgern. Er hatte ohnehin nur so wenig Zeit mit Susanne und wollte nicht wertvolle Stunden an der Grenze vertrödeln.

Aber sowohl die österreichischen als auch die ungarischen Soldaten zeigten kein Interesse daran, den lebhaften Touristenstrom zum Balaton zu unterbrechen. Die Feriengebiete rund um den Plattensee waren eine der Hauptdevisenquellen für den ungarischen Staat. Da nahm man es offenbar in Kauf, dass sich gelegentlich auch mal jemand einschmuggelte, der in den sozialistischen Bruderstaaten nicht so gern gesehen war.

Das Restaurant, in dem sie sich verabredet hatten, war von einem ähnlichen Haus in einem typisch westlichen Urlaubsgebiet kaum zu unterscheiden. Billige Materialien so verarbeitet, dass sie teuer wirkten, viel Kitsch an den Wänden, genormte Speisekarten.

Werner traf eine halbe Stunde zu früh ein. Er ließ sich Zeit und betrachtete in Ruhe das Interieur des Hauses. Zu lernen gab es hier für ihn nichts. Er wollte nicht ausschließen, dass es auch in Ungarn eine gehobene Hotellerie gab. Aber dieser Betrieb hier gehörte eindeutig nicht dazu.

Am Empfangstresen hatte er seine Kreditkarte vorgelegt und damit schlagartig das Interesse des Portiers geweckt. Ein Punkt, der Werner misstrauisch machte, weil ihm seine eigenen Erfahrungen in Halle einfielen. Auch dort hatte man Gäste aus den anderen sozialistischen Ländern aufnehmen müssen, aber den vollen Service hatten nur die Gäste aus dem Westen bekommen, speziell diejenigen, die mit einer Kreditkarte bezahlen konnten.

Es dauerte etwa eine halbe Stunde, bis sich in dem schläfrigen Restaurant etwas rührte. Werner sah auf. In dem Gemenge am Eingang des Restaurants sah er einen blonden Schopf blitzen. Er sprang auf. Er erkannte Susanne schon durch die Glastür. Sie war offenbar in eine Diskussion mit einem der Kellner verwickelt. Werner öffnete die Tür. „Hallo?"

Der Kellner ließ von der junge Frau ab und sah Werner an.

„Die Dame ist mein Gast."

Der Ungar klopfte sich wie beiläufig ein Stäubchen von der dunklen Jacke. „Selbstverständlich, verzeihen Sie. Ich wollte die Dame gerade an ihren Tisch begleiten."

Ohne Rücksicht auf den Mann zu nehmen, breitete Werner die Arme aus und schloss sie um Susanne. Sie schmiegte sich eng an ihn.

„Es ist so schön, dass du gekommen bist", murmelte er dicht an ihrem Ohr. Dann reichte er ihr den Arm und führte sie zum Tisch.

Nachdem sie sich ihren Frust über arrogante ungarische Kellner von der Seele geredet hatte, kamen sie in ein Gespräch, das Werner glauben machte, sie seien höchstens acht Tage und nicht ganze acht Jahre getrennt gewesen.

Susanne erzählte von der Arbeit, von all den Kollegen, die Werner noch gekannt hatte, und von neuen, die einen anderen Stil einführen wollten und regelmäßig damit scheiterten. „Wir haben dich alle so lange vermisst, das glaubst du gar nicht."

Werner war gerührt. „Und sonst? Wie geht es dir mit Peter?"

Susanne presste die Lippen aufeinander. „Lass uns nicht darüber reden, heute geht es nur um uns. Lass uns das Leben genießen und für einen Tag nicht an die Vergangenheit und Zukunft denken."

Sie griff nach Werners Hand. „Es ist so schön, im Urlaub zu sein, und ich bin so froh, dich zu sehen. Lass uns einfach abschalten und uns an der strahlenden Sonne und dem herrlichen Meer erfreuen."

Werner hielt ihre Hand und spürte die alten Gefühle in seinem Bauch wieder aufsteigen. „Ich hab dich damals sehr geliebt, und ich war so verletzt, als du Peter geheiratet hast, weißt du das?"

„Ich konnte es mir ja denken, obwohl du nie darüber gesprochen hast. Und dann warst du plötzlich weg. Aber bitte, ich möchte nicht darüber reden."

„Ich bin auch deinetwegen gegangen, glaube ich. Ich hätte es nicht ertragen können, euch glücklich miteinander zu sehen, damals. Ich hatte Angst, das würde mich auffressen."

Als Susanne nicht darauf reagierte, stand Werner auf. „Komm, lass uns zum Wasser fahren und spazieren gehen."

Susanne bestaunte Werners neuen Wagen, und erst auf der Fahrt zum See fragte sie ihn dann doch nach seiner Familie. Werner wunderte sich selbst, wie offen und freimütig er antworten konnte. Er sprach über die freundliche Aufnahme im Westen, seine Liebe zu Charlotte, aber er vergaß auch nicht, über ihre Probleme zu berichten.

Susanne hörte schweigend zu. Endlich sprach er sie an. „Ich langweile dich doch nicht mit meinen Geschichten, oder?"

Susanne schüttelte den Kopf. „Nein, bestimmte Probleme scheinen sich nur in allen Beziehungen zu gleichen."

Werner lachte. „Wer weiß, vielleicht hätten wir die auch, wenn es damals zwischen uns geklappt hätte."

Sie antwortete nicht.

Der Strandparkplatz war völlig überfüllt. Wenige große westliche Autos standen in der abgeteilten und bewachten Zone, während sich all die Trabants, Wartburgs und Skodas den nicht eingezäunten Teil des Platzes teilten.

Werner hielt nach dem Wächter Ausschau, aber Susanne legte ihm die Hand auf den Unterarm. „Lass uns

240

weiterfahren. Ich will jetzt nicht unter so vielen Menschen sein, ja?"

Er nickte, wendete den Wagen und setzte die Fahrt durch die hügelige Gegend fort. In einem Waldgebiet, das von Wanderpfaden durchzogen war, verlangsamte er. „Wollen wir ein wenig spazieren gehen?"

Sie nickte, obwohl ihre Kleidung – ein leichtes weißes Sommerkleid und helle Sportschuhe – zum Spazierengehen unpassend war.

Er suchte den Wegrand ab, fand einen Schotterparkplatz und stellte den Wagen dort ab. Nachdem sie ausgestiegen waren, reichte er Susanne den Arm. „Lass uns einfach losgehen, irgendwo werden wir schon landen."

Das Gefühl, das sich in ihm ausbreitete, hatte er unbewusst schon lange vermisst. Einfach losgehen und sich darauf verlassen, dass man irgendwo ankommt. Werner merkte, wie die alte Vertrautheit zwischen ihm und Susanne sich wieder einstellte. Ganz wie früher hielt er ihre Hand in der seinen, sie spazierten über gewundene Waldwege, steckten die Nasen in die Büsche rechts und links, alberten herum.

Der Weg ging eine Zeit lang bergauf, dann überschritten sie die kleine Hügelkuppe. Entzückt blieb Susanne stehen. „Nein, ist das schön."

Hinter dem Hügel schlängelte sich der Weg sanft zwischen blühenden Kastanien und Birken bergab. Durch eine Baumgruppe schimmerte blau ein Gewässer. „Los, lass uns da runter. Vielleicht können wir da baden", rief

Susanne und war schon losgelaufen. Werner hatte Mühe, sie auf dem unebenen Weg wieder einzuholen. Als er sie endlich erreichte, kämpfte sie sich bereits durch das dichte Gebüsch ans Ufer.

Lachend nahm Werner sie in die Arme. „Es ist wirklich toll hier."

„Sollen wir baden?", fragte sie.

„Klar. Gerne."

„Aber ich habe nichts dabei."

„Was solltest du dabei haben?"

„Na, einen Badeanzug, Handtücher, eine Decke …"

Werner knöpfte sein Hemd auf. „Seit wann badest du im Anzug?"

Susanne grinste. „Ich meinte nur, wenn man mit einem Fremden …"

Spielerisch drohend hob Werner die Hand, und Susanne strich schließlich die Träger ihres Kleids von den Schultern. Werner musste sich bemühen, sie nicht anzustarren, als sie nun auch noch das dünne Unterhemdchen auszog und zu guter Letzt ganz unbefangen den Slip abstreifte. Verlegen schaute er zu Boden, wo er soeben seine Wäsche hingelegt hatte.

Susanne prustete los. „Du kommst mir vor wie ein kleiner Junge."

Werner grinste. „So komme ich mir auch vor."

Lachend rannte sie ins Wasser des kleinen Sees. „Fang mich doch, fang mich doch."

Werner lief los und warf sich in das flache Wasser.

242

Ein kräftiger Sprung brachte ihn an Susannes Seite. „Zu spät!" Sie lachte und tauchte unter ihm hinweg.

Das Wasser war kalt, aber klar, er tauchte und sah ihre Umrisse deutlich neben sich im vom Sonnenlicht flirrenden Wasser. Erneut machte er einen Schwimmzug, berührte ihre Haut, verlor den Kontakt wieder, musste sich neu orientieren. Dann sah er Susanne nicht mehr, drehte sich um sich selbst und erschrak fürchterlich, als sie ihn von hinten umfasste.

Zärtlich schmiegte sie sich an ihn, klammerte sich an seinem Hals fest. „Kannst du es noch?"

Er zuckte mit den Schultern. „Mal sehen." Mit kraftvollen Zügen zog er sich durch das Wasser, Susanne hing ruhig an ihm und ließ sich ziehen. Werner schloss die Augen. Ganz wie früher, am Baggersee. Wie oft hatte er sie so durchs Wasser gezogen. Sie hatte es geliebt, völlig entspannt und auf ihn vertrauend an seinen Schultern zu hängen und sich treiben zu lassen. Nur seine Kondition war nicht mehr so gut wie früher. Als er am anderen Ufer wieder die Füße auf den Grund setzen konnte und gemeinsam mit ihr an Land watete, merkte er, wie erleichtert er war.

Susanne grinste ihn von der Seite an. „Nun kipp mir bloß nicht um."

Er lachte. „Keine Angst, es geht schon. Ist lange her, dass wir so etwas gemacht haben …"

Sie drehte sich um und nahm ihn in den Arm. „Viel zu lange, oder?"

Suchend blickte er in ihre Augen. „Susanne, wenn du …“

Sie legte ihm einen Finger auf die Lippen. „Sag nichts, bitte.“

Werner beugte sich vor und küsste sie, dann ließen sie sich langsam zu Boden gleiten und holten nach, was sie beide viele Jahre lang vermisst hatten.

„War das richtig, was wir getan haben?“, fragte Werner später, als sie sich wieder angezogen hatten und Arm in Arm zurück zum Auto gingen.

„Kann etwas so Schönes denn falsch sein?“

Werner zuckte mit den Schultern. „Ich weiß es nicht, ich weiß nur eins: Jetzt habe ich einen Bärenhunger.“

Susanne nickte begeistert. „Lass uns ein wenig übers Land fahren und versuchen, ein Restaurant zu finden, ja?“

Sie hatten den Parkplatz erreicht. Werner öffnete Susanne die Beifahrertür und ließ sie einsteigen. „Puszta, wir kommen“, rief er übermütig.

Wenig später aßen sie auf der offenen Terrasse eines Landgasthofes hervorragend zu Abend. Der Kellner war der Sohn des Wirtes und bediente sie mit aufrichtig herzlicher Gastfreundschaft. Er sprach sehr gut Deutsch. „Möchten Sie noch ein Gläschen Wein zum Abschluss?“

Werner winkte ab. „Eigentlich gerne, aber bei den strengen Regeln zum Thema Alkohol am Steuer lasse ich es lieber.“

Der junge Mann stapelte die Teller auf dem linken Unterarm. „Ich will nicht aufdringlich sein, aber", er deutete auf das Haus, dessen Giebel noch immer in der Abendsonne glitzerte, „wir haben ganz nette Fremdenzimmer."

Unsicher drehte Werner sich zu Susanne um. „Meinst du …"

Sie nickte lächelnd. „Wenn du magst."

Werner nickte dem Kellner zu. „Dann bringen Sie uns doch bitte einen würzigen Roten und reservieren Sie uns ein nettes Zimmer, ja?"

Der Mann nickte. „Selbstverständlich. Das schönste, das wir haben." Er strahlte, als wüsste er jetzt schon, wie gut das Trinkgeld ausfallen würde.

Die beiden verbrachten den Abend auf der gemütlichen Terrasse. Erst als es kühler wurde, gingen sie hinein und tranken ihren Wein in der Gaststube aus. Als die Wirtsleute Anstalten machten, das Lokal zu schließen, stand Werner auf. „Sollen wir?"

Susanne sah ihn traurig an. „Können wir vorher noch ein wenig spazieren gehen?"

Er nickte. „Es wird langsam kühl, aber ich habe noch eine Windjacke im Auto."

Schweigend spazierten sie um das nahe gelegene Dorf. Nur, wenn ihr etwas auffiel, unterbrach Susanne die angenehme Stille.

„Schau mal, Fasane."

Werner war nicht mehr nach Reden, er hielt die einst

so Geliebte fest an der Hand, freute sich, dass sie sich auf Anhieb wieder so gut verstanden. Immer wieder blieben sie stehen, um sich innig und leidenschaftlich zu küssen.

Eine halbe Stunde später schloss Werner die Tür hinter sich, zog die Schuhe aus und ließ sich auf das Bett fallen. „Ich kann's immer noch nicht glauben, weißt du das?"

Susanne nickte. „Nimm es trotzdem, wie es kommt, ja?" Sie drehte sich um und ging ins Bad. Werner wartete einige Minuten, dann stand er auf und folgte ihr. Susanne hatte die Augen geschlossen und massierte sich mit ruhigen und kräftigen Bewegungen Shampoo in die Haare. Werner räusperte sich. Sie lächelte, machte nicht einmal den Versuch, ihre Blöße zu verdecken. „Wolltest du mich abtrocknen?"

„Am liebsten würde ich mir von dir den Rücken einseifen lassen. Ich habe das Gefühl, immer noch voller Dreck aus dem See zu sein."

Susanne legte den Kopf in den Nacken und hielt ihn in den Wasserstrahl. „Dann los."

Hatten sie sich am Nachmittag am See noch leidenschaftlich, schnell und hektisch geliebt, voller Aufregung und Nervosität, so taten sie es jetzt sanft, zärtlich und so ruhig, als hätten sie alle Zeit der Welt.

Erschöpft legte sie danach den Kopf auf seine Brust. „Ich kann dir gar nicht sagen, wie glücklich ich bin."

Werner atmete tief durch. „Und morgen?"

Sie lachte leise. „Was kümmert mich morgen? Jetzt bin ich glücklich."

„Ich auch." Werner schwieg, und seine Atemzüge wurden ruhiger. Er war eingeschlafen.

Am nächsten Morgen ließen sie sich das Frühstück aufs Zimmer bringen. Lachend saßen sie im Bett und schoben sich gegenseitig Weintrauben und Käsehappen in den Mund. Später stellte Werner das Tablett auf den Flur und hängte das „Bitte nicht stören" -Schild an die Klinke. Verlegen drehte er sich um und schloss die Tür wieder. „Wenn du …"

Susanne hatte sich bereits wieder eingekuschelt und hob die Decke an. „Komm her!"

Auf der Rückfahrt saßen sie still nebeneinander. Werner verzichtete darauf, das Radio anzumachen, auch wenn das Schweigen zwischen ihnen nicht mehr so angenehm war wie noch am Abend zuvor. Kurz vor dem Urlaubsort hielt er am Straßenrand an und sie stiegen aus.

„Ich wollte …" Werner wusste selbst nicht, wie er das Gespräch beginnen sollte.

„Lass nur, es ist schon gut. Du musst gleich weiter, oder?"

Er nickte. „Charlotte und die Kinder erwarten mich heute Abend zurück."

In ihren Augen bildeten sich Tränen.

Werner nahm sie in den Arm. „Susanne, nun wein doch nicht."

Sie schüttelte den Kopf. „Lass mich, bitte …"

„Was ist denn los? Willst du nicht zurück? Ich könnte es organisieren, dass du … Es gibt Profis, die regeln so etwas, ich könnte …"

Susanne schüttelte den Kopf. „Ach, das ist es doch nicht. Ich freue mich auf zu Hause, ich freue mich auf meine Wohnung, auf Peter, verstehst du?"

„Nein, warum weinst du dann?"

Susanne schmiegte sich in seinen Arm. „Es muss Schluss sein zwischen uns, für immer, verstehst du?"

„Ich verstehe gar nichts, glaube ich."

Susanne sah ihn an mit Tränen in den Augen. „Es hat doch keinen Sinn, ich ertrage es nicht, wenn wir nicht heute einen klaren Schnitt machen."

Werner trat einen Schritt zurück. „Und jetzt …"

Sie nickte.

„Lass uns bitte für immer Abschied nehmen."

Susanne fing wieder an zu weinen.

„Und du glaubst, das ist die richtige Entscheidung …?"

„Was heißt glauben? Ich weiß es. Es ist für uns der einzig mögliche Weg."

Kurz schoss Werner ein Gedanke durch den Kopf, den er aber gar nicht erst zu Ende dachte. Nein, das wäre keine Lösung. „Ich könnte dich aber wenigstens mal anrufen …"

Susanne unterbrach ihn. „Bitte, rede nicht davon. Das wirst du nicht tun."

Werner war ratlos. Er konnte sich in diesem Moment

nicht vorstellen, noch nicht einmal ihre Stimme hören zu dürfen.

„Ich würde es nicht aushalten. Ich kann dich nicht mehr sehen und dann ist es besser, auch nicht mehr miteinander zu sprechen."

Werner nickte. „Vielleicht ist es wirklich das Beste."

Susanne lehnte sich an seine Brust. „Das Beste für uns alle. Was würde deine Frau sagen?"

Werner schloss die Augen. Was würde Charlotte dazu sagen, wenn sie erführe, dass er keinen Geschäftstermin hatte, sondern seine Familie im Urlaub verlassen hatte, um Susanne noch einmal wiederzusehen. Wie würde sie ihn ansehen, wenn sie hören müsste, dass er fremd gegangen war.

„Ich weiß es nicht. Das Beste wäre wohl gewesen, ich hätte die Reise hierher gar nicht …"

Susanne unterbrach ihn. „Nein, sag das nicht. Wir hatten zwei wunderschöne Tage miteinander, rede sie nicht schlecht. Nichts war falsch an dem, was wir getan haben."

Werner nickte schweigend. Susanne hatte Recht. Er drückte sein Gesicht in ihre Haare. „Warum muss immer alles so kompliziert sein?"

Susanne antwortete nicht. Stattdessen ging sie zum Auto zurück. „Lass es uns kurz machen. Setz mich an meinem Hotel ab, dann wird es nicht noch schlimmer."

Werner nickte traurig. „Kurz und schmerzlos meinst du?" Doch er wusste genau, wie sehr sie beide unter dem

249

Abschied leiden würden, auch wenn sie es jetzt abkürzen wollten, so gut es eben ging.

Lange Zeit ging Werner Saalfeld diese Episode seines Lebens nicht aus dem Kopf. Ein paar Mal versuchte er entgegen ihrer Vereinbarung, in Halle anzurufen, aber weder in der Wohnung noch im Hotel bekam er Susanne so zu fassen.

Die Zeit heilt viele Wunden, dachte er sich, und spürte wirklich, wie der Schmerz langsam nachließ. Das Geschäft lief noch besser als in den vergangenen Jahren, und die Arbeit tat den Rest, um Werner aus seinen trübsinnigen Gedanken zu reißen. Vor den Weihnachtstagen schloss er das Büro und feierte mit Charlotte und den Jungen ein ruhiges und besinnliches Fest.

Werner und Charlotte kamen sich so nahe, wie sie es das ganze Jahr über nicht gewesen waren. Nachdem sie ins Bett gegangen waren, schmiegte Charlotte sich unter der Decke an ihn. „Ich habe das Gefühl, irgendetwas ist in diesem Jahr mit dir passiert, aber ich kann es mir wirklich nicht erklären."

Werner schwieg.

„Willst du darüber reden?"

Er überlegte nur kurz. Nein, dafür war das alles noch zu frisch. „Irgendwann einmal, vielleicht. Aber jetzt nicht."

Charlotte schien ihn zu verstehen, zumindest drängte sie ihn nicht.

So verging das Jahr, ein neues Frühjahr zog herauf, der Schnee zog sich aus den Tälern auf die Bergspitzen zurück und die Bäume fingen wieder an zu blühen. Werner inspizierte gerade mit dem Gärtner zusammen die Außenanlagen des Hotels. Charlotte und er hatten beschlossen, dass die Anlagen eine Veränderung nötig hatten, und Werner hatte sich vorgenommen, seiner Frau mit ersten Vorschlägen eine Freude zu machen. Gerade in diesem Frühjahr lag ihm das besonders am Herzen.

Charlotte hatte in diesem Garten als Kind gespielt, sie kannte ihn in- und auswendig. Ein Baumhaus, das ihre Eltern erst nach monatelangem Drängen gebilligt und dann auch hatten bauen lassen, war damals ihr Lieblingsort gewesen. Hier traf sie sich mit Freundinnen, die das geheime Zauberwort kannten, das nötig war, um Einlass zu erhalten an diesen besonderen Ort. Zusammen heckten sie alles Mögliche aus. Dieser Platz war aber vor allem auch ihr Rückzugsort, wenn es ihr im Hotelbetrieb zu viel wurde. Charlotte hatte sich regelrecht ein zweites Zimmer in der Natur eingerichtet, in dem sie sich stundenlang aufhalten konnte. Doch nach einem Sturm blieb von diesem Lieblingsplatz nicht viel übrig, was jedoch nicht weiter schlimm für sie war, weil sie mittlerweile andere Interessen entwickelt hatte.

Sie mochte die Gartenanlage sehr, war aber zu der Überzeugung gelangt, dass es Zeit für eine Veränderung war. Den Anstoß dafür hatte sie eher zufällig beim Blättern in einer Illustrierten bekommen, in der die schönsten deutschen Gärten vorgestellt wurden. Ganz besonders ein Garten hatte es ihr auf Anhieb angetan. Bäume, Büsche und Beete waren um einen kleinen See arrangiert, der, obwohl künstlich angelegt, ganz natürlich wirkte. Daraufhin stand für Charlotte fest, dass sie ebenfalls Wasser in die Anlage integrieren wollte. Das würde alles viel lebendiger machen, davon war sie überzeugt.

Werner beriet sich gerade mit dem Gärtner, der sich auch als Landschaftsarchitekt einen Namen gemacht hatte, über die Möglichkeiten, die die gesamte Anlage bot, als Charlotte neugierig zu ihnen stieß.

„Und wie sieht es aus mit neuen Ideen?", fragte sie die beiden. Werner lachte.

„Davon gibt es genug. Was hältst du davon, wenn wir statt eines Teiches eine Art Fontäne bauen lassen?" Charlotte war sofort begeistert.

„Das klingt wunderbar und wäre auch für die Gäste eine schöne Abwechslung beim Spaziergang." An den Gärtner gewandt wollte sie sofort wissen, ob das möglich wäre.

„Gar kein Problem, Frau Saalfeld, hier ist ja Platz genug", erwiderte er und versprach zum nächsten Treffen einen ersten Entwurf und Kostenvoranschlag mitzubringen.

Charlotte und Werner verabschiedeten sich von ihm und diskutierten angeregt die neue Idee, als sie Arm in Arm zum Hotel zurückgingen.

13. KAPITEL

Alexanders Mutter hatte angerufen, als er gerade aus der Dusche gekommen war. Mit dem Hörer am Ohr legte er sich aufs Bett. „Dein Vater braucht dich hier", sagte sie.

Alexander zog sich ein Kissen heran und drückte es unbewusst mit der Faust zusammen. „Ach was, Vater hat doch noch nie jemanden gebraucht."

„Da täuschst du dich, Alexander. Du fehlst hier."

„Ich meine, er ist schließlich ein Vollprofi, und er kommt gut alleine zurecht."

Seine Mutter schwieg einen Moment. „Das hat nichts damit zu tun, dass ihm die Arbeit über den Kopf wächst. Das weißt du ganz genau. Was ist los mit dir? Ist eine Frau im Spiel?"

„Nein! Natürlich nicht!"

„So abwegig ist das nicht. Männer benehmen sich eigenartig, wenn es um Frauen geht. Es vernebelt ihnen mitunter das Denkvermögen." Charlotte lachte und Alexander stimmte mit ein. „Keine Sorge, Mutter, ich denke noch völlig klar."

„Und worüber denkst du nach? Über ein Hotel in Kanada, obwohl daheim eines auf dich wartet?"

„Mutter, traust du mir nicht zu, dass ich etwas Eigenes auf die Beine stelle?"

Sie schwieg für ein paar Sekunden. „Du wirst auf eigenen Füßen stehen, Alexander. Zu Hause. Werner überlässt dir doch schon lange die Verantwortung. Und was ist mit Katharina? Willst du sie so einfach im Stich lassen?"

„Ich … ich dachte, sie hätte vielleicht auch Interesse …"

Charlotte lachte, noch bevor er zu Ende sprechen konnte. „Ich glaube nicht, dass sie ihre Mutter und ihr eigenes Hotel im Stich lassen wird. Sie kennt ihre Verantwortung. Sie wurde dort hineingeboren, genau wie du."

Diese Bemerkung versetzte ihm einen Stich. „Das ist nicht fair! Das klingt, als ob ich etwas Unrechtes vorhabe. Dabei versuche ich nur, mir ein eigenes Leben aufzubauen."

Er warf das zerknüllte Kissen durchs Zimmer.

„Alexander, hör mir zu. Du hast doch dein eigenes Leben. Du kannst tun und lassen, was du willst, aber bitte tue es hier. Wir brauchen dich, wir vermissen dich – vor allem Katharina."

Er seufzte. Was sollte er dazu noch sagen?

„Ich werde darüber nachdenken, Mutter. Gib mir bitte etwas Zeit. Mein Vertrag ist noch nicht einmal abgelaufen."

„Das ist reine Formsache, mein Sohn. Komm nach Hause, ich bitte dich."

Er verabschiedete sich von ihr und legte auf. Reine Formsache. Sein Leben war ein Formular, ein Vertrag, den seine Eltern unterzeichnet hatten und in dem sie jederzeit Paragraphen zufügen oder streichen konnten. Und das nannten sie „auf eigenen Füßen stehen". Er

254

fühlte sich in Ketten gelegt, dem Willen seiner Eltern untergeordnet.

Aber das letzte Wort war noch nicht gesprochen. Erst wollte er wissen, wie Katharina darüber dachte. Er griff nach dem Telefon und wählte die lange Nummer.

Es klingelte nur zwei Mal und schon nahm sie ab.

„Hast du auf mich gewartet?", fragte er schmunzelnd.

„Alexander! Wie schön, deine Stimme zu hören! Ja, ich hatte gehofft, du würdest mich heute wieder anrufen. Ich bin schon den ganzen Morgen um den Apparat geschlichen."

„Das ist süß von dir. Katharina, hör zu, Mutter hat angerufen und mich gebeten, nach Hause zu kommen. Nun überlege ich, was ich machen soll."

„Ja?", sagte sie über einen Kontinent und einen Ozean hinweg, als habe sie ihn nicht richtig verstanden. Doch er hörte sie so klar wie bei einem Ortsgespräch.

„Ich frage dich noch einmal: Würdest du zu mir kommen, dir hier alles ansehen und dann vielleicht mit mir zusammen hier in Kanada ein Hotel aufbauen?"

Ihr Schweigen sollte ihm Antwort genug sein, aber dennoch klammerte er sich nun an die Hoffnung, ihre nächsten Worte wären der Auftakt zu einem gemeinsamen Leben in diesem unglaublich schönen Land.

„Du erinnerst dich daran, dass meine Eltern wollen, dass ich ihr Hotel übernehme, ja? Und dass deine Eltern das Gleiche von dir erwarten? Alexander, wie kannst du bloß unsere ganze Zukunft in Frage stellen – für ein unsicheres Leben in einem fremden Land? So kenne ich dich gar nicht, das klingt überhaupt nicht nach dir."

Okay, das war deutlich. Innerlich fühlte er sich merkwürdig taub. „Ich verstehe. Also möchtest du nicht mal herkommen und es dir ansehen?"

„Es tut mir Leid, Alexander. Aber ich bin mir sicher, dass das nichts bringt."

Eine tiefe Enttäuschung breitete sich in Alexanders Brust aus. Seine beste Freundin und Geliebte wollte von seinen Träumen nichts wissen. Was konnte schlimmer sein? Es nahm ihm fast die Luft zum Atmen. Er musste das erst einmal verdauen, brauchte Zeit.

„Ich rufe später wieder an. Morgen. Ich habe gleich Dienst und muss über alles nachdenken."

„Alexander?"

„Ja?"

„Ich liebe dich."

Er zögerte und versuchte, außer Ärger und Enttäuschung noch etwas anderes zu empfinden. „Ich dich auch", sagte er dann und wusste beim Aussprechen, dass es die Wahrheit war. „Mach dir keine Sorgen, alles wird gut. Gib mir nur etwas Zeit, bitte, ja?"

„In Ordnung, Alexander. Ich werde auf dich warten."

Er legte auf und fluchte nordamerikanisch. Das würde er sich zu Hause wieder abgewöhnen müssen.

Zu Hause.

Dieses kleine Wort mit einer ganzen komplexen Welt dahinter stand ihm im Weg.

Kurz darauf fing er an, mit Elan die Reservierungslisten aus dem Computer zu bearbeiten. Auch die Arbeit an den Menüvorschlägen, die Carolyne ihm vorgelegt hatte, ging ihm flott von der Hand. Anschließend übertrug er noch die per Fax eingegangenen Reservierungen in das System; dann war die Verwaltungsarbeit erledigt. Auch wenn das alles in Kanada weniger bürokratisch war als in Deutschland, war es keine Arbeit, die er mochte. Lieber beschäftigte er sich mit den Gästen.

Er schloss den obersten Knopf seiner eleganten roten Uniform, der immer wieder aufsprang. Irgendetwas stimmte damit nicht, eventuell musste er neu angenäht werden. Vielleicht konnte Michelle ihm am Abend mit Nähzeug aushelfen.

Während er seine Arbeitskleidung in Ordnung brachte, dachte er über seine neuen Freunde nach. Michelle und Collin mochten seine Geschäftsidee, aber so wie es aussah, würde der Löwenanteil der Investition an ihm hängen bleiben. Nicht, dass ihn das störte, denn dadurch wäre gesichert, dass er mit seinen umfassenden Kenntnissen das Sagen hatte. Aber es würde einen Kahlschlag seiner finanziellen Mittel bedeuten. Und das bereitete ihm Unbehagen. Sein Sicherheitsdenken schlug Alarm.

Er hatte den Rat seines Vaters beherzigt und sich eine Infobroschüre der kanadischen Regierung bestellt, in der alle rechtlichen Dinge nachzulesen waren.

Ohne eine begeisterte Katharina an seiner Seite verblassten die bunten Farben seines Planes, und alles verwandelte sich in ein ödes Grau. Warum konnte sie nicht ein kleines bisschen abenteuerlustig sein? Aber nein, Katharina war die Frau, die sein Vater ihm zum Heiraten ans Herz legte. Bodenständig, verantwortungsbewusst, die ideale Ehefrau und Mutter seiner Kinder. Das war es, was Vater von ihm erwartete. Oder?

Den ganzen Tag über grübelte er, wie er sich verhalten sollte. Auf jeden Fall würde er nicht Hals über Kopf abreisen. Sollten sie doch schreien in Deutschland, sie würden allein zurecht kommen müssen. Wenigstens zur Hälfte wollte er seinen Vertrag erfüllen, obwohl er jetzt schon das Gefühl hatte, alles zu wissen, was es in diesem Land für ihn zu lernen gab.

Vier Japaner kamen ihm entgegen und führten die übliche Begrüßungszeremonie durch, die bei den jungen Europäern im Hotel immer noch Aufsehen erregte. Sie verbeugten sich abwechselnd, anscheinend nach einer genau festgelegten Reihenfolge. Alexander war es immer noch nicht gelungen, herauszufinden, wer sich als Erster verbeugte und in welcher Folge die anderen einfielen. Mal knickte der Oberkörper des einen nach unten, mal der eines anderen, und das mehrere Male hintereinander. Alexander verkniff sich ein Grinsen und versuchte, die rituelle Verbeugung, so gut er es konnte, nachzuahmen. Auch das erschien ihm als logische Folge des Respekts, der hier jedem Gast entgegengebracht wurde.

Von allen fremden Kulturen, die ihm bisher begegnet waren, faszinierte ihn die japanische am meisten, wohl weil sie besonders fremdartig, manchmal beinahe skurril war. Jede Geste, jeder Blick, hatte eine bestimmte Bedeutung. Takashi, der junge Hilfskoch, der manchmal zu den Kollegen stieß, um abends ein paar Runden Dart zu spielen, achtete stets darauf, nie das Gesicht zu verlieren. Den Mann konnte nichts erschüttern. Aber wenn der Küchenchef behauptete, sein Teig für italienische Gnocchi ergebe bestimmt eine 1-A Winterreifengummimischung, drohte er scherzhaft, mit dem großen Schinkenmesser Harakiri zu begehen, und oft waren die anderen sich nicht sicher, ob das wirklich ein Scherz war. Alexander überlegte, ob er den jungen Japaner einmal in den Fürstenhof einladen sollte. Robert würde seine Freude an ihm haben.

Takashi fand Alexanders Geschäftsidee auch gut, träumte selbst aber von einem Fischrestaurant auf den warmen Philippinen. Für ihn war Kanada nur eine Zwischenstation, die seinen Zeugnissen ein weiteres exotisches Element hinzufügte. So schienen es viele Saisonarbeiter zu sehen. Sie besuchten Kanada, um es kennen zu lernen, einigen gefiel das Land so gut, dass sie da blieben. Arbeit gab es in dem riesigen Land fast nur in den Großstädten, und dort konnte man die Natur nicht genießen. Man konnte eben nicht alles haben. Ein Sprichwort, das Alexander immer gehasst hatte. Warum konnte man nicht alles haben? Wo stand das geschrieben? Nur Kleingeister und Feiglinge dachten so.

„Post für dich", sagte Michelle und warf ihm einen Umschlag auf die Theke, bevor sie die restliche Post durchblätterte.

Alexander nahm den Umschlag und legte ihn für die Pause zur Seite. Vom Chamber of Commerce. Der kanadischen Handelskammer, sozusagen. Sicher das Infoheft für Selbstständige in Kanada. Er konnte kaum erwarten, es zu lesen.

„Kann ich heute Abend zu dir kommen, Michelle?" Er deutete auf den Knopf. „Ich brauche Nähzeug."

Sie sah kurz auf. „Klar, kein Problem."

„Alexander, würdest du bitte die Gruppe Franzosen, die gerade eingetroffen ist, in Empfang nehmen?", fragte Carolyne hinter ihm.

Er drehte sich um und nickte. Sie lächelte und eilte davon. Heute war viel los, und Carolyne setzte ihre Hilfskräfte an allen Ecken und Enden ein. Alexander setzte sein nettestes Begrüßungslächeln auf und ging zur Eingangstür, in Gedanken bei der Pferdezucht auf seiner einsamen Ranch in den Bergen.

Die Uniform mit dem wackeligen Knopf rutschte ihm aus den Fingern und glitt zu Boden, als er am Abend nach kurzem Anklopfen in Michelles Zimmer trat und sie sich völlig unbekleidet zu ihm umdrehte.

„Was ist? Hast du noch nie eine nackte Frau gesehen?", fragte sie lächelnd. In ihrem hübschen Gesicht war keine Spur von Verlegenheit zu sehen.

Alexander schluckte. Er wusste, er sollte den Blick von ihr abwenden, aber er schaffte es nicht. Es war einfach unglaublich, wie sie da stand und ihn anlächelte, nur eine Zeitschrift in der Hand haltend.

„Ich dachte, du wolltest, dass ich vorbeikomme, und da dachte ich, dass du sicherlich …" Er brach sein Gestotter ab, bevor er sich noch lächerlicher machte.

Michelle lachte und griff nach einem der Kleidungsstücke, die neben ihrem Bett lagen. Sie schlüpfte in ein enges blaues Unterhemd. Einen BH brauchte sie sicher nicht, dachte Alexander anerkennend, ihre kleinen straffen Brüste hatten keine Stütze nötig. Dann stieg sie in einen winzigen Slip, der dieselbe Farbe wie das Shirt hatte.

Er atmete tief durch. Monatelang hatte er mit keiner Frau mehr geschlafen. Das rächte sich jetzt. Er versuchte, das Ausmaß seiner Erregung zu verbergen, und ließ sich schnell in einen Sessel fallen.

Michelle hatte inzwischen auch Jeans und Pulli angezogen, stellte einen Fuß auf die Sessellehne und zog sich die Socke an. Selbst Füße konnten erotisch sein, stellte Alexander besorgt fest, und schaute schnell aus dem Fenster.

„Findest du mich nicht anziehend als Frau?", fragte sie unvermittelt und baute sich zwischen ihm und dem Fenster auf.

„Oh, doch, wirklich. Viel zu sehr."

Ihr Gesicht zeichnete sich wie ein Schattenriss im blendenden Gegenlicht ab. Trotzdem konnte er erkennen, dass sie beim Überlegen den Mund spitzte.

„Wie meinst du das? Du hast mich noch nicht einmal zu küssen versucht. Das ist mir noch nie passiert bei jemandem, mit dem ich näher befreundet war."

„Es tut mir Leid, Michelle. Ich wollte auf keinen Fall den Eindruck erwecken, du wärst nicht sexy. Das wäre nämlich genau so ein Unsinn wie die Behauptung, die kanadischen Winter seien nicht kalt."

Gott, war die Liebe kompliziert. Fiel man über eine Frau her, wurde man geohrfeigt. Hielt man sich zurück, kam es einer beleidigenden Zurückweisung gleich. Was, zur Hölle, wollten Frauen eigentlich? Er stellte Michelle diese Frage und erklärte sein Dilemma. Sie lachte auf.

„Du Armer! Du hast Recht." Sie konnte nicht mit dem Kichern aufhören. „Ich habe noch nie darüber nachgedacht, wie kompliziert das für Männer sein muss." Er erhob sich, streckte seinen Arm aus und zog sie dicht an sich heran, um ihr in die Augen zu schauen.

„Michelle, du bist so süß und sehr sexy. Ich ringe täglich um Fassung, wenn ich in deiner Nähe bin und möchte dich von ganzem Herzen bitten, es mir nicht noch schwerer zu machen. Ich habe eine Freundin zu Hause, die ich wahrscheinlich heiraten werde, und ich möchte keinen Fehler begehen. Kannst du das verstehen? Und kannst du das akzeptieren?"

Ihr Blick wurde weich und verständnisvoll. „Du bist ein anständiger Kerl, Alexander. Klar akzeptiere ich das.

Ich respektiere dich sogar noch mehr dafür. Männer wie du sind selten. Deine Freundin ist ein Glückskind."

Ihre Lippen waren nah und Alexander spürte in diesem Moment eine tiefe Freundschaft zu ihr. Er gab ihr einen kleinen Kuss auf die Lippen und trat einen Schritt zurück.

„Danke für das Kompliment. Können wir jetzt gehen, Kumpel?" Er zwinkerte ihr zu und sie lachte. „Und darf ich dir meine Uniformjacke hier lassen, damit du dir mal den Knopf ansiehst?"

„Natürlich. Leg sie da hin. Und dann können wir auch schon gehen."

Sie wollten an diesem Abend nach Banff fahren und in dem ganzjährig geöffneten Weihnachtsladen stöbern. Alexander wollte für Katharina ein ungewöhnliches Geschenk besorgen, und das Geschäft in Banff war für ausgefallenen Weihnachtsschmuck in ganz Kanada bekannt, hatte man ihm erzählt. Michelle schien tatsächlich weder verstimmt noch gekränkt zu sein. Es sah so aus, als habe er die Dinge gerade noch rechtzeitig klargestellt, bevor sie sich in ihn verliebte. Halleluja! Dem Himmel sei Dank. Eine eifersüchtige Frau im Nacken hätte ihm jetzt gerade noch gefehlt.

Michelle saß am Steuer ihres betagten roten Geländewagens, der sie den ganzen Weg von Montreal nach Banff gebracht hatte, fast viertausendfünfhundert Kilometer. Große Entfernungen schockierten die Kanadier nicht. „Gleich um die Ecke" bedeutete für sie meist eine Fahrt von drei Stunden.

Der Schnee hatte sich weitgehend aus dem Tal zurückgezogen, aber es war immer noch kalt. Auf die Winterjacken konnten sie noch nicht verzichten. Nur die langen Unterhosen, ohne die Alexander im Winter nicht einmal bis zu den Mülltonnen gegangen wäre, ließ er inzwischen im Schrank. Zum Glück hatte es keinen Grund gegeben, für irgendjemanden sexy aussehen zu müssen, daher hatte er die Liebestöter brav unter der Hoteluniform getragen.

„Wie ist deine Freundin denn so?", wollte Michelle wissen, während der Wagen sich über die breite Bergstraße schlängelte. Selbst in unwegsamen Gegenden waren die Straßen breit genug gebaut, um riesigen Trucks Platz zu bieten, die kreuz und quer durch das Land reisten und Waren dorthin brachten, wo es keine Schienen gab.

„Katharina ist eine ganz Liebe", sagte er.

Michelle sah kurz zu ihm und blickte dann wieder auf die Straße, auf der weit und breit kein anderes Fahrzeug unterwegs war.

„Das ist ein bisschen dürftig, oder? Warum bist du mit ihr zusammen?"

Er rutschte auf der Sitzbank hin und her, bis er eine bequeme Stellung gefunden hatte.

„Du stellst vielleicht Fragen! Ich kenne sie schon seit frühester Kindheit und habe sie schon immer geliebt."

Michelle grinste nur.

„Was ist? Ist das immer noch nicht präzise genug?"

„Du hast sie schon immer geliebt? Das ist … das ist wahnsinnig romantisch." Sie lächelte.

„Findest du?"

Sie nickte und er fürchtete, sie würde gleich vor Rührung losschluchzen. Das passte gar nicht zu ihrer burschikosen Art und erinnerte ihn wieder daran, dass sie eben doch eine zart besaitete Frau war, selbst wenn sie es bevorzugte, in ihrer Freizeit reißende Flüsse hinunter zu rasen, anstatt Küchengardinen zu häkeln. Doch Michelle schluchzte nicht. Sie sah ihn bewundernd an.

„O ja! Die Jugendliebe, die auch im Erwachsenenalter andere Frauen verschmäht und treu bis zur Selbstaufgabe ist! Aus dem Stoff sind Hollywoodfilme gemacht."

Er hatte zwar nicht alle verschmäht, doch es lag ihm fern, die rosa Seifenblase zum Platzen zu bringen.

„Ich hoffe, ihr beide werdet sehr glücklich", fügte sie leise hinzu und biss sich auf die Unterlippe.

„Danke schön, Michelle. Ich wünsche dir auch, dass du glücklich wirst."

Der Moment der Melancholie verflog so schnell, wie er gekommen war. Michelle trat abrupt auf die Bremse. Äußerlich kühl lenkte sie den Wagen auf den Seitenstreifen und wich einem mächtigen Hirsch aus, der mit zurückgelegtem Kopf mitten auf der Straße stand. Der Wagen schlingerte ein wenig, Alexander zuckte zusammen und klammerte sich ans Armaturenbrett. Die großen Geweihschaufeln schrammten beinahe die Seitenscheibe.

„Maria und Josef! Der kam ja wie aus dem Nichts!"

Michelle lachte „Ich bin an so etwas gewöhnt", sagte sie leichthin.

„Jetzt verstehe ich, warum du den Wagen unbedingt selbst fahren wolltest", gab Alexander zu. „Eine weise Entscheidung."

Der Weihnachtsladen, den sie eine Stunde später betraten, funkelte im goldenen, roten und silbernen Lichterglanz. Wenn man das Dach entfernte, überlegte Alexander grinsend, könnte man das Haus in der kanadischen Wildnis vermutlich sogar vom Mond aus leuchten sehen.

Er erstand ein paar niedliche Engel, die man an den Weihnachtsbaum hängen konnte, für seinen Engel zu Hause. Dann zog ein filigran bemalter Porzellanweihnachtsmann, der fast einen Meter hoch war, seine Aufmerksamkeit auf sich. Er befürchtete jedoch, das Kunstwerk würde den Flug nicht überleben. Ein paar Anhänger in orientalisch anmutender Tropfenform wanderten noch in seinen Einkaufskorb. Stundenlang hätte Katharina hier verweilen wollen, da war er ganz sicher.

Er selbst verlor nach zwanzig Minuten das Interesse und folgte Michelle, die ein paar Sachen für ihre Schwester in Montreal besorgen wollte, auf Schritt und Tritt. Die Weihnachtsmusik fing an, ihm auf die Nerven zu gehen, immerhin war es mitten im April. Von Minute zu Minute fand er den Laden kitschiger. Es musste einen Grund dafür geben, dass nur Frauen verzückt hier drinnen stöberten. Einige Männer standen an der Straße und rauchten. Wahrscheinlich wartende Ehemänner.

266

Wieder im Hotel verbrachte er den Abend mit der ernüchternden Broschüre über Einwanderung und Geschäftseröffnungen in Kanada. Der Antrag für eine längere Aufenthaltsgenehmigung dauerte bis zu einem Jahr. Am Anfang stand eine Prüfung, die man mit einer bestimmten Punktzahl bestehen musste, oder man wurde abgewiesen. Eigenkapital in bar musste vorhanden sein, und das würde ihm fehlen, wenn er in das Hotel investiert hätte.

Er nippte an dem Wein, der neben ihm auf dem Nachtschränkchen stand. Die kanadischen Weinpreise waren astronomisch, künstlich hochgetrieben von der Alkoholsteuer. Eine solche Steuer würde die Deutschen wahrscheinlich zu einem Bürgeraufstand veranlassen, dachte Alexander. Für diesen billigen italienischen Massenwein hatte er mehr bezahlt, als er zu Hause für eine erstklassige Spätlese berappen müsste. Trinken war reinster Luxus in diesem Land.

Alexander seufzte schwer und legte das Info-Blatt neben sich aufs Bett.

Er würde an den Auflagen der Einwanderungsbehörde scheitern. Ebenso gut konnte er gleich aufgeben. Der Traum von Kanada war ausgeträumt.

Seine Eltern hatten gewonnen. Und wahrscheinlich hatten sie sogar Recht.

Wozu all die Mühen und Qualen, wo doch zu Hause ein traditionsreiches Familienunternehmen auf ihn wartete? Und die bayerischen Voralpen waren nicht minder faszinierend als die kanadische Landschaft. Von heute an würde er sein Zuhause mehr wertschätzen.

Doch bevor er abreisen würde, wollte er noch so viel wie möglich von der Umgebung sehen. Jack mit seinen Hunden musste bald wieder hier durchkommen, und diesmal würde Alexander nicht absagen, wenn er ihn zum Training einlud. Zufrieden mit seinen Überlegungen schaltete er das Licht aus und dachte darüber nach, wie er die unangenehme Nachricht Collin beibringen sollte.

Collin machte gerade Mittagspause, als Alexander sich endlich ein Herz fasste und sich zu ihm setzte. Der Pausenraum für Angestellte war mit einer kleinen Küche inklusive Mikrowelle ausgestattet und wurde mehrmals täglich zum Treffpunkt derer, die Zeit für eine kurze Pause hatten.

„Was ist das?", wollte Alexander wissen, als er auf Collins Teller schaute.

„Yorkshire Pudding."

„Aber ich sehe gar keinen Pudding", neckte er.

Auf Collins Teller befand sich ein hohl gebackenes pastetenähnliches Brötchen mit Bratensoße. Collin hob eine Braue und ließ sich nicht beim Essen des sonderbaren Gerichtes stören. Alexander stocherte in seiner Lasagne herum. Der italienische Geschmack war nicht zu orten. Sie schmeckte so fad, wie Collins Essen aussah.

„Ich muss mit dir reden", fing er an.

Collin schaute kurz von seinem Essen auf. „Schieß los."

„Ich habe die Infos von der Handelskammer bekommen. Es sieht nicht gut aus."

Collin aß weiter. „Gib mir die kurze Version."

„Okay: Das Ganze ist für Ausländer viel zu aufwändig, zu kompliziert und zu teuer."

„Kurz gesagt, du willst den Plan aufgeben." Es klang wie eine nüchterne Feststellung.

Alexander nickte. „Aber wenn ihr weitermachen wollt, werde ich euch gern mit meinen Ideen unterstützen. Vielleicht auch mit Geld, als stiller Teilhaber."

Collin sah ihn an. In seinem Blick lag vorsichtige Neugier, aber keine Enttäuschung. Alexander war erleichtert und entspannte sich etwas.

„Ich verstehe, aber nein, danke. Der Vater der Idee warst sowieso du. Und wenn der Vater aussteigt, verlieren die Kinder auch die Lust. Ich besitze ja selbst keine dauerhafte Aufenthalts- und Arbeitsgenehmigung. Für mich wäre das genauso kompliziert wie für dich. Danke fürs Lesen von all dem Mist. Ich hasse Bürokram und Antragsformulare und hätte mich eh nie darum gekümmert."

Alexander nickte und schlug ihm freundschaftlich auf die Schulter.

„Danke für dein Verständnis, Mann. Ich dachte schon, du machst mich jetzt einen Kopf kürzer."

„Ach was. Es war ein schöner Traum, aber ich dachte

mir schon, dass das nicht so einfach zu verwirklichen sein würde."

„Aber jetzt musst du wieder zurück in den Tower", gab Alexander zu bedenken.

Collin grinste. „Danke fürs Mitgefühl. Ich werde es überleben. Eines Tages werde ich den Schuppen erben und mit Wonne herunterwirtschaften. Dann schreib ich dir 'ne Karte von den Malediven."

Alexander lachte auf. „Du bist total verrückt."

„Danke. Du bist auch nicht ganz gesund. Viel Spaß in deinem Jodelhotel, Lederhosenboy."

14. KAPITEL

Alexander hörte Jacks Hunde, noch bevor er den Mann in der Lobby sah. Aufgeregt stürmte das Personal nach draußen, um die Tiere zu streicheln und mit Hundekuchen zu füttern. Alexander hatte den Eindruck, dass ein paar der Damen auch gern Jack gestreichelt hätten. Ein Mann, der das Abenteuer suchte war offenbar immer ein Frauenmagnet, überlegte Alexander, vor allem, wenn er Single war. Heiraten unmöglich. Schon am Tag nach der Hochzeit würde die frisch gebackene Ehefrau sich beschweren, wenn er auf Tour gehen wollte. Sie würde ihm vorwerfen, dass er die Hunde mehr liebte als sie.

Seine Katharina schätzte er anders ein. Sie würde ihm niemals Vorschriften machen. In diesem Moment vermisste er sie so sehr, dass ihm das Durchatmen schwer fiel.

„Hallo, Jack!", rief Alexander draußen vor dem Hotel und reichte dem Mann die Hand. „Bist du eigentlich verheiratet, wenn ich mal fragen darf?"

Jack schmunzelte. „Du fragst das sicher, weil ich nicht die Pein der Ehe in meinen Zügen trage. Richtig, ich bin nicht verheiratet. Da sei Gott vor!"

Ein paar der Umstehenden lachten.

„Glücklicher freier Mann", sagte einer und wurde dafür von der neben ihm stehenden Dame geschubst. Die Umstehenden lachten noch mehr.

Jack hantierte mit dem Geschirr der Hunde und stellte sicher, dass sie sich nicht gegenseitig erhängten, wenn er sie hier draußen allein ließ.

„Nicht, dass ich es nicht versucht hätte. Die Ehe, meine ich."

Die Umstehenden schwiegen verblüfft. Damit hätten sie nicht gerechnet. Der Mann sah aus wie ein Held aus einem Film, und Helden heirateten nicht. Ein paar Leute verließen den Schauplatz. Jack war schon gleich nicht mehr so interessant. Vielleicht vermuteten sie, nun eine lange ermüdende Lebensgeschichte hören zu müssen. Er zwinkerte Alexander zu, und dieser fragte unerschrocken nach dem Ausgang seines Eheversuchs.

„Sie wollte keinen Mann heiraten, der das ganze Jahr mit den Hunden draußen ist. Aber das brauchen die Tiere, verstehst du? Sonst verweichlichen sie, und man kann sie gleich mit ins Bett nehmen."

Alexander nickte wie einer, der etwas vom Thema verstand. „Aber kann man sie nicht auch im Hinterhof trainieren?"

Jack schüttelte den Kopf. „Leider nein. Sie müssen laufen, laufen, laufen. Und nicht immer nur im Kreis herum."

Alexander fand das ungeheuer spannend. Jack hatte die Hunde angebunden und ging neben ihm ins Hotel zurück.

„Wo geht es als Nächstes hin, Jack? Ich hätte Lust, dich ein paar Tage zu begleiten."

Jack nickte sein Einverständnis. „Ich wollte rauf auf den Pass. Dort ist es noch schön kalt und voller Schnee."

Alexander warf einen Blick zu dem Berg hinter ihnen. Vor blauem Himmel wirkte er einladend, doch das war in den Bergen trügerisch.

Carolyne verzog besorgt das Gesicht, als Alexander sie bat, ein paar Tage frei nehmen zu dürfen, um eine Tour mit den Schlittenhunden zu unternehmen.

„Aber das ist gefährlich, und du hast keine Ahnung, was Jack für ein Mensch ist", sagte sie, als der Hundeführer ins Restaurant gegangen war.

Alexander erwiderte ihren Blick verblüfft. War das weibliche Besorgnis oder eine begründete Warnung?

„Ich dachte, Jack kommt hier öfter vorbei und man kennt ihn."

Carolyne schüttelte ihre kupfern schimmernde Mähne. „Wie kommst du denn darauf? Nur weil er schon zweimal hier war? Verschiedene *Musher*, so heißen die Schlittenhundetrainer, kommen hier durch. Aber das heißt nicht, dass wir die alle kennen. Diesen Jack sehe ich persönlich erst zum zweiten Mal."

Alexander schnaubte. „Aber was kann denn schon passieren? Es ist ja nicht so, dass ich Reichtümer mitführe."

„Darum geht es nicht. Wir wissen nicht, wie umsichtig und erfahren der Mann ist. Er könnte geradewegs in einen See fahren, weil er denkt, die Eisdecke hält noch. Und du sitzt dabei auf dem Schlitten …"

Er dachte darüber nach und studierte Carolynes ernstes Gesicht. „Und du glaubst, das Eis trägt nicht mehr?"

Carolyne schüttelte stumm den Kopf.

„Danke für deine Besorgnis, Carolyne. Ich werde auf mich aufpassen."

Sie trat nahe an ihn heran und legte eine Hand auf seinen Arm. Er konnte ihr Parfüm riechen. In ihren dunklen Augen spiegelte sich die kristallene Deckenbeleuchtung. „Vertraue deinem gesunden Menschenverstand, okay?"

Alexander nickte.

„Diese Typen wissen meist, was sie tun, aber manche sind auch eindeutig irre. Und dieser Jack ist niemandem Rechenschaft schuldig, hörte ich, außer sich selbst. Versprich mir, dass du vorsichtig bist."

Er versprach es ihr. Sie war nicht begeistert, gab ihm aber frei. Dass er ganz gehen wollte, verschwieg er lieber noch eine Weile. Er wusste nicht, wie sich diese Nachricht auf das Arbeitsklima für die letzten paar Tage auswirken würde. Sein Rückflug ging in zwei Wochen.

Alexanders Ausrüstung lag im Innern des Hundeschlittens, den er sich viel kompakter vorgestellt hatte. Es handelte sich lediglich um einen mit Planen bespannten Alurahmen – kein bisschen isoliert gegen die Kälte, falls man darin schlafen wollte.

Doch dann lernte er, dass ein Hundeschlittenführer nicht in seinem Schlitten schlief. Das Gefährt diente als Be-

274

förderungsmittel für die Ausrüstung, außerdem konnte man sich hinten draufstellen und sich von den Hunden ziehen lassen. Bequem war das allerdings nicht.

Alexander stöhnte leise. Der Trip würde anstrengender werden als erwartet. Aber auch aufregender. Er spürte, wie das Adrenalin in seinem Körper zirkulierte und ihn hellwach machte, obwohl es erst fünf Uhr morgens war. Jack bestand darauf, früh zu starten.

In den Bergen war es noch stockdunkel. Das Hotel lag ruhig im gelben Lichterschein und schien schützend die steinernen Arme um die noch Schlafenden zu halten. Eine warme Festung in einer wunderschönen, doch unwirtlich kalten und einsamen Landschaft. Die Stille war unheimlich. Nur ein paar Hunde hechelten, die Geschirre und Halsbänder klapperten leise.

Alexander zog den Reißverschluss seiner Jacke bis unter die Lippen und die Mütze über die Ohren. Es war noch immer frostig, der Frühling zog nur langsam ins Tal. Oben in den Bergen würde es noch kälter sein. Doch er hatte sich eine gute Ausrüstung besorgt, die ihm später auch in den Alpen von Nutzen sein würde. Jack hatte ihm versichert, der weiß-graue Snowboardanzug sei ausreichend und praktisch für diese Tour. Darunter trug er zwei Baumwollpullover und lange Unterwäsche. Auf mehrere, atmungsaktive Lagen kam es an, wurde ihm erklärt. Kunstfaser möglichst nur in der äußeren Schicht. Die Kleidung müsse locker sitzen, dürfe aber auch nicht zu groß sein, sonst würde er frieren.

Alexander hatte auf alles geachtet, und seine Schneestiefel trugen innen ein Schild, auf dem stand: „bis minus 70 °C". Na, wenn das nicht ausreichend war. Tatsächlich fühlten sich seine Zehen mollig warm an, und die Vorstellung, die Nacht im Freien verbringen zu müssen, bereitete ihm keine Probleme. Wintercampen hatte er noch nie erlebt, und die freudige Erwartung auf das Abenteuer ließ ihn alles andere vergessen. Er fühlte sich stark und unverwüstlich und wünschte, er könnte zum Abschied seine Katharina in die Arme nehmen.

Michelle packte ihm eine Thermoskanne mit heißem Kaffee in den Rucksack, und mit einem Kuss auf die Wange wünschte sie ihm alles Gute für die Tour. Ohne Kaffee ging der Kanadier nirgendwo hin, erst recht nicht in die Wildnis, sagte sie, und Alexander lächelte dankbar.

Michelle musterte ihn mit ehrlicher Bewunderung in den Augen und gab ihm dann sogar noch einen kleinen Abschiedskuss auf die Lippen. Etwas Kleines rutschte in seine Jackentasche, bevor sie sich zurückzog.

„Ein Kompass", erklärte sie.

Alexander hob die Augenbrauen. „Machst du dir etwa auch Sorgen um mich?"

Sie zuckte mit den Schultern. „Natürlich. Du bist ein Greenhorn aus Europa. Das ist nicht so schlimm wie eins aus Amerika, aber immerhin. Greenhorn bleibt Greenhorn."

Er legte den Kopf nach hinten und lachte. „Das ist

doch nicht zu fassen. Ihr alle habt nicht die geringste Ahnung. Ich empfehle euch dringend einen Urlaub in den Alpen. Ich habe einen guten Freund bei der Bergwacht, und von dem weiß ich eine Menge über die Gefahren da draußen. Ihr braucht euch echt keine Sorgen zu machen. Ich bin kein unerfahrener Stadtmensch."

Michelle senkte ihren Blick. „Aber das ist in einem anderen Land, Alex." Manchmal kürzte sie seinen Namen ab und sprach ihn Englisch aus, was wie Älex klang. Er mochte es. Es gab ihm eine andere Identität, einen geheimen Teil von ihm, den in Deutschland niemand kannte. Es machte ihn zu jemand Besonderem. „Es gibt Gefahren in Kanada, die gibt es nirgendwo sonst." Er erwiderte nichts, sah sie nur nachdenklich an. „Oder hast du in den Alpen schon mal eine Bärenfalle gesehen?"

Alexander seufzte und gab sich geschlagen. Mit Frauen zu diskutieren war ohnehin meist sinnlos, ganz besonders, wenn sie in den Muttermodus verfielen.

„Okay, Mami, danke für die Lektion."

Ihr Lächeln glättete die Falten auf ihrer hübschen Stirn. Jack machte sich hinter ihnen am Schlitten zu schaffen. Michelle hielt noch immer seinen Blick.

„Pass auf dich auf, ja?", bat sie. Er nickte und berührte ihr Kinn.

„Hey, mach dir keine Sorgen. Ich hab ja Jack dabei."

Michelles Blick machte einen Schlenker zu Jack und kam noch beunruhigter zu ihm zurück. Dann bewegte sie nur die Lippen, und Alexander entzifferte: „Das ist es ja eben."

Warum, zum Yeti, hegten alle dieses Misstrauen gegen Jack? Niemand konnte eine konkrete negative Geschichte über ihn erzählen, also tat er es damit ab, dass man einem Aussteiger wie ihm generell nichts Gutes zutraute. Einer, der das Büro-, Anzug- und Lohnsteuerleben gegen Freiheit und Abenteuer eintauscht, zog wohl immer Neid und abenteuerliche Spekulationen auf sich. Eine ganz normale menschliche Sache, die nichts weiter bedeutete. Solange es keine Beweise gab, sah Alexander keinen Grund, dem Mann nicht zu glauben, dass er wusste, was er tat. Es handelte sich schließlich nur um einen Ausflug in die Schneelandschaft, weiter nichts.

Er schüttelte den Kopf und tat Michelles stumme Mundbewegungen mit einem Lachen ab. Sie verzog die verführerischen Lippen und flüsterte beinahe unhörbar: „Na gut, dann sage ich jetzt nichts mehr, du sturer Hund."

Es war faszinierend, wie gut er ihre Mimik lesen konnte. Sie war ähnlich transparent wie die von Katharina. Beiden stand ihre Meinung stets quer über das Gesicht geschrieben. Er liebte diese Ehrlichkeit. Wieder zog er den Vergleich und wünschte, Katharina hätte mehr von Michelles Abenteuerlust und Selbstständigkeit.

„Es kann losgehen", verkündete Jack.

Michelle trat zurück, und Alexander stellte sich neben Jack ans Ende des Schlittens, der voll beladen war.

278

Den Hunden bereitete es keine Schwierigkeit, die beiden Männer über den Schnee zu ziehen. Der Wind kühlte Alexanders Gesicht, ansonsten war er rundum warm eingepackt.

Jack erwies sich als wenig kommunikativ. Er bellte den Hunden die kurzen Kommandos zu und schwieg ansonsten. Auf Alexanders Versuche, ein Gespräch in Gang zu bringen, reagierte er nur mit Grunzlauten. Schließlich gab Alexander auf und genoss es, so mühelos über den Schnee gezogen zu werden. Das Gefühl von Freiheit und Abenteuer überwältigte ihn fast. Was für ein Spaß!

Nach drei Stunden allerdings schmerzten seine Hände, und seine Füße fühlten sich an, als habe ihm jemand Bleigewichte in die Stiefel geschmuggelt. Die Füße dürften niemals schweißnass werden, hatte man ihm erklärt, denn wenn sie wieder abkühlten, könne man sich Zehen abfrieren, obwohl sie in Schuhen steckten, die an Weltraumfahrermode erinnerten.

Verdammt. Seine Füße schwitzten.

„Ich brauche eine Pause", sagte er zu Jack.

Dieser sah ihn an, als trage er eine rosa Osterhasenmütze.

„Oh. Okay. Natürlich. Machen wir unter der nächsten Baumgruppe Rast."

Alexander sah sich um. Er hatte keine Ahnung, von welcher Baumgruppe die Rede war. Ganz Kanada bestand aus einer einzigen Baumgruppe. Er vertraute einfach darauf, dass Jack bald anhalten würde.

Nach einer weiteren halben Stunde wurde es ihm zu bunt.

„Jack, ich brauche eine Pause. Meine Füße sind feucht."

Jack stutzte, so als entdeckte er gerade, dass er diesmal nicht allein reiste.

„Ja, ja. Ich sagte doch, bei der nächsten Baumgruppe."

Alexander schnaubte. „Nach indianischer Zeit, oder nach weißer?"

Er hatte gelernt, dass indianische Uhren langsamer liefen. Stress und Ungeduld waren Erfindungen des weißen Mannes und dem indianischen Urvolk gänzlich unbekannt.

Jack lachte auf. „Du gefällst mir, Junge. Keine Sorge, wir sind gleich da. Dort ist der Fluss, das erspart es uns, Schnee für die Hunde zu schmelzen."

Das klang sinnvoll. Nach vier Stunden Festklammern hielten sie endlich an. Alexander verspürte Hunger und Durst, und dabei war es nicht einmal Mittag. Die Sonne verbarg sich hartnäckig hinter Wolken, die höchstwahrscheinlich prall mit Neuschnee gefüllt waren, obwohl der Wetterbericht klares Wetter vorausgesagt hatte. Aber in den Bergen – und das galt für alle Berge auf dem Planeten – schlug das Wetter schnell um und war unberechenbar.

Hechelnd setzten sich die Hunde in den Schnee. Weit und breit war kein Mensch zu sehen, keine menschliche Ansiedlung, nicht einmal Überlandleitungen. Diese hatten sie vor zwei Stunden hinter sich gelassen. Es ging sanft nach oben in die Berge. Hier war die Schneedecke bereits höher. Links von ihnen zogen sich die hohen schneebedeckten Rockies entlang, davor verschneite Bäume, und rechts von ihnen plätscherte ein Fluss.

Jack beförderte einen Eimer aus dem Schlitten und stapfte zum Fluss. Über die Schulter rief er Alexander zu, er solle die Hunde abschirren.

„Aber, laufen die nicht weg?"

Jack schüttelte den Kopf und stapfte weiter. „Ich möchte verhindern, dass sie Druckstellen bekommen. Das hier ist Training, kein echtes Rennen. Ich möchte sie nicht verausgaben."

Nachdem Alexander die Brustgeschirre geöffnet hatte, liefen und sprangen die Tiere zunächst wild um ihn herum, rollten sich aber schnell zu dichten Fellhaufen zusammen. Auch sie benötigten eine Pause, um neue Kraft zu sammeln.

Alexander konnte es ihnen nachfühlen. Er hatte nicht geahnt, dass es so anstrengend war, auf einem Schlitten zu stehen. Seine Hosen waren zwar wasserdicht, aber dennoch schlug die Kälte durch, als er sich zu den Hunden in den Schnee setzte. Er stand auf und kramte aus dem Schlitten eine zusammengerollte Iso-Matte heraus. Er rollte sie aus und legte sich darauf. Das fühlte sich schon viel besser an.

Alexander erwachte, als Schnee in sein Gesicht rieselte. Er hörte Jack lachen.

281

„Hier, nimm etwas Kaffee", sagte er und reichte ihm einen isolierten Becher. „Was ist mit deinen Füßen? Hast du sie getrocknet und frische Socken angezogen?"

Alexander schüttelte den Kopf. „Ich bin eingeschlafen."

„Dann beeil dich. Ich will gleich weiter. Du hast eine Stunde geschlafen, das reicht, Städter."

„Aber ich habe noch nichts gegessen", wandte Alexander ein. „Und ich bin kein Städter", setzte er mürrisch hinzu. Er hatte sich das Abenteuer lustiger vorgestellt.

Jack wühlte in seinem Rucksack herum und fand ein zerbeultes Sandwich in einer Klarsichtfolie, das er Alexander zuwarf. Hühnersalat. Igitt.

Er hatte seine eigenen Brote im Rucksack, wollte aber nicht unhöflich sein und das Essen ablehnen. Also aß er das weiche Weißbrot mit der Mayo-Pampe und freute sich schon auf die nächste Pause, in der er sein Vollkornbrot genießen würde. Zuhause aß er gern Weißbrot, aber in diesem Land war es geschmacklich nicht von Schaumstoff zu unterscheiden. Also war er gezwungenermaßen zum gesunden Esser geworden, was ihm des Öfteren den Spott seiner Kollegen einbrachte. Die Briten mochten das Brot, sie waren von daheim Ähnliches gewohnt. Eine gute Scheibe frisches Schwarzbrot aus einer urtypischen bayerischen Backstube: Das war etwas, das Alexander bereits in seinen Träumen sah und das er sich zu Hause als Erstes gönnen würde.

Er hätte nie gedacht, wie wichtig so simple Dinge wie Brot sein konnten, wenn man fern der Heimat war.

Seit er den Rückflug gebucht hatte, sehnte er sich auch noch mehr nach Katharina. Er wollte ihre zarte Haut berühren, ihre Haare zwischen den Fingern spüren, ihren schlanken, nackten Körper auf dem seinen fühlen.

„Alexander, hör auf zu träumen und hilf mir, die Hunde wieder einzuspannen."

Jacks Stimme schnitt wie eine Motorsäge durch seinen Tagtraum. Nicht mehr lange, Katharina, nicht mehr lange, dann bin ich wieder bei dir und wärme dich. Jacks mürrischem Gesicht zum Trotz zog Alexander zunächst seine Stiefel aus und tauschte die kalten, klammen Socken gegen trockene aus seinem Rucksack. Wenn er eine Weile hinter dem Schlitten herlief, würden die Zehen wieder warm werden, und das Gefährt kam jetzt ohnehin nur langsam voran. Der Pfad ging steil bergauf, und dabei konnten sie den Hunden nicht auch noch ihr Gewicht zumuten. Sheila, die Leithündin mit dem silberbraunen Fell eines Wolfes, leckte über seinen großen Zeh, gerade als er die zweite Socke überziehen wollte. Er schob den Hund sanft zur Seite und tätschelte den dichten, seidigen Pelz an ihrem Hals. Sheila wedelte mit ihrer langen, puscheligen Rute, legte die Ohren nach hinten und schien zu grinsen. Alexander musste lachen. Die Hunde hatten allesamt einen wesentlich netteren Charakter als ihr Herrchen. Sheila mochte er am liebsten. Sie war die Einzige, die ihn nicht ignorierte. Alle anderen Hunde kümmerten sich weitgehend um sich selbst und gehorchten nur Jack. Sie legten keinen Wert auf Streicheleinheiten, als hätte Jacks verschlossenes Wesen auf sie abgefärbt.

Die ganze Truppe war ihm inzwischen unheimlich. Er fühlte sich wie auf einem Eisplaneten gestrandet, mit einer Hündin als einziger Verbündeten.

Während Alexander sich gelassen um seine Füße kümmerte, spannte Jack das Hundeteam allein wieder an.

„Wie lange werden wir heute noch unterwegs sein?", wollte Alexander wissen.

Jack sah sich um und richtete den Blick in den Himmel. Es war milchig trüb, und dunkle Wolken verhießen noch immer nichts Gemütliches – außer man befand sich in einer Berghütte bei prasselndem Kaminfeuer. Ein verlockender Gedanke. Mit einem Heißgetränk in der Hand und einer heißen Frau, ging es Alexander durch den Kopf. Katharina …

„Bis die Dunkelheit einsetzt, würde ich sagen. Ich muss die Hunde jetzt ein bisschen mehr fordern."

Und schon liefen sie wieder los. Hastig schloss Alexander seinen Schneestiefel und beeilte sich, den Anschluss nicht zu verpassen.

Er gab sich alle Mühe, sich nicht die Stimmung verderben zu lassen. Hätte er für diese Tour Geld bezahlt, hätte er einen echten Grund, sich zu ärgern. Und wie es aussah, hatte er noch immer die Möglichkeit, einfach umzukehren. Weit waren sie noch nicht gekommen. Er würde die Strecke zu Fuß sicher schaffen. Obwohl das

Durchqueren des Tiefschnees ohne Skier oder Schnee-schuhe kein Vergnügen sein würde.

Alexander seufzte schwer. Ach was, warum sollte er umkehren? Das Abenteuer hatte doch gerade erst begonnen, und er hatte nicht vor, so schnell aufzugeben. Die Hunde hetzten einen steilen Hang hinauf, und Jack schob von unten den Schlitten nach.

„Wird das beim Rennen auch so gemacht?", keuchte Alexander außer Atem.

Jack nickte. „Die Hunde müssen schnell sein, aber man darf sie nicht überlasten. Deshalb lasse ich mich von ihnen nicht die Berge raufziehen."

Der Hügel war fast erklommen. Alexander blieb stehen, um zu Atem zu kommen. Von hier oben hatte man einen fantastischen Blick auf verschneite Wälder, auf den Fluss, der sich ungezähmt durch das malerische Tal schlängelte, auf majestätische Berge und auf die unendliche Weite des grauen Himmels. Die Wolken mit der Schneelast folgten ihnen unerbittlich.

Jack war ebenfalls stehen geblieben und bemerkte seinen Blick. Er nickte wissend. „Es wird Zeit, uns ein Lager zu suchen. Da kommt ein Schneesturm."

Alexander schluckte hart. Was ein Schneesturm bedeuten konnte, wusste er aus den Alpen. Aber was genau ein solcher Sturm in Kanada bedeutete, konnte er nur ahnen.

„Wie lange hält so ein Sturm für gewöhnlich an?", fragte er Jack.

„Das kann man nicht vorhersagen. Ich saß schon mal vier Tage fest, aber manchmal dauert es auch nur vierzig Minuten." Er zuckte mit den Schultern, als sei die Aussicht auf einen Viertagessturm nichts Beunruhigendes.

„Hast du ein Funkgerät dabei?", wollte Alexander wissen.

Jack schüttelte den Kopf. „Das ist etwas für Weicheier." Er zwinkerte Alexander zu, doch dem war nicht zum Lachen zumute.

„Aber man hat mir erzählt, dass Schlittenhundefahrer immer mit jemandem in Verbindung bleiben, wenn sie in die Wildnis gehen."

Zwar würde ein Handy nicht funktionieren, denn in Kanada gab es kein flächendeckendes Mobilnetz, und die kleinen Telefone funktionierten nur in der Nähe der Großstädte, doch es gab ein Funknetz, das Fernfahrer und Wildnisgänger normalerweise benutzten. Risiken gingen meist nur die Touristen ein, so hatte man ihm zumindest versichert. Jack schien eine Ausnahme zu sein. Er antwortete nicht, wandte sich wieder den Hunden zu und stapfte weiter durch den Schnee.

Alexander ärgerte sich über sich selbst. Warum hatte er bei der Zusammenstellung der Ausrüstung nicht an ein Funkgerät gedacht? Warum hatte er dieses lebenswichtige Detail dem Fremden überlassen? Weil er von Abenteuerlust erfüllt nicht mitgedacht hatte. Diese Erkenntnis traf ihn hart.

War er nicht derjenige, der zu Hause den Gästen Predigten über maximale Sicherheit hielt? Dass er nicht daran gedacht hatte, bei dieser Tour ein Funkgerät einzustecken, durfte er keiner Menschenseele erzählen, oder man würde ihn bis zur Rente damit aufziehen. Er konnte die Stimme seines Vaters bereits hören: „Wie kann man nur so ein Risiko eingehen? Hast du denn gar nichts gelernt?" Und Katharina erst! Sie wäre entsetzt und wahrscheinlich bitter enttäuscht von ihm.

Er schüttelte den Kopf, um die Geister seiner Familie loszuwerden. Das half jetzt nichts. Er musste sich auf die Gegenwart konzentrieren und vor allem aufhören, sich auf den Führer dieser Tour zu verlassen.

Gut, der Mann hatte bisher überlebt. Aber dieses Glück könnte ihn eines Tages verlassen, und wenn dieser Tag kam, wollte Alexander nicht dabei sein.

Verdammt, sein Knie begann zu schmerzen. Auch das noch. Die anstrengende Stampferei durch den Schnee war zu viel für die noch nicht hundertprozentig ausgeheilte Verletzung. Aber er würde den Teufel tun und jammern. Jack hatte angekündigt, dass sie lagern würden, also brauchte er nicht mehr allzu lange auszuhalten. Mit zusammengebissenen Zähnen folgte er den hechelnden Hunden, die niemals müde zu werden schienen.

Es fing an zu schneien. Romantische, dicke, kristallene Flocken trübten die Sicht und verfingen sich in Alexanders Wimpern.

Der Tag neigte sich seinem Ende zu, und die Welt

versank in einem eisigen Grau. Wunderschön wäre der Anblick gewesen, poetisch und faszinierend, hätte er ihn aus dem Fenster einer warmen Hütte genießen können.

Stattdessen war da nichts als das vor Kälte klirrende Eisgrau, der messerscharfe Wind, der seine Wangen anritzte und ihnen jegliches Gefühl nahm. Die gedämpfte Stille legte einem den Verdacht nahe, man sei plötzlich taub geworden.

Alexander kramte in seiner Jackentasche und fand schließlich die schwarze Maske aus warmem Fleecematerial, die nur Augen, Nasenöffnungen und Mund freiließ. Bisher hatte er sie nicht gebraucht, doch der Wind nahm zu und drückte die gefühlte Temperatur weiter herunter. Das konnte gefährlich werden. Nackte Haut konnte binnen Sekunden gefrieren. Als er sah, dass Jack es ihm gleichtat, wusste er, wie real seine Befürchtungen waren.

„Dort im Wald unter den dichten Bäumen werden wir rasten", verkündete Jack.
Sie marschierten etwa fünfzig Meter in den Wald hinein, der so dicht war, dass sie die Hunde vorher losbinden und den Schlitten draußen lassen mussten.

Der Wind war zwischen den Bäumen nicht mehr spürbar, und es schien um einige Grad wärmer. Doch hier brauchten sie ihre Einmannzelte, und dafür war kein Platz, es sei denn, sie fällten ein paar Bäume.

„Wo stellen wir die Zelte auf?", fragte er Jack.

„Ich arbeite daran", murmelte dieser und ging weiter an den dicht zusammenstehenden Tannen vorbei, nun aber zurück in Richtung Schlitten. „Normalerweise würde ich einfach hier meinen Schlafsack ausbreiten, aber da ich dich dabei habe …"

Er ließ den Satz in der Luft hängen, damit Alexander ihn selbst beenden konnte. Da ich dich dabei habe, ein Baby, das ein Zelt benötigt, werde ich das nicht tun.

„Du brauchst auf mich keine besondere Rücksicht nehmen", erwiderte Alexander gekränkt. „Was soll der Blödsinn?"

Jack blieb stehen und sah ihn scharf an. „Von was für einem Blödsinn sprichst du? Ich habe die Verantwortung für dich, Mann. Und wenn du dir deinen zarten Arsch abfrierst, bekomme ich Ärger. Also werden wir zelten. Basta."

Hitze stieg in Alexanders Wangen. Eine willkommene Abwechslung, die vielleicht seine zu Eis erstarrten Gesichtszüge auftauen würde. Was fiel dem Kerl ein? Zarter Arsch?

Er baute sich vor Jack auf und stellte dabei fest, dass er ein paar Zentimeter größer war als der Wildnisspezi. Gleich fühlte er sich ein bisschen besser. Er streckte seinen Rücken, um noch größer zu wirken.

„Mach dir um mein zartes Hinterteil mal keine Gedanken, Indiana Jones für Arme. Wir werden jetzt einen Platz suchen, wo es genug Platz zwischen den Baumstämmen gibt, verstanden?"

Jacks Mundwinkel kräuselten sich zu einem Grinsen. „Alles klar, Boss", sagte er amüsiert.

Für den Moment hatte Alexander gesiegt. Doch das würde nicht lange andauern. Jack war ein Einzelgänger und würde sich nie in die Parade fahren lassen. Alles, was Alexander tun konnte, war, gute Miene zum bösen Spiel zu machen und die Klappe zu halten, um den Typ nicht zu provozieren. Was für ein Spaß.

Alexander schnaubte und tätschelte Sheilas Kopf. Die Hündin wich nicht von seiner Seite. Sie folgte ihm über eine Lichtung, die in den Teil des Waldstücks führte, der nicht ganz so dicht bewachsen war. Hier würden die Zelte zwischen die Bäume passen. Noch bevor er Jack rufen konnte, sah er ihn schon mit dem Schlitten ankommen. Natürlich hatte er den Platz auch gesehen. Dafür brauchte er Alexander nicht.

Nicht zum ersten Mal stellte er sich die Frage, wofür Jack ihn überhaupt brauchte. Warum nahm dieser Eigenbrödler eigentlich Gäste mit auf seine Touren?

Alexander nahm sich vor, ihn danach zu fragen. Doch zunächst baute er die kleine Zeltröhre auf und stopfte seinen Arktis-tauglichen Schlafsack hinein. Die Notbehausung war schmal und eng, doch wenigstens war man windgeschützt. Jack sammelte Feuerholz, und Alexander begann, ihm zu helfen.

„Nein, lass mich das machen. Sei so gut und nimm den großen Topf dort und fülle ihn mit Schnee. Im Schlitten findest du einen Metalldeckel, in dem wir gleich ein Feuer machen, um den Schnee zu schmelzen."

Alexander tat, wie ihm geheißen. Zum Anfeuern fand er kleine gepresste Anzünder. Er legte eins der weißen Quadrate in den Deckel, zündete es an, stellte den Blecheimer drauf und beobachtete, wie der Schnee langsam zu Wasser wurde. Immer wieder musste er nachfüllen, bis genug Trinkwasser übrig blieb.

Dann mussten die Hunde noch gefüttert und ihre Pfoten nach Eisklumpen untersucht werden. Manche Schlittenführer benutzten kleine Stulpen, beinahe wie Schuhe für die Hunde. Jack hatte sie auch dabei, aber bisher nicht eingesetzt. Wahrscheinlich war es ihm zu viel Arbeit. Der Schnee war weich und frisch und hatte noch keine scharfen Kanten gebildet, die die Pfoten verletzen konnten.

„Die Hunde sollen keinen Schnee fressen", erklärte Jack. „Zum Auftauen im Maul braucht der Schnee warme Feuchtigkeit, die er dem Speichel entzieht. Schnee fressen macht sie also noch durstiger. Sie brauchen Wasser, das wir herstellen müssen, wenn kein Fluss in der Nähe ist."

Alexander ließ die Schultern hängen. Er hatte sich auf heißen Kaffee gefreut. Jack las seine Gedanken.

„Erst die Hunde, Alex. Die kommen immer zuerst dran. Danach brühen wir Kaffee auf."

Diese Einstellung wiederum imponierte ihm. Natürlich waren auch ihm die Hunde am wichtigsten. Vielleicht war Jack ja doch kein Idiot, sondern einfach nur ein seltsamer Kauz. Und die Bemerkung über seinen Hintern war nichts weiter als seltsamer kanadischer Humor, der oft genug etwas deftig ausfiel. Jemand, der Tiere so zuvorkommend behandelte, konnte nicht wirklich verrückt sein, oder?

Inzwischen war es vollständig dunkel. Sie konnten nicht mehr von der Umgebung sehen, als der Schein des Feuers erleuchtete. Der Wind nahm an Stärke zu, doch der Sturm war noch nicht vollständig über ihnen. Die Bäume boten einen guten Schutz, aber der Wind schaffte es bereits, die Flammen des Lagerfeuers hin und her zu peitschen, so dass Alexander befürchtete, er würde es bald ausblasen. Wieder las Jack seine Gedanken.

„Das Feuer kann ruhig ausgehen. Wir haben unseren Kaffee gekocht und gleich das Dosenfutter verspeist. Danach kriechen wir sowieso in die Schlafsäcke und brauchen das Feuer nicht mehr."

Jack holte zwei mittelgroße Dosen hervor und warf sie in die Glut.

„Was ist da drin?"

„Gulaschsuppe."

„Mmm, das klingt lecker."

Jack spendierte außerdem eine dünne Stange französisches Weißbrot, das sich längst in einen Gummistock verwandelt hatte. Alexander störte es an diesem Abend nicht. Er war hungrig wie ein Bär.

Die Hunde tranken das geschmolzene Wasser und aßen ihr Trockenfutter mit Appetit. Sheila schmiegte sich an ihre Hundekumpels. Schade, Alexander hatte gehofft, sie würde ihn im Zelt wärmen. Aber das lag sicher außerhalb des Schlittenhunde-Benimmprotokolls, und er verzichtete darauf, Jack um Erlaubnis zu fragen. Er wusste ja inzwischen, dass es dem Schlittenführer wichtig war, die Tiere nicht zu verweichlichen.

Die Dose war glühend heiß, aber mit den Handschuhen konnte er sie fassen. Die Suppe schmeckte nach typischem Fertigessen, aber Alexander beklagte sich nicht. Sie wärmte sein Inneres, und darauf kam es an.

Als alle versorgt waren, begaben sie sich an ihre Schlafstätten. Das Hundeknäuel war bereits von einer dünnen Schneeschicht bedeckt, die der Wind hartnäckig immer wieder abfegte. Jack warf mehrere Handvoll Schnee ins Feuer und stellte sicher, dass es gelöscht war, bevor er in sein Zelt kroch und Alexander dabei eine gute Nacht wünschte. Alexander tat es ihm gleich und zog im Zelt die Schuhe aus. Nachdem er sie gründlich vom Schnee befreit hatte, packte er sie ganz unten in seinen Schlafsack. Morgens in kalte Schuhe steigen zu müssen war eine Horrorvorstellung. Im Schlafsack würden sie schön warm bleiben.

Ein frisches Paar dicker Socken schmiegte sich angenehm an seine klammen Füße. Zum Glück hatte er auf Michelle gehört, die ihm riet, mehr Socken mitzunehmen als er zu benötigen glaubte. Jetzt würde er sie alle brauchen.

Der Sturm war schneller vorüber, als er erwartet hatte, und die Stille war nun umfassend. Nichts bewegte sich, nichts raschelte, nichts knackte. Es war, als sei er in ein

Meer von Schweigen gefallen, und er hörte sein eigenes Blut wie einen Bach in den Ohren rauschen. Wie konnte es nur dermaßen still sein? Es erschien ihm so unwirklich wie in einem Traum. Probeweise bewegte er seinen Arm, und das Rascheln des Schlafsacks beruhigte seine Nerven. In seinem Nest war es urgemütlich, er würde die Nacht prima durchhalten. Die Kälte konnte ihm hier drinnen nichts anhaben.

Aber war er bereits abhängig von Lärm? Konnte er tatsächlich absolute Stille nicht ertragen? Wie unnatürlich war das? Wieder hielt er still und lauschte. Er wiederholte die Prozedur so lange, bis ihn die Stille nicht mehr ängstigte.

Langsam wanderten seine Gedanken zu dem, was in den nächsten Tagen und Wochen auf ihn zukommen würde, und die Stille umhüllte ihn erneut, wie ein weiches Kissen. Er dachte an seine baldige Heimkehr, an das Wiedersehen mit seinen Eltern und seinem Bruder und daran, wie fest er Katharina in die Arme nehmen würde. Wie sehr er sie vermisste! Er dachte aber auch an seinen Traum von einem eigenen Hotel in diesem wunderbaren Land – und dann an das, was ihm im Leben wirklich wichtig war.

Und plötzlich begann er, die Stille zu genießen.

Eine Zunge glitt über sein Gesicht. Wieder und wieder, doch er war noch zu schläfrig, um es als wirkliches Geschehen zu registrieren.

Und dann hörte er Jacks Stimme. „Hast du ihn endlich wach, Sheila?"

Die Hündin hörte auf zu lecken und lief zu ihrem Herrn zurück, anscheinend zufrieden mit ihrer Arbeit. Alexander wischte sich mit dem Ärmel übers Gesicht und lachte in sich hinein. Jack musste sein Zelt für Sheila geöffnet haben. Was für eine nette Art, geweckt zu werden. Ein Kuss von Katharina wäre ihm dabei allerdings lieber gewesen als die raue Zunge der Hündin. Mühsam schälte er sich aus dem Schlafsack, zog den Schneeanzug und seine Stiefel an.

Das Aufstehen aus der wohligen Wärme, um draußen in der Kälte einen heißen Kaffee zu bekommen, war eine enorme Überwindung. Der verlockende Geruch waberte bereits durch den frostigen Wald und drang in sein Zelt. Auch seine Blase meldete sich. Seufzend machte er sich auf zur Morgentoilette. Zähneputzen mit Schnee und Nachspülen mit heißem Kaffee stellte einen besonderen Härtetest für den Zahnschmelz dar, musste er feststellen. Die morgendliche Dusche musste heute ausfallen, doch er vermutete, der männliche Duft, der einen Mann von Abenteuer umwehte, war Teil des Erlebnisses. Während er sich zum Frühstück, bestehend aus einer kleinen Packung Kräcker, einem Stück orangefarbenen Cheddarkäse und einer importierten Salami, auf einen Baumstamm setzte, verschwand Jack mit einer Rolle Klopapier unter dem Arm zwischen den Bäumen. Alexander hoffte, er würde sich weit genug zurückziehen.

Das Wetter zeigte sich genauso trüb und milchig wie am Vortag, aber wenigstens hingen keine schweren schwarzen Wolken mehr über den Berggipfeln. Von einem weiteren Schneesturm würden sie also zunächst verschont bleiben.

Alexander gab der bettelnden Sheila ein Stück Kräcker und hoffte, weder Jack noch einer der anderen Hunde hatte ihn dabei beobachtet.

„Das ist sicher nicht gut für deine Taille", sagte er zu dem Hund, der ihn unbeeindruckt weiter hypnotisierte, um ihn von dem Kräcker zu trennen. „Und Mädchen sind im Allgemeinen empfindlich, was ihre Taille betrifft."

„Was sagst du da?", wollte Jack wissen, der hinter ihm aus dem Wald trat. Alexander hatte Deutsch mit dem Hund gesprochen.

„Nichts. Ich habe mich nur mit deinem Hund unterhalten. Sie ist ein verständnisvoller Zuhörer."

Jack grinste. „Ich weiß. Und sie scheint einen Narren an dir gefressen zu haben."

„Ich hoffe, du bist nicht eifersüchtig. Ich hasse eifersüchtige Männer", sagte Alexander in weiblichem Tonfall.

Jack bekam einen Lachanfall. Also hatte der Kerl doch so etwas wie Humor. Man musste nur lange genug danach suchen.

„Nein, keine Sorge. Mein Lieblingshund ist Yukon."

Beim Klang seines Namens hob der schwarzweiße

296

Husky den Kopf. Es war ein wunderschönes Tier, das im Gespann gleich hinter Sheila lief.

„Er wird mein zweiter Leithund. Aber er muss noch trainieren. Bis jetzt ist Sheila die Beste." Er tätschelte ihren Rücken, und sie lehnte sich gegen seine Beine. Es sah aus, als streichle er einen zahmen Wolf. „Ich schwöre dir, sie ist so intelligent, sie würde mich von überall nach Hause bringen."

Alexander war beeindruckt. Was für ein Hund. Wildnis, ein Feuer, ein Hund, was brauchte ein Mann noch mehr? Doch Alexander war ein Mann der Neuzeit. Beim intensiveren Nachdenken würde er die Liste für sich sicher noch um einige Punkte ergänzen müssen.

Während Jack den Schlitten wieder bepackte, kam Alexander eine Erkenntnis. Er hatte eine Erleuchtung, sozusagen, eine Offenbarung, und vielleicht hatte die Stille der vergangenen Nacht ihren Teil dazu beigetragen.

Plötzlich kannte er seinen Platz.

Bei allen Abenteuern der Welt, er hatte seinen wahren Platz gefunden. Denn wohin er auch ging, stets nahm er sich selbst mit. Er konnte kurzfristig in andere Rollen schlüpfen, doch es würde nichts an der Wahrheit ändern. Und die Wahrheit lautete: er war Alexander Saalfeld, Juniorchef eines traditionsreichen Hotels in Bayern. Er war ein junger Mann mit allerbesten Zukunftsaussichten. Er gehörte in den Fürstenhof, dorthin würde er gehen, und zwar nicht aus Zwang, sondern weil es der Platz war, an den er wirklich gehörte und wo er sich am wohlsten fühlte.

Lächelnd packte er das Zelt in den Schlitten und half Jack beim Aufräumen.

Der Schlitten machte gute Fahrt. Die beiden Männer standen nebeneinander auf den Kufen und hielten sich fest. Die Hunde sprinteten über die endlos weite Fläche, bis Alexander plötzlich etwas auffiel. Wo waren all die Hügel und kleinen Erhebungen geblieben?

„Jack, wieso ist es hier so flach?"

„Weil wir uns auf einem See befinden."

Alexanders Augen weiteten sich.

Sie rasten über einen zugefrorenen See.

Im April.

Carolynes Gesicht erschien vor seinem geistigen Auge und ihre Worte hallten in ihm wider. „Er könnte dich geradewegs in einen See fahren, weil er denkt, die Eisdecke hält noch."

Sein Puls beschleunigte sich. „Ich habe gehört, das Eis ist im April bereits zu dünn."

Jack schüttelte den Kopf. „Ach was, nur im Tal. Hier oben ist es viel zu kalt, hier dauert es mit der Schmelze viel länger."

Alexander blickte voraus. Dieser See war riesig. Sie würden noch Kilometer zurücklegen, bis sie die andere Seite erreichten. Natürlich wollte Jack das flache Terrain nutzen, um seine Hunde so richtig anzutreiben. Es würde schwer sein, ihn davon zu überzeugen, doch lieber neben dem See zu fahren.

„Jack", begann Alexander, „wärst du damit einverstanden, anzuhalten und wenigstens den Zustand des Eises zu überprüfen? Dann wäre mir wohler."

Jack verdrehte die Augen unter seiner Gesichtsmaske. Mehr konnte Alexander nicht erkennen, doch es reichte, um zu sehen, dass der Mann sauer war. Nun, da konnte er ihm auch nicht helfen. Schließlich ging es um ihr Leben.

Jack lenkte die Hunde nach links und ließ sie dichter am Ufer laufen. Doch Alexander war noch immer seltsam zumute.

„Jack. Bitte halte für einen Moment an und lass mich das Eis prüfen."

Widerwillig stimmte Jack zu. Er gab den Vierbeinern das Kommando zum Anhalten. Der letzte Hund war noch nicht zum Stehen gekommen, da zerteilte ein lautes Knacken die gewohnte Stille.

Jack reagierte sofort, trieb die Hunde erneut an, lenkte sie ans Ufer. Doch das war noch etwa fünf Meter entfernt. Alexander konnte nicht fassen, was geschah. Überall um sie herum bildeten sich schwarze Schlitze in der weißen Oberfläche und rissen das Eis auf. Es brach mit Getöse auseinander, als wäre es von Granaten getroffen worden. Der Hund hinter Sheila brach ein.

„Yukon!", rief Jack panisch.

Sheila preschte weiter vorwärts, versuchte, die Hunde

hinter ihr mitzuziehen, und schaffte es, Yukon halb aus dem Loch zu zerren.

„Was sollen wir machen?", rief Alexander. „Abspringen?"

„Nein! Du würdest sofort einbrechen! Auf dem Schlitten sind unsere Chancen besser."

Jack überlegte einen verzweifelten Moment lang, doch dann änderte er seine Meinung, warf sich bäuchlings auf das Eis und robbte zu dem Hund, der sich allein nicht aus dem Eisloch befreien konnte.

Sheila zog weiter und hielt die Leinen straff, als wüsste sie exakt, worauf es nun ankam. Vielleicht wollte sie aber auch nur verhindern, dass sie selbst von Yukon hinab gezogen wurde.

Die Hunde hinter Yukon standen still, als wüssten auch sie genau, dass jede Bewegung sie ihr eigenes Leben kosten konnte.

Als Alexander den Schlitz im Eis unter dem Schlitten reißen sah, musste er handeln, oder das ganze Team würde versinken.

Er warf sich auf den Bauch, so wie Jack es getan hatte, und begann, jeden einzelnen Hund vom Geschirr zu lösen. Das würde eine Weile dauern, aber er konnte nur hoffen, dass das Eis lange genug hielt. Ein lautes Krachen ließ ihn nach hinten schauen. Der Schlitten hing jetzt schräg im Wasser, aber ihn hatte er als Erstes gelöst. Er würde niemanden mit sich reißen.

Noch immer versuchte Jack, seinem Lieblingshund

zu helfen, aber der war bereits vom eisigen Wasser gelähmt und tauchte immer wieder mit dem Kopf unter.

„Hilf mir!", schrie Jack verzweifelt, doch Alexander musste eine Entscheidung treffen.

Entweder Yukon helfen und noch mehr Hunde riskieren, oder einen gehen lassen und dafür den Rest retten. Er ließ Jack rufen und löste weiter Hund für Hund von den Leinen. Bis jetzt hatte jedes befreite Tier sicher das Ufer erreicht. Noch drei weitere warteten auf ihn. Ab und zu wagte er einen Blick zu Jack und gerade, als er den letzten Hund losband, verschwand Jack aus seinem Blickfeld. Wo zum Teufel war er geblieben?

Er robbte näher an das Loch, befreite Sheila, die es auf Eisschollen balancierend sicher bis ans Ufer schaffte. Jack war verschwunden, verdammt noch mal. Alexander sah sich um, konnte es nicht fassen. Wo war der Kerl? Doch nicht etwa …

Er schaute in das Loch, doch die Schollen unter ihm begannen zu treiben. Er musste hier weg!

Aber halt, da schwamm etwas. Beherzt griff er tief in das schwarze Loch und packte zu. Er zog und zog und zerrte den bewegungslosen Mann an die Oberfläche.

Adrenalin schärfte Alexanders Blick, vertrieb für diesen Moment jegliche Schockauswirkungen und machte seine Gedanken glasklar.

Er hievte Jack auf seine Scholle, die einige Zentimeter dick war und halten würde. Von dem Hund war keine Spur zu sehen, Jack musste ihn vom Geschirr befreit haben, aber in dieser Situation war der Mensch wichtiger. Er hoffte, Jack würde das genauso sehen und ihm nicht später den Hals umdrehen. Falls er dazu überhaupt in der Lage war. Im Moment sah er aus wie tot.

Alexander schleppte sich selbst und den durchnässten Mann ans Ufer. Er tastete nach seinem schwachen Puls und versuchte, ihn wach zu rütteln, aber Jack reagierte nicht. Alexander hatte nicht die leiseste Ahnung, wie er ihn in diesem Zustand zurück in die Zivilisation bringen sollte.

Und sie hatten kein Funkgerät dabei.

Das hatte er nun davon, dieser eingebildete Kerl, der verrückt genug war, einem Hund in ein Eisloch zu folgen. Trotz der lebensbedrohlichen Lage des Mannes konnte Alexander nicht anders, als ihn für diese Selbstlosigkeit zu bewundern. Er blickte zu dem Schlitten, der immer noch in dem Spalt zwischen zwei Schollen hing. Alexander hatte keine andere Wahl. Er brauchte das Gefährt.

Bäuchlings robbte er über das Eis. Überall um ihn knackte es leise, der verdammte See hatte sich tatsächlich ausgerechnet den heutigen Tag ausgesucht, um aufzutauen. Fast hatte er den Schlitten erreicht, doch auf dem Bauch liegend konnte er ihn nicht bewegen. Er musste das Risiko eingehen aufzustehen. Der Theorie vertrauend, dass Eisplatten zunächst in einzelne Schollen zerbrachen, richtete er sich so auf, dass unter ihm theoretisch keine Spalte auftauchen würde. Er griff nach dem Schlitten, zog ihn schnell aus der Schräglage und hinter sich her, während er über die nun schwankenden Schollen zurücktanzte.

Geschafft. Er war an Land und hatte das Gefährt gerettet. Sein Atem ging stoßweise, und er musste sich zur Ruhe zwingen. Die Gefahr war vorüber. Zumindest für ihn. Lediglich sein rechter Arm war nass geworden. Unangenehm, aber nicht tödlich. Bei Jack war er sich da nicht so sicher.

Überdeutlich spürte Alexander, dass er an seine Grenzen ging. Einerseits waren seine Gedanken klar, andererseits fühlte er sich durch den Schock wie betäubt. Er fühlte, dass seine Knie weich wurden und ihm den Dienst zu versagen drohten. Sein Gleichgewichtssinn ließ ihn im Stich, das Blut rauschte ihm in den Ohren wie Wasserfälle.

Doch er ignorierte diese Gefühle, weil es in diesem Moment von seinem Handeln abhing, ob dieser Kanadier überleben würde oder nicht. Nur jetzt nicht schlapp machen. Es war schließlich niemand hier, der sich um ihn kümmern würde.

Schnell räumte er den Schlitten leer. Er breitete Jacks Schlafsack innen aus und zog ihm die nasse Kleidung aus. Das gestaltete sich überaus mühsam.

Endlich hatte er es geschafft.

Er holte lange Unterhosen, Pullis und frische Socken aus seinem Gepäck und versuchte, sie dem immer noch Bewusstlosen anzuziehen. Auch das entpuppte sich als Schwerstarbeit. Stöhnend hievte er ihn endlich in den

Schlitten und legte ihm seinen Schlafsack über. Noch ein Kraftakt, der ihn ins Schwitzen brachte.

Gott, der Mann fühlte sich furchtbar kalt an. Nun schaute nur noch das halbe Gesicht heraus, damit er atmen konnte, aber Alexander fürchtete, all das würde nicht ausreichen, um genügend Wärme in den kalten Körper zu bekommen.

Er rief den Hund, der neben Yukon gelaufen war, und legte ihn neben dem reglosen Kanadier zwischen die Schlafsäcke. Der Hund wollte sofort wieder herausspringen, aber nach Alexanders scharfem Widerspruch blieb er verunsichert liegen und legte die Ohren an.

„So ist's brav. Du wärmst jetzt dein Herrchen."

Er warf ihm ein paar Hundekuchen in den Schlitten. Zu seiner Verwunderung rührte der Hund sich nicht, selbst als die anderen begannen, den Schlitten zu ziehen. Alexander betete, dass die Wärme des Tieres Jack retten würde.

Nachdem er die Plane über die beiden gezogen hatte, trat er den Rückweg an. Aber er hatte keine Ahnung, auf welchem Weg es heimwärts ging.

Michelles Kompass gab ihm die Richtung vor, aber dort ragten unüberwindliche Berge empor. Noch konnte er sich erinnern, woher sie gekommen waren. Zunächst würde er sich also auf seinen Orientierungssinn verlassen.

Als er den Wald erreichte, in dem sie die Nacht verbracht hatten, begann sein Problem. Der Sturm hatte nicht nur alle Spuren verwischt, sondern auch die Gegend so verändert, dass es ihm schwer fiel, irgendwelche Punkte wiederzuerkennen, an denen sie vorbeigekommen waren.

Er hatte keine Ahnung, wohin er die Hunde von hier aus führen sollte. Rasch warf er einen Blick auf den nach wie vor bewusstlosen Jack, der sich noch immer kalt anfühlte, obwohl jetzt unter dem Schlafsack ein Hauch von Wärme zu spüren war. Der Hund erfüllte seine Aufgabe. Jack hatte sicher noch immer Untertemperatur, aber zumindest kühlte er nicht weiter aus, und er atmete flach, aber regelmäßig.

Nach einer Stunde legte Alexander eine Rast ein, kochte Kaffee über einem Feuer und schmolz Wasser für die Hunde.

Es wurde immer wärmer, die Gesichtsmaske brauchte er heute nicht. Der Frühling zog in die Berge.

Warum nur war Jack dieses Risiko eingegangen? Er war ein Spezialist und hätte es besser wissen müssen. Vielleicht hatte er den frühlingshaften Anstieg der Temperatur unterschätzt. Auch so genannte Spezialisten irrten sich manchmal. Hoffentlich stellte sich dieser Irrtum nicht als tödlich für ihn heraus.

Er musste Jack so schnell wie möglich in ein Krankenhaus bringen. Aber was, wenn er sich nun auch noch verfahren würde? Das Gebiet war so groß, allein die Richtung mit dem Kompass zu bestimmen reichte nicht. Er könnte trotzdem tagelang an der richtigen Strecke vorbeifahren und das Hotel um viele Kilometer verfehlen.

Er seufzte tief, trank einen Schluck Kaffee und sah

den Hunden beim Herumtollen zu. Sie zeigten nicht die geringsten Anzeichen von Erschöpfung. Das war gut. Er würde sie in Kürze schwer fordern müssen, denn sie mussten sich beeilen.

„Cojote, Chuck, hierher!", rief er, als die beiden außer Sichtweite in den Wald streunten. Er wollte nicht noch mehr Hunde verlieren. Sie gehorchten ihm aufs Wort, was ihn verblüffte. Bisher hatten sie ihn ignoriert, doch jetzt, wo er der Einzige war, der ihnen Befehle gab, schienen sie ihn zu respektieren.

Er spannte die Hunde wieder ein und tätschelte Sheila ausgiebig. Was für ein schöner und kluger Hund. Fast so wie Lassie, der Fernsehcollie, der den kleinen Timmy aus jeder Gefahr zu retten vermochte und ihn immer sicher nach Hause brachte.

Er hielt inne. Aber Sheila war doch wie Lassie!

Hatte Jack es ihm nicht selbst erzählt? Sheila würde ihn von überall nach Hause bringen? Natürlich! Er schlug sich mit der behandschuhten Hand vor die Stirn.

„Sheila, komm her, du genialer Hund." Die Hündin wedelte und leckte seinen Handschuh. „Du führst uns jetzt nach Hause, nicht wahr?"

Ihre wachen Augen wirkten zuversichtlich. Sie schien nicht an ihren Fähigkeiten zu zweifeln. Alexander gab ihr einen Klaps und fühlte sich gleich besser.

Er löschte das Feuer und sah noch mal nach dem leblos daliegenden Kanadier. Der Hund hatte seinen Platz unter der Plane nur kurz zum Saufen verlassen, er schmiegte sich an sein Herrchen, als wüsste er, dass Jack nur mit seiner Hilfe überleben würde. Jack machte mittlerweile den Eindruck, als ob er schliefe.

Alles war zur Abfahrt bereit. Die Hunde standen still und warteten auf ein Signal. Alexander ließ die Zügel locker und rief Sheila einen neuen Befehl zu.

„Geh heim, Sheila!"

Als hätte sie nie etwas anderes getan, setzte die Leithündin sich in Bewegung, schlug einen anderen Weg ein, als Alexander erwartet hätte, aber die Hunde folgten ihr willig. Alexander tat nichts, rief keine Befehle, ließ die Hunde einfach laufen und Sheila führen. Er stoppte nicht einmal, um eine Pause zu machen, er überließ einfach alles dem Leithund.

Es war schon dunkel, als Sheila plötzlich anhielt, sich auf den Boden legte und im Schnee zusammenrollte. Alexander versorgte die Hunde mit Futter und Wasser, schnallte sie ab und legte sich zum Schlafen zu ihnen in den Schnee, nachdem er den reglosen Jack sorgfältig zugedeckt hatte.

Die Kälte weckte ihn immer wieder, und als es dämmerte, fühlte er sich wie vom Schneepflug überfahren.

Jack atmete flach und war noch immer bewusstlos. Er schmolz Schnee und benetzte ihm die Lippen mit dem lauwarmen Wasser, bevor er den Rest zwischen sich und den Huskys aufteilte. Alexander verzichtete auf ein Frühstück, spannte die Hunde an und verließ sich wieder auf Sheilas Führung.

Die Hündin lief zielstrebig los, und der Schlitten flog über den verharschten Schnee, bis Alexander den Fluss erkannte, den sie auf der Hinfahrt passiert hatten. Vor Erleichterung stiegen ihm die Tränen in die Augen, aber er verkniff es sich zu weinen. Abenteurer heulten nicht. Wenig später sah er unten im Tal die Turmspitzen des Hotels.

Der Hund hatte ihn tatsächlich nach Hause gebracht.

Er parkte den Schlitten vor dem Hotel und rief den neugierig heraneilenden Leuten zu, dass sie einen Arzt rufen sollten.

Plötzlich stand Carolyne neben ihm. „Alexander! Was, zur Hölle, ist passiert?"

Er berichtete in knappen Sätzen, was geschehen war. Carolynes Augenbrauen zogen sich zusammen, doch Alexander winkte ab. „Sag jetzt nicht, du hättest mich gewarnt, denn das ist mir bewusst. Genauer gesagt, deine Warnung hat uns wahrscheinlich das Leben gerettet."

Sie starrte ihn wortlos an, verinnerlichte seinen haarsträubenden Bericht. Alexander wartete nicht, bis sie damit fertig war.

„Komm, hilf mir jetzt, wir müssen uns um Jack kümmern."

Sie nickte zerstreut, sammelte sich und lief zurück ins Hotel, um alles in die Wege zu leiten.

Alexander bat ein paar der schaulustig umherstehenden Männer um Hilfe. Cojote sprang aus dem Schlitten und

Alexander bedankte sich mit einem Streicheln bei dem Hund.

Mehrere Männer hoben Jack aus dem Schlitten und brachten ihn in die Lobby, wo eine Couch vor einem prasselnden Kaminfeuer stand.

Carolyne erschien wieder und bedankte sich bei den Helfern, womit sie sie zugleich höflich entließ. Die Herrschaften verstanden den Wink sogleich und zogen sich aus der Lobby zurück.

Alexander kniete sich neben die Couch und überprüfte Jacks Puls. Gleichmäßig, aber immer noch viel zu schwach. Die Hand des Mannes fühlte sich klamm an, aber nicht mehr so eiskalt wie noch vor wenigen Stunden. Alexanders Blick traf auf Carolynes. In ihren Augen lag Bewunderung.

„Ich muss mich um die Hunde kümmern", sagte er und wollte sich erheben. Sie hielt ihn am Arm zurück und ließ seinen Blick nicht los.

„Du bist ein bemerkenswerter junger Mann, weißt du das? Ohne dich wäre Jack jetzt tot. Er würde auf dem Grund eines tiefen Bergsees liegen."

Alexander wollte davon nichts hören. Er machte eine abwehrende Handbewegung. „Das mag sein, aber ich hätte es gar nicht erst so weit kommen lassen sollen. Meinetwegen ist ein Hund ertrunken."

Er biss sich auf die Lippen und Carolyne zog ihn an sich heran, um ihn fest zu umarmen. Er ließ es geschehen, müde, hungrig und verwirrt zugleich. Ihm war zum Heulen, aber das würde er nicht zulassen, nicht vor all den Leuten mitten in einer Hotellobby.

„Du hast einen Menschen gerettet, Alexander. Ist das nichts wert? Sicher, mir tut der Hund auch leid. Aber wäre es dir anders herum lieber gewesen?"

Sie sah ihm prüfend ins Gesicht, und er konnte nur den Kopf schütteln. Natürlich wäre ihm das nicht lieber gewesen.

„Ich weiß, du hättest gern beide gerettet, aber du hast getan, was in deiner Macht stand, und das ist genug."

Sie sprach so eindringlich wie ein Pfarrer, und er vermutete, sie würde auch eine gute Seelsorgerin abgeben, und tatsächlich gehörte auch das zu den vielen Aufgaben im Hotel. Überraschenderweise fühlte er sich tatsächlich leichter, als habe sie ihm etwas Schweres abgenommen.

„Ich danke dir, Carolyne", sagte er und löste sich aus ihrer Umarmung. „Es geht mir schon besser. Wie machst du das nur? Bist du ein Engel?"

Sie lächelte verschmitzt. „Ach, sei still, du Charmeur."

„So, jetzt muss ich mich aber wirklich um die Hunde kümmern. Kannst du dafür sorgen, dass jemand bei Jack bleibt, bis der Arzt kommt?"

Sie nickte. „Das werde ich selbst übernehmen. Geh nur, aber gleich danach besorgst du dir was zu essen, okay?"

„Okay, Mom."

Er hatte Carolyne noch nie verlegen gesehen, aber jetzt war sie es. Grinsend ging er hinaus und kümmerte sich um das Gespann. Sie würden die Tiere über Nacht hier behalten müssen und vielleicht für noch länger, bis entweder Jack oder ein Vertreter sich um die Vierbeiner kümmern konnte. Er würde die Tiere nicht sich selbst überlassen. Nicht nach all dem, was er mit ihnen erlebt hatte. Und zunächst einmal hatte Sheila sich ein saftiges Steak verdient.

„Du bist WAS? Was ist dir passiert?" Robert Saalfeld im fernen Oberbayern konnte nicht fassen, was sein Bruder in den kanadischen Bergen erlebt hatte.

Alexander wechselte den Telefonhörer in die rechte Hand. „Ich bin vor einer Woche tatsächlich fast in einem gefrorenen See eingebrochen. Aber bitte, ich bitte dich inständig, das bleibt unter uns!"

Er hörte Robert fast hysterisch lachen.

„Okay, schon gut, ich werde es niemandem erzählen, obwohl das an Folter grenzt. Endlich passiert dir mal was Ungeschicktes, und ich darf mich nicht an deinem Unglück weiden."

Alexander konnte nicht anders, er musste über seinen hitzköpfigen Bruder grinsen. Trotz aller Unstimmigkeiten: In ihren Adern floss das gleiche Blut, sie liebten einander, und im Notfall hielten sie zusammen.

„Na gut, du darfst es Vater erzählen. Aber die Frauen dürfen auf keinen Fall davon erfahren! Sie würden mich für den Rest meines Lebens in Watte packen. Das ertrage ich nicht."

Robert bekam den nächsten Lachanfall. „Ich verstehe, alles klar."

Nun erzählte er ihm auch noch den Rest der Geschichte. Die Rettung von Jack, der inzwischen wieder aufgewacht war, aber noch im Krankenhaus in Calgary lag. Er würde wieder ganz auf die Beine kommen, ohne Schäden durch Erfrierungen davongetragen zu haben, wofür er Alexander unendlich dankbar war. Sie hatten am Morgen noch miteinander telefoniert.

Robert verstummte. Nicht einmal das Knacken der Satellitenverbindung war mehr zu hören.

„Robert? Bist du noch da? Hallo!"

„Ja. Ja, ich bin noch hier. Ich bin nur sprachlos. Nun bist du endgültig ein verdammter Held."

„Wie meinst du das?"

Alexander konnte den Unterton in den Worten seines Bruders nicht einordnen. War es Sarkasmus oder Bewunderung?

Robert lachte auf. „Du bist ein Held, Alexander, meinen aufrichtigen Glückwunsch. Ich kann es nicht fassen, mein eigener Bruder hat einem Menschen das Leben gerettet!"

Er klang nun ehrlich beeindruckt und Alexander atmete auf. „Mach bloß keine große Sache draus, ich leide jetzt noch unter Alpträumen. Ich will das alles möglichst schnell vergessen, aber irgendjemandem musste ich es anvertrauen. Ich hoffe, du enttäuschst mich nicht, Bruderherz."

„Ach was, natürlich nicht. Ich bin nur stolz auf dich. Du kannst dich auf mich verlassen."

Sie schwiegen beide einen Moment. Dann brach Robert die Stille.

„Danke, dass du mir das erzählt hast."

Alexanders Verabschiedung vor dem Hotel war an Sentimentalität nicht zu überbieten. Viele seiner Kollegen kämpften mit den Tränen.

Sie standen alle vor der Pforte, bereit, ihm eine gute Reise zu wünschen und Lebwohl zu sagen. Er umarmte sie der Reihe nach, einen nach dem anderen. Michelle gab ihm einen sanften Kuss auf die Lippen, der ihn daran erinnerte, welchen Spaß es gemacht hatte, mit ihr zu flirten.

Carolyne versicherte ihm, dass er stets im Banff-Springs-willkommen sei und als Tourist einen speziellen Zimmerpreis bekommen würde. Jack war auch zum Verabschieden gekommen, mit Sheila an der Leine. Die anderen Hunde hatte er zu Hause gelassen. Alexander bückte sich zu der Hündin hinab und gab ihr ein letztes Leckerli. Dann streichelte er ihr über den Kopf und tätschelte ihr die Flanken. Sie kam mit ihrer dicken schwarzen Nase an ihn heran und leckte ihm übers Kinn. Alexander zog sich schnell zurück, bevor sie ihn mit weiteren feuchten Küssen beglückte.

„Er hat aber auch ein Glück mit den Frauen", witzelte Jack, und die Umstehenden lachten.

Alexander gab ihm ein letzte Mal die Hand. „Auf Wiedersehen, Jack. Und sei bloß immer vorsichtig mit dem Eis in Zukunft."

Jack grinste. „Werde ich. Bedankt habe ich mich ja schon bei dir für mein jämmerliches Leben. Jetzt wünsche ich dir weiterhin mehr Glück als Verstand." Alexander war nicht sicher, ob das ein Kompliment oder eine Beleidigung war, schüttelte seine Hand aber trotzdem.

„Und gräm dich nicht wegen Yukon", sagte Jack mit traurigem Blick. „Er sank wie ein Stein, als ich das Geschirr löste. Aber ich musste ihn losbinden, weil er sonst Sheila und die anderen mit in den Tod gerissen hätte. Ich habe schon Teams so versinken sehen. Mir blieb keine andere Wahl. Es war nicht deine Schuld. Okay? Ich habe mich mit dem Wetter verschätzt, es war allein mein Fehler."

Alexander nickte, ließ Jacks Hand los und brach den Blickkontakt ab. Es war alles gesagt. Jetzt wollte er am liebsten nie wieder darüber nachdenken.

Collin und die anderen überreichten ihm einen Karton, gefüllt mit kanadischen Spezialitäten wie Cheddarkäse und Ahornsirup.

„Den musst du noch irgendwie in deinem Gepäck unterbringen oder einen neuen Koffer kaufen."

Alexander lachte und sah nach, was sich sonst noch

in dem Paket befand. Er hielt ein Glas hoch und las das Etikett.

„Minzsoße?"

Die Kollegen amüsierten sich köstlich.

„Damit du mich nicht vergisst", rief Collin.

„Da ist auch noch getrocknetes Fleisch nach Indianerart drin, das dir so gut geschmeckt hat", sagte Joanne stolz.

„Oh, da freue ich mich aber!"

Das magere getrocknete und mild geräucherte Fleisch, *Jerky* genannt, war in große Fetzen gerissen und schmeckte besser als der teuerste Schinken, den Alexander kannte. Er hatte das Rezept im Gepäck und wollte sich zu Hause einen Metzger suchen, der es ihm genau so herstellen sollte.

„Ich danke euch, Leute, das ist wirklich lieb von euch. Ich bin überwältigt. Und damit ich jetzt nichts Peinliches mache, steige ich in dieses Taxi und fahre zum Flughafen, wo ich mir tatsächlich noch einen kleinen Koffer kaufen werde."

Sie winkten und ließen ihn gehen.

Mit gemischten Gefühlen verließ er diesen Ort, der ihn so vieles gelehrt hatte.

Würde er jemals wiederkommen?

Er wusste es nicht und versuchte, sich das Panorama fest einzuprägen, um es für den Rest seines Lebens in der Erinnerung bewahren zu können.

Als er sich der Stadtgrenze Calgarys näherte und die

Rocky Mountains hinter sich ließ, spürte er es ganz deutlich: das Gefühl, das Richtige getan zu haben.

Das Gefühl, jetzt nach Hause zu gehen. Dorthin zu gehen, wo Katharina und seine Zukunft auf ihn warteten.

Dahin zu gehen, wo er hingehörte.

ENDE

Man nehme:
1 Schicksal, 1 Dutzend Wirrungen und 1 Kiosk pro Monat.

Verpassen Sie keinen Kuss, keine Enttäuschung und keinen Hoffnungsschimmer. Sichern Sie sich jeden Monat Ihr aktuelles Exemplar des Romans zur Telenovela im Ersten - Sturm der Liebe.

Neu!

Der Roman zur Telenovela im Ersten.

Erleben Sie die ganze Geschichte: Jeder Band steckt voller romantischer Augenblicke und enthält eine exklusive Autogrammkarte mit süßem Rezept zum Sammeln.

Seit 11. Januar 2006 alle 4 Wochen mittwochs im Zeitschriftenhandel.
Aktuelle Erscheinungstermine auf www.cora.de

Valerie Schönfeld

Sturm der Liebe
Bittersüße Küsse

Der spannende Hintergrundroman zu „Sturm der Liebe", der nicht nur verrät, woher Lauras Leidenschaft für Pralinen kommt, sondern auch von ihrer ersten großen Liebe erzählt …

Band-Nr. 75024
7,95 € (D)
ISBN: 3-89941-281-8

Nora Roberts

Die MacKades 1
Zwischen Sehnsucht
und Verlangen

Als Rafe MacKade nach Antietam zurückkehrt, begegnet er der aparten Regan Bishop: schön, begehrenswert und unabhängig. Er steht vor der größten Herausforderung seines Lebens. Der Auftakt zu Nora Roberts' neuer Erfolgsserie um die vier faszinierenden MacKade-Brüder!
Band-Nr. 25171
6,95 € (D)
ISBN: 3-89941-229-X

Nora Roberts

Die MacKades 2
Dem Feuer zu nah

Als der Rechtsanwalt Jared MacKade die schöne Savannah zum ersten Mal küsst, ist er rettungslos verloren. Er will sie lieben, heiraten – aber erst, wenn er die Wahrheit über ihre Vergangenheit weiß ...
Band-Nr. 25178
6,95 € (D)
ISBN: 3-89941-236-2

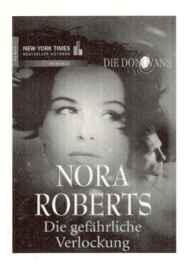

Nora Roberts

Die Donovans 1
Die gefährliche
Verlockung

Ein Blick in die Zukunft verrät der schönen Magierin Morgana: Auf sie wartet eine glückliche Zukunft mit ihrem Traummann Nash – wenn sie ihn vom mächtigen Zauber ihrer Liebe überzeugen kann ...
Band-Nr. 25170
6,95 € (D)
ISBN: 3-89941-228-1

Nora Roberts

Die Donovans 2
Die Spur des Kidnappers
Mit seinen hellseherischen Fähigkeiten versucht Sebastian Donovan, ein gekidnapptes Baby zu finden – und erobert dabei das Herz der Privatdetektivin Mel Sutherland ...

Band-Nr. 25177
6,95 € (D)
ISBN: 3-9941-235-4

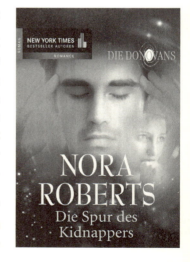